江古田文学

The EKODA BUNGAKU

116

vol.44 no.1
2024

特集・境界から世界を見つめる

江古田文学一一六号　目次

特集　境界から世界を見つめる

表紙写真〈Primrose and Makause, unequal neighborhoods in Johannesburg, South Africa.〉Johnny Miller

江古田文学賞
受賞作掲載号一覧

◎2002年（平成14）
第１回江古田文学賞：
岡本陽介『塔』
優秀賞：松田祥子『ピンクレディー』
（江古田文学51号に全文掲載）

◎2003年（平成15）
第２回江古田文学賞：
中村徳昭『遠ざかる声』
（江古田文学54号に全文掲載）

◎2004年（平成16）
第３回江古田文学賞：（２作同時受賞）
谷不三央『Lv21』
富崎喜代美『魔王』
（江古田文学57号に全文掲載）

◎2005年（平成17）
第４回江古田文学賞：
飯塚朝美『二重螺旋のエチカ』
（江古田文学60号に全文掲載）

◎2006年（平成18）
第５回江古田文学賞：
長谷川賢人『ロストアンドファウンド』
佳作：関澤哲郎『「まじめな人」第四位』
（江古田文学63号に全文掲載）

◎2007年（平成19）
第６回江古田文学賞：該当作なし
佳作：（２作同時受賞）
石田出『真夏のサンタ・ルチア』
福迫光英『すずきを釣る』
（江古田文学66号に全文掲載）

◎2008年（平成20）
第７回江古田文学賞：該当作なし
佳作：岡田寛司『タリルタリナイ』
（江古田文学69号に全文掲載）

◎2009年（平成21）
第８回江古田文学賞：
佐倉明『ニュル』
三井博子『もぐる』
（江古田文学72号に全文掲載）

◎2010年（平成22）
第９回江古田文学賞：
小泉典子『鉄工場チャンネル』
（江古田文学75号に全文掲載）

◎2011年（平成23）
第10回江古田文学賞：
杉山知紗『へびとむらい』
（江古田文学78号に全文掲載）

◎2012年（平成24）
第11回江古田文学賞：
大西由益『ポテト』
（江古田文学81号に全文掲載）

◎2013年（平成25）
第12回江古田文学賞：該当作なし
佳作：片山綾『ぽっちという』
（江古田文学84号に全文掲載）

◎2014年（平成26）
第13回江古田文学賞：該当作なし
佳作：坂本如『ミミ』
（江古田文学87号に全文掲載）

◎2015年（平成27）
第14回江古田文学賞：該当作なし
佳作：入倉直幹
『すべての春にお別れを』
（江古田文学90号に全文掲載）

◎2016年（平成28）
第15回江古田文学賞：
須藤舞『綻び』
（江古田文学93号に全文掲載）

◎2017年（平成29）
第16回江古田文学賞：
儀保佑輔『亜里沙は水を纏って』
（江古田文学96号に最終候補作４作含め全文掲載）

◎2018年（平成30）
第17回江古田文学賞：該当作なし
（江古田文学99号に最終候補作４作全文掲載）

◎2019年（令和元）
第18回江古田文学賞：該当作なし
佳作：村山はる乃『ララパルーザ』
山本貫太『パッチワーク』
（江古田文学102号に全文掲載）

◎2020年（令和２）
第19回江古田文学賞：該当作なし
佳作：山本貫太『毛穴』
（江古田文学105号に全文掲載）

◎2021年（令和３）
第20回江古田文学賞：
山本貫太『執筆用資料・メモ』
湯沢拓海『沈黙と広がり』
（江古田文学108号に全文掲載）

◎2022年（令和４）
第21回江古田文学賞：該当作なし

◎2023年（令和５）
第22回江古田文学賞：該当作なし
佳作：嶋田　薫『ガイコツとひまわり』
（江古田文学115号に全文掲載）

特集

境界から世界を見つめる

はじめに

小神野真弘

江古田文学一一六号の表紙に掲載した写真は、南アフリカ共和国出身のフォトグラファー、ジョニー・ミラーの「Unequal Scenes（不平等な光景）」と呼ばれる連作のひとつだ。同国最大の都市・ヨハネスブルグ郊外の一画をドローンで撮影している。写真の左側には主に白人の富裕層が暮らす住宅街が広がり、道路を挟んだ反対側には小屋とも形容できそうな簡素な家屋がひしめいている。住民はほぼすべてが黒人だ。ミラーはケープタウン大学で学ぶ修士時代からこの国が抱え込む分断の様相を描き出す新たな手法を探しており、二〇一六年から着手したこの連作プロジェクトは驚くほど恣意的に、そして的確に目的を達成したように思える。

あまりに非対称的であるゆえに、現実感が伴わない。それが続くのはわずかの間だ。黒人居住区の家屋の乱立、その切実と素朴が同居するコミュニティの佇まいからはどうしてもそこに生きる人々の息遣いが想起される。本当に存在する光景なのだと気付いてしまう。すると想像力は加速を始める。どんな人々が暮らしているのか。道路を挟み、整然とした住宅の広がりを目の当たりにした黒人たちは何を思うのか。まるで映画のセットのような白人の住宅街、そこにも住民はいるはずなのに、生活の気配が感じられないのは何故なのか。白人たちはどんな心情で生きているのか。なぜ、このような奇妙な光景が生まれたのか。

「あちら」と「こちら」を分かつ境界線の存在とその作用は、人間の好奇心を強く掻き立てる。

境界が生み出す二項対立、例えば自己と他者、内と外、男と女、戦争と平和、生と死といったものは往々にして私たちの人生に大きな意味をもち、これまで人類が積み上げてきた芸術の多くがそうしたテーマに依拠していることもその裏付けと言えるだろう。しかし、境界の性質は考えれば考えるほど単純でいて難儀だ。境界は、世界を切り分けているだけなのだ。これによって人は自らの生に文脈を見出し、物語として解釈して、その意味に納得することができる。だが時として境界は壁に姿を変え、分断をもたらす。壁の「あちら」側にいる人々に向けての想像力を歪曲させ、差別や争いの温床になる。特に近年、前世紀の亡霊のような戦争が息を吹き返し、かつて列強と呼ばれた国々が保護主義に回帰し、フィルターバブルやキャンセルカルチャーがインターネット空間を切り裂いていく様相を見ていると、境界の性質において後者の方が優位のように思えてくる。

境界とは、あるいはそれを引く人間とは、そもそもそういうものなのだ、と言われれば確かにそれだけのことなのかもしれない。だが、抗いたい。他人が友人に変わったときの喜びを、未知の土地を訪れたときの高揚を思い出したい。異なる人々に対する負の感情を、畏敬の念や驚きへ置き換えたい。世界の鮮やかさを信じ、その在り方をありのままに見据えたい。つまり、未来に期待したいのだ。その一歩として、私たちの現在を規定している境界について改めて考えることは、決して無価値ではないはずだ。こうした願望を込めて、今号の江古田文学の特集として「境界から世界を見つめる」を掲げた。掲載しているのは、それぞれ境界をテーマとしたインタビューや論説、日本大学芸術学部で行われた講義録、創作となっている。これらが描き出す像が、本書を手に取ってくれた読者の方々の世界に何らかの彩りを添えることを切に祈る。

インタビュー

現代文明の外と内
森羅万象における人間の所在

探検家・関野吉晴

（聞き手・構成：小神野真弘／ジャーナリスト、日本大学芸術学部文芸学科専任講師）

約二十万年前にアフリカで誕生したとされるホモ・サピエンス（現生人類）は、一説には約五万年前に「出アフリカ」を果たし、世界へと拡散を開始した。およそ一千世代をかけて北米大陸に辿り着き、やがて南米大陸の先端へと至ったのが約一万四〇〇〇年前。三万年以上に渡るこの長大な旅路はグレート・ジャーニーと呼ばれる。一九九三年、探検家・関野吉晴はこの人類拡散のルートを南米大陸からアフリカへと遡るプロジェクトに着手した。いくつもの国境を、文化圏を、民族を越えてこの惑星を踏破した彼にとって「人間」や「世界」はどう映るのか。二〇二四年三月に行われたインタビューで語られた彼のビジョンは、私たちの現在位置と先行きを鋭く示唆する。

関野吉晴（せきの・よしはる）

プロフィール

一九四九年生。探検家、医師、武蔵野美術大学教授（二〇〇二～二〇一九年。専門は文化人類学）。一橋大学法学部、横浜市立大学医学部卒業。一橋大学在学中に同大探検部を創設し、一九七一年アマゾン全域踏査隊長としてアマゾン川全域を下る。その後二十五年間に三十二回、アマゾン川源流や中央アンデス、パタゴニア、アタカマ高地、ギアナ高地など、南米への旅を重ねる。一九九三年からアフリカに誕生した人類がユーラシア大陸を通ってアメリカ大陸にまで拡散していった約五万三千キロの行程を、自らの脚力と腕力のみで遡行する旅「グレートジャーニー」を開始、二〇〇三年にゴールであるタンザニアに到達。二〇〇四年七月からは「新グレートジャーニー　日本列島にやって来た人々」として、シベリアを経由して稚内までの「北方ルート」、ヒマラヤからインドシナを経由して朝鮮半島から対馬までの「南方ルート」、インドネシア・スラウェシ島から石垣島までの「海のルート」を踏破する。一九九九年、植村直己冒険賞受賞。二〇〇〇年、旅の文化賞（旅の文化研究所）受賞。著書に『人類は何を失いつつあるのか：ゴリラ社会と先住民社会から見えてきたもの』『グレートジャーニー』シリーズなど多数。

僕が初めてアマゾンに行ったのは一九七一年。日本の海外観光渡航が解禁されたのは一九六四年ですから、外国に行くという行為が現在ほど身近ではない時代でした。

当時の大学生は就職活動の時期が近づくと、商社に勤めたいという人が大勢いた。海外転勤ができるからです。また、文化人類学の学生には研究者を志す人も多かったですね。フィールドワークでいろいろなところへ行けるからです。それだけ多くの人が海外を重視していた時代だったのです。

文化人類学といえばフィールドワークが基本ですが、近年ではそれを嫌う研究者もいると聞きます。「できるならば現場に行きたくない」、「文献研究だけでやっていきたい」という人が増えていて「フィールドワークは必要悪」といった声もある。そんなことで文化人類学ができるのか、と思われるかもしれませんが、例えば霊長類の研究なら猿にＧＰＳをつけて、森のなかの活動をモニター上で追跡して、実際の現場を見ずに論文を書いてしまうのです。

十年くらい前、国立民族学博物館で民俗植物学（エスノボタニー）を研究していた友人が定年退職をすることになり、「退官記念のシンポジウムを開催したい」と声をかけてもらいました。ただし、条件付きです。周囲の研究者があまりにもフィールドワークをしないものだから、フィールドワークを実践している人だけで集まって話をしたいと。それだけ、未知の場所や現場に足を運ぶ研究者がマイノリティになってしまったということです。

僕はやはり「見てみたい」と思う人間です。僕の基本的な態度は、自分の足で歩いて、見て、聞いて、自分の頭で考えて、自分の言葉で、あるいは映像で表現するということ。それをずっとやってきました。だからこそ、どうしてもフィールドに行くことが不可欠なのです。

――未知の場所に行きたいという願望を最初に自覚されたのは、どんな経緯だったのですか。

幼い頃、僕はよく迷子になる子供でした。どこかに行くのがその頃から好きだったのでしょうね。まぁ、それは現在の活動には結びついていないと思います。転機となったのは高校生の頃。ちょうど高校一年生のときが一九六四年で、東京オリンピックがあり、海外観光渡航も自由化された。当時の同級生たちとともに「これからは海外雄飛の時代だ」と語り合いました。

しかし、「なぜ海外なのか」という問いを立てると、僕と友人たちでは意味が違ったのです。ある友人は生涯に渡ってやりたいことがあり、それを実現するために海外に行きたいと言っている。

一方の僕は、やりたいことなんか全然ないわけです。なぜなのかと考えてみると、もうしょうがないのですよね。若い時分でやりたいことを見つけている人たちは、特別な人との出会いであったり、何らかの本を読んで衝撃を受けたり、学校の先生から影響を受けたり、そうした「きっかけ」があった。僕は、学校に行き、授業を受け、クラブ活動をやって帰宅して、それを繰り返す平凡な日々を送っていました。僕には何かを志すようになるきっかけがなかったのです。

でも、思いっきりこう、違う文化や自然がある場所に行って、自分をそこに放り込めば、もしかしたら自分が変わっていくかもしれない、新しい自分が見つかるかもしれない、そんな思いがあったから「海外雄飛」と僕は言っていたんですね。

とはいえ高校生だから親の脛をかじっていますし、親はとても心配性だったので、例えば僕が一人で山登りに行こうとすると「危ないからよしなさい」と、僕からするととてもうるさく、がんじがらめだった。だから、大学に入ったら、たとえ勘当されてでも好きなことを勝手にやろう、そう思っていました。

多分、僕は人一倍、自分の意思で好きなことができるとか、好きなところに行けるといった状態に飢えていたのです。逆に言うと、親がもっと自由な気風で、好きなことをいつもやらせてくれるようだったら、中学、高校でそれでやって、大学ではまた別のことをやっていたかもしれません。抑圧されていたために、親から離れて自由にできることをとても貴重なことだと感じていた。だからなのだと思います。目一杯に世界に身を投じて、それが止まらなくなって今に至ります。

――関野さんが海外に出られたのは、国境という境界が現在よりもっとくっきりとしていた時代でした。それを越境し、目の当たりにした世界というのはどういうものだったのでしょうか。

当時は冷戦があり、ベルリンの壁という物理的かつ象徴的な境界が存在していた時代です。ジョン・F・ケネディの暗殺が一九六三年ですから、ベトナム戦争も始まっていましたね。確かに現在よりも国と国の敷居が高かった。

私が最初に訪れた海外は一九七一年のアマゾンでした。一年間滞在しました。それまでアマゾンといったらどろどろとした「緑の地獄」とでも形容される、アナコンダがいて、毒蛇がいて、ジャガーがいて、そういった怖い場所というイメージがありました。しかし実際に行ってみると、そこまで鬱蒼としているわけではない。ジャガーやアナコンダのような猛獣がしょっちゅう出てくるわけではないし、昼間ならワニは人の姿を見たら逃げてしまいます。夕方になると蛍があちこちを飛ぶんです。なんだこれ、日本と同じじゃないか、と思いました。

その旅では、僕は仲間とアマゾンをゴムボートで川下りしていました。後から分かったのですが、その旅程で辿ったルートはいわば幹線道路だったんですよ。例えば外国の人が日本に来て、北海道から鹿児島まで高速道路を使って縦断したとして、それで日本を知ったことになるかといえば、ほとんどわからないと思います。僕はまさに同じことをしていた。

川下りを開始した当初は、流れも複雑だし、先住民が暮らす集落に出くわすこともあり、最初の四〇〇キロメートルはとても面白い。しかし、だんだんと出会う人々が開拓民だけになっていき、川幅も広くなって、楽しかった旅が退屈さとの戦いに変わってくる。いろいろと気づくことがあります。辺境と呼ばれる場所に最初に入ってくる外部の人々は宣教師と商人、その後に役人です。宣教師は布教のため、商人はやはり経済的な理由で、ビジネスのためにゴムや材木を求めてやってくる。そうした人々のことを考えると、探検家というのは遅れてやって来る人たちではないかと、と思いました。
旅の本当の目的はアマゾンの奥地に入っていくことでした。未知の、それもなるべく我々の文明とコンタクトのない先住民に出会いたかった。本当に未知の土地にいくためにはジャングルに分け入って、徒歩で山を越えなければなりません。こうして分水嶺を越えるのですね。だからゴムボートでの旅は退屈に感じたのです。

――分水嶺を越えた先で先住民の人々と出会えた。まさに西洋文明を形成する境界線の外側に飛び出したのですね。関野さんは先住民の人々との暮らしがきっかけで彼ら彼女らに貢献できることはないかと考え、再び大学に入り直して外科医になられます。当時から約半世紀が経ち、グローバリゼーションの進展によって世界の在り様はかなり変わったのではないかと思います。関野さんの目にはどのように映りますか？

アマゾンの旅で出会った先住民族・ヤノマミの人々はほとんど外界との接点を持たずに暮らしていました。しかし、近年は状況が変わっています。象徴的なのが、二〇二〇年四月にヤノマミの人々から新型コロナウィルスによる死者が出たことです。二〇〇三年にSARS（重症急性呼吸器症候群）が流行した際には、アマゾン流域でも感染の報告はありましたが、教会や学校がある場所など、ある程度文明と近いエリアに限られていました。
ヤノマミの人々が住むエリアでは、現在ゴールドラッシュが起きていて、金を掘る工夫たちが新型コロナウィルスを持ち込んだといわれています。これは十八世紀にピューリタンたちが北米大陸に移り住んだときに起きたことと似ています。ピューリタンたちは、イギリス国教会から弾圧されて新天地を求めてアメリカにやってきました。しかしアメリカで暮らしを営む知恵を持ち合わせていなかった。その際に彼らは先住民の世話になっているのです。しかし、暮らしが安定してくると先住民が邪魔な存在になっていった。

アマゾンの金掘りたちは基本的に食い詰めた人々です。仕事を求めて初めてアマゾンに来るから現地のことは何もわからない。だからヤノマミをはじめとした先住民の力を借りることが必要なんですね。ヤノマミの人々はすごく人懐っこい気質なので、金掘りたちを受け入れて、アマゾンで生きるための知識を教えたり、道具などを分け与えたりする。本来、そうした先住民の居住区は厳重に保護されていて、部外者は簡単に入れないし、資源を採ることもできない。しかし、巨大な金脈があるということでなし崩し的に多くの金掘りたちが先住民の居住区に入って行った。パンデミックが始まってウィルスがすぐにヤノマミの人々に到達してしまったのはその結果です。元々、狩猟採集民族にはパンデミックの影響はない、というのが定説でした。分散して暮らしているし、つねに流動しているからです。新型コロナはまさに「世界制覇」をしたといえます。

――新型コロナの感染力の強さもさることながら、かつては文明の外側に生きていると言われていた人々も、グローバリゼーションによって世界規模の人と物の流れ、すなわち文明に取り込まれてしまった、ということを示す事例だと思います。世界全体を見渡した時、グローバリゼーションの影響で均質化が劇的に進んでいる。危機感を覚えます。そうしたなかで、関野さんがおっしゃった「自分と文化が違う人々に出会いたい」という願望は、自分と異なる人々と共存していくために大切なものだと思います。未知に対する憧憬を持つ、未知に対して心躍らせる、そうした心性を持つためにはどのような心がけが必要なのでしょう。

以前僕は、ゴリラの社会生態を研究している京都大学の山極壽一さんと『二重生活の勧め』という対談本を出しました。山極さんは一年の半分を京都で暮らして、残りの半分をアフリカで暮らすという生活をしています。僕も若い頃は、半分は東京で半分は南米で暮らしていた。この体験にはすごく意味があったと思っています。

全く違う文化や環境の元で暮らすと、その土地を理解できるようになる。それはものの見方や考え方が変わるということです。そうして日本に帰ってくると、ずっと日本で暮らしている人とは違う見方ができるようになるんです。養老孟司さんはこのことを「参勤交代」と呼んでいます。

そうした意味で僕はアマゾンに行ってよかったと思っています。日本だけしか知らなかった頃とは全く違った視点でものを考えられるようになった。例えばアマゾンに行く前は、日本は資源が少ない国だから、海外で開発を行なって鉱物や石油などを得ることは必要なのだろうなと思っていました。しかし、アマゾンの人々と友達になり、現地の事情がわかってくると考えが変わります。

僕が初めて先住民の村に滞在していた時期、アンデス石油という日本とペルーの石油会社が石油採掘のために合同でつくった会社が調査を行なっていました。そのやり方がすごいんですよ。原生林を切り拓いて、幅二メートルの道を碁盤の目のように張り巡らせて、あちこちを掘り返す。先住民たちは森が荒らされたと怒っていました。さらに油田の調査や採掘を行う労働者は、外部から連れてきた人々なのです。先住民たちは「怠けものだから」といわれて追い出されてしまう。

それまで僕は日本の資源開発は社会に役に

たっているのだろうと漠然と思っていました。少なくとも日本人にとっては必要なこと。しかしアマゾンで友達になった先住民たちにとっては、そうした開発を行なっている人々は悪魔であるわけです。

歴史上、こうしたことは何度も繰り返されてきました。クリストファー・コロンブスの行いもまさにそうですね。十四世紀から十五世紀にかけてヨーロッパの人口がどんどん増えて、都市の許容量が限界を迎え、新たな資源も必要になってきた。当時のヨーロッパ人はアジアに活路を見出します。なんとかしてアジアに行きたいと考えるわけですが、陸路はイスラム文明圏が道を塞いでいる。当時のイスラム文明は国力や文化水準もヨーロッパ諸国に優っていました。打倒することはできないし、領内を通過しようとすると高額な通行税が課せられる。だから船を使ってアジアに到達しよう、という機運が生まれるわけです。これはものすごい冒険です。当時の世界観では、水平線の向こうは滝になって下に落っこちていると信じられていたわけですから。ヴァスコ・ダ・ガマがアフリカ大陸南端を経由してインドに到達し、コロンブスはインドに辿り着いたと思ったらアメリカ大陸だったわけですけど、続いてフェルディナンド・マゼランが世界一周を成し遂げた。彼らはヨーロッパではヒーローなのですね。世界各地に植民地が生まれることでヨーロッパに莫大な富をもたらしたから。しかし、アジアやアメリカ大陸の人々にとっては悪魔だった。

誰かが何らかの「意義のあること」をしたといっても、それはある人々には良いことかもしれませんが、別の人々には災厄になっている。それを知ったとき、探検の意義について考えました。大航海時代の探検家とは、帝国主義の尖兵だった。歴史を学び、知識としては知っていたけれど、実際にアマゾンの状況を見て本当の意味でそれを理解しました。そのときに仲間と話したのは「僕たちの探検はそうじゃないよな」ということです。もっと個人的な行為としての探検がしたい。しかし、これがなかなか難しいのです。

僕の少し前の世代の人々が探検をしようとすると、山ひとつ登るためにも社会的な意義が求められた。スポンサーがつかないからです。「遊びに行くんです」では誰もお金を出してくれない。だからいろいろと理屈をつけるわけですが、先ほど述べたように、その理屈で得られる成果は日本やスポンサーにとっては意義あるものかもしれませんが、その土地に暮らす人々にとってはむしろ良くないものであることが多いのです。

僕は武蔵野美術大学の文化人類学の初代教授を務めましたが、元々は民俗学の人間です。文化人類学や民俗学の研究者が何のためにフィールドワークをするかといえば、情報を得るためですよね。「情報」という言葉を読み解いてみてください。この言葉は「情に報いる」と書くんですね。だから情報を得たら、与えてくれた人たちにお返しをしなければならないのです。しかし、歴史上の探検のほとんどは報いるどころか侵略のためにやっている。こうした事例で日本人にとって一番有名なのはアメリカの文化人類学者ルース・ベネディクトによる書籍『菊と刀』でしょう。ルースは一度も来日せずに書いたそうですが、第二次世界大戦後に日本を植民地支配する際、日本人の文化や考え方を知る必要があったので、アメリカがこの本の執筆を彼女に依頼したという背景があります。占領政策のためにやはり文化人類学者が利用されたのです。

こうした背景が尾を引いて、探検には社会的意義が求められてきたわけですが、僕が探検を始めた頃は少し風潮が変わってきた。お金さえあれば、そんな理屈などつけずとも行けるようになりました。お金はバイトをして貯めればばいい。僕は「面白いから行くんだ」と言って探検ができるようになった。まあ、探検家は若いうちに「何のために行くんだ」と先輩に問われてどうにか理屈をつける訓練をされるわけですが、僕は「面白そうだから」で通してしまったので、後になってちょっと困ったことが起きます。僕の妻、僕は「カミさん」をもっと丁寧にして「カミ様」と呼んでいますが、妻に「私は反対だ、なんで行くの?」と言われると答えられない。「面白そうだから」では通用しないのです。

ともあれ、僕の探検は旅先で世話になる人には報いたいけれど、日本社会のためにやっているのではないという思いがあり、面白そうだから、知識を広めたいから、というすごく個人的な動機で旅をするようになったんです。ただ、最後の壁は親でした。僕は一橋大学に八年間在学していて、親は「探検ばかりしていないで大学を卒業しなさい」というわけです。そんなとき、僕が一番影響を受けた叔父がいて、母は彼に説得を依頼するのですね。しかし、逆に叔父は両親を説得してくれたんです。「彼は遊んでいるように見える。しかし彼の遊びは道楽だ。道楽とは『道を極める』ことなんだ」といって。すると何故かわからないけれど、両親はそれで納得してしまいました。

——現代文明の際を越え、アマゾンの人々と交流することで世界の見方はどのように変わりましたか?

先住民の人々と交流することによって、彼らの視点で自分を見たらどう映るのか、と考えるようになります。それは自分が所属している文明を、第三者の目で見たらどう映るのか、ということでもある。もっとも、ジャングルの奥の、電気もない土地で暮らしている人々だけど、僕たちとの共通点もいっぱい見つかるんですね。なんだ、変わらないじゃないか、同じ人間だ、と思うことが多々あります。しかし、もちろん違いもあります。その際たるものが、「彼らの身の回りには、素材や製造過程がわからないものは何一つない」ということです。

彼らの家の内部を見渡すと、柱や屋根、焚き火に使われる薪は樹木です。バナナやパイナップル、イモなどの食料が貯蔵されていて、地面の敷物は動物の皮。暮らしで使うもの全てを森から得た素材から自分で作るんです。一方で、私たちが日常的に使うもので自然から得て自分で作ったものはほとんどない。僕は講演の際によく尋ねます。「そういうものが身の回りにありますか」と。ほとんど手が上がらない。たまに「このセーターは自分で編みました」という人がいますが、羊を育てて、毛を刈って、それで作ったわけではない。

それほど僕たちは自然から離れてしまっているんです。それは自分が何かを得るために必要な作業を、誰かにやってもらっているということでもあります。

現在の僕たちの暮らしは、分業が進み過ぎていて、だから、自分が使うものがどう作られたかもわからない。昔は、百姓は百の仕事を持っているといわれ、作物を育てるだけじゃなく、農具をつくったり、作物を加工したりといったことを全て自分でやっていました。そうした意味で、アマゾンの先住民たちは本当に百姓をしている。

僕の考え方にとても影響を与えた彼らの行為のひとつが、排泄の仕方です。全部野糞なのです。すなわち森から食物を得て、それをちゃんと森に返しているんですね。そうした野糞を菌類やバクテリア、昆虫などが分解し、土が作られ、植物が育って、動物がそれを食べて、という循環のなかに人間も存在し、全てが循環している。僕たちが水洗便所に流したうんこは、最終的には固めて焼却してしまう。これだと二酸化炭素になるので、自然に返していることになりません。

生活から出たゴミも同様です。バナナや芋の皮といった残飯や壊れてしまった道具などを森に捨てておくと、少なくとも一週間後にはなくなっている。動物が食べたり、虫やバクテリアが分解したりしてくれる。一方の僕たちは、やはりゴミは焼くばかりです。これも二酸化炭素の排出につながる。

死体もやはり同じです。彼らは土葬や水葬をします。土葬はいわずもがな、アマゾンの魚は多くが肉食なので、死体を川に捨てると食べられて自然へと還っていく。彼らの生活では、人を含めたすべてのものがリンクしていて、その循環の輪のなかに余計な生き物が存在しないのです。

現代文明のなかで生きている僕たちは、この輪のなかにいない。むしろその循環を邪魔している。二酸化炭素を排出して地球温暖化に拍車をかけている。僕たちは自然がなければ生きていけませんが、では野生動物たちにとって人間はどういう存在かというと、いなくてもいい生き物という状況になってしまっているのです。

そう考えると、私たちはどうするべきなのだろう、と思い至ります。アマゾンの先住民のような暮らしはできない。文明のなかで都市生活をしながら、自然の循環に少しでも寄与する生き方をする方法を考え続けていて、それを「地球永住計画」と名付けました。

その活動の一例として、『うんこと死体の復権』というドキュメンタリー映画を監督し、八月三日からポレポレ東中野はじめ全国で公開されます。

僕が子供の頃は赤痢がよく流行しました。赤痢を媒介するのはハエです。当時はほとんどのトイレが汲み取り式だったから、ハエがうんこにたかり、その足で人間の食事にたかったりすることで感染するのです。だからハエは人間にとってはどうしようもない害虫なわけですね。

しかし自然界では植物の受粉を手伝ってくれるし、うんこを食べて分解してくれる。自然が循環するために必要な仕事をもっているのです。私たち人間の食べ物は塩や添加物を除いて、生き物です。つまり私たちは自然がないと生きていけません。ところが、自然は人間をほとんど必要としていません。いない方がいいかもしれません。

『うんこと死体の復権』には三人の主人公が登場します。そのうちの一人が伊沢正名さんという、糞土師という肩書きで活動している人です。伊沢さんは、もとはキノコや菌類、虫などの写真撮影の第一人者で、多くの教科書や図鑑に彼の作品が載っています。撮り方がとてもユニークなのです。下方から、逆光で撮影するんです。さらに、露出を思い切り絞る。カメラをしっかりと固定して、三十秒、一分と長くレンズを開放して撮ります。彼は写真家として脚光を浴びるのですが、ある日、考え込んでしまったそうです。「自分はキノコの写真を撮っているが、キノコや自然に対して何ができているのだろう」と。そして、できるとしたら野糞しかない、という結論に至り、写真家を辞めてしまう。当時の奥さんはもちろん反対して、「うんこを取るか、私を取るか選んで」と言ったそうです。伊沢さんはうんこを取って離婚しました。二〇二四年の正月で野糞をし続けて五十年、回数は一万五〇〇〇回以上だそうです。しかし、糞土師の活動を全国に広めようとしても、誰もやってくれないのですよ。彼の理念を聞くとみんな感銘するのですが、じゃあ野糞をするかというと、みんなしない。

では、僕はどうするのか。伊沢さんは「何ができるのか」と考えたけれど、僕は「何をしてはいけないのか」と考えます。巡り巡っては同じことなんですけどね。

——「人は生命の循環のなかにいない」という

指摘にはハッとさせられます。ゴミの分別をするといった個人的な行いから、野生動物の保護活動や再生可能エネルギーの推進などの国家規模のものまで、自然環境に対する施策はさまざまです。「地球永住計画」ではどのような志を持ち、どのような取り組みをしているのでしょうか。

「ビッグ5」という言葉があります。地球上でこれまで起きた五回の大規模な絶滅のことで、もっとも近くに起きた五番目の絶滅は約六六〇〇万年前の恐竜の絶滅です。最近は「ビッグ6」と言われています。ゾウやライオン、ヒョウ、ゴリラ、チンパンジー、ホッキョクグマ、シロナガスクジラなど、大型の動物の多くが絶滅の危機を迎えているからです。ビッグ5の絶滅の際、人間はまだ地球上に存在しなかった。いま進んでいる六度目の大量絶滅は、完全に人間が原因です。環境を変えたり、外来種を移動させたり、地球温暖化を進めたりして、野生動物の生息域を狭めている。

人間がそうした振る舞いをしてしまう理由のひとつとして、一神教的な考え方があると思います。人は神様が作ってくれたもので、自然は人間のためにつくられたもの、という発想ですね。ところがアジアでは伝統的に異なる考え方をしてきた。チベット仏教徒と一緒に過ごしてみると、彼らの暮らしは祈りに満ちています。なぜ祈るの？　と尋ねて回ると、よく耳にする答えのひとつが「より良き来世のため」、もうひとつが「生きとし生けるものがすべて幸福になるように」というものです。人間中心の思想ではないのです。地球上のみんなで一緒に生きよう、という考え方がある。アジア以外の地域でも、例えばネイティブ・アメリカンや南米の先住民たちの民話や神話を見ていくと、やはり人間中心主義ではない世界観が共通している。

こうした考え方はヨーロッパ的な文明観から

すると時代遅れとされた時期もありました。レイチェル・カーソンが一九六二年に『沈黙の春』を書いて、「地球は人間だけのためにあるわけではない」と述べたとき、ヨーロッパ人はアメリカ人ですらそんなことを言うようになったのかと驚いていた。しかし、アジアではずっと昔から当たり前だったのです。まさにこれに回帰する。人間中心主義を少しやめようではないか、というのが僕のやりたいことです。

かといって、あまりに極端な自然中心主義も困ってしまいます。シーシェパードのようになってしまう。野生を神様にしてしまうのも極端な考え方です。だから僕は「ほどほどに」という姿勢を大事にしたいと思います。人間だって生きていかなきゃいけないのだから、他の生き物のことを考えながら、自分たちのことも考えるべき。実際、蚊に刺されたら僕は叩きますよ。血をとられるのは嫌だし。必要以上には殺さないですが。

「地球永住計画」という言葉は「火星移住計画」への対抗としてつくりました。地球は奇跡的な星です。だから火星に移り住むことを考えるより、自分たちが今いるこの惑星を大切にすることを考えたいのです。しかし、永住といったときにどれくらいの未来を考えるべきなのか。千年後のことを考えられるかというと、なかなか難しいものです。

未来を考えるためにヒントとなるのが、北米大陸の東海岸に暮らしていたイロコイという先住民族の考え方です。彼らは自分たちのコミュニティの決まり事を明確にした憲法のようなものを持っていて、トマス・ジェファーソンはアメリカ合衆国憲法を作る際に大きな影響を受けたといいます。イロコイの人々は何かを決定するとき、「七世代先の子孫のためになっているか」という基準を用います。一世代を二十五年とすると、だいたい二百年後の未来を考えて今の物事に対峙するわけですね。

しかし、科学技術の発達が著しい現代では二百年先は想像がつきません。江戸時代初期に二百年先を見据えるならばうまくいくかもしれませんが、いまの時代で現実的なのはせいぜい孫の世代までではないでしょうか。つまり約五十年後の未来です。孫たちに、「爺ちゃんや婆ちゃんがひどいことをしてきたから地球に住めなくなってしまった」と言われないためにはどうしたらいいか、ということを考えようというのが地球永住計画です。

二〇一三年に国立科学博物館で「グレートジャーニー　人類の旅」という特別展を行いました。そこで百五十年前と五十年前と現在の暮らしがどうなっていたかを比べてみました。一般的な民家の居間を再現して、そこに置かれているものがどう変わったのかを見てみると、百五十年前から五十年前の百年間ではほとんど変化がないんです。つまり、今の僕たちの暮らしで使われているもののほとんどがこの五十年で生まれた。これからの五十年は社会の変化がさらに加速して、これまで五十年かかった変化が十年や二十年で起こる可能性があります。

こうした時代では、過去に計画された都市開発や環境保護の施策が、意味を成さなくなることも問題になってきます。現在、玉川上水遊歩道を横切る幅三十六メートルの道路をつくる計画が進められています。これは一九六〇年代の計画なんですよ。高度経済成長期に道路を作る意義があったのはわかります。しかしこれからの人口減少社会において本当に必要なのか、再考する必要があるはずです。

道路が作られると生態系が変わります。木が伐採されますし、玉川上水にはいろいろな鳥類が棲んでいますが、彼らは音に敏感なので工事の騒音でよそへ行ってしまう。金蘭という希少な花の自生地でもあり、絶滅が危惧されます。

そうした希少な動植物は、他の土地に移設すればよい、という意見があります。しかしそれでは駄目なのです。金蘭は、ある特定の木と土中の菌類がなければ長く生きられません。まず、木と菌類の共生関係があり、菌類は光合成ができないから木から糖類をもらいます。そのお返しに菌類は窒素などの無機塩類を木に供給している。金蘭はその共生関係の間に入って、栄養を得ています。その関係性を断ち切って、別の土地に移植しても生きていくことはできないのです。

——生物多様性という言葉の意味を深く考えさせられます。自然の動植物は全てが他の動植物と何かしらの共生関係をもっている。人間がその輪のなかに居場所を見出すことはできるのでしょうか。

アマゾンのジャングルを歩いていると、自分の周囲の木々が全て異なる種類であることに気づきます。同じ種類の木が並んで生えることはない。なぜかと言うと、実はアマゾンの土壌が貧しいからです。根の張り方も必要な養分も異なる木々が生い茂ることで、限られた養分の奪い合いにならないように自然と棲み分けがなされているのです。

アマゾンの先住民には焼畑農業をする人々もいますが、彼らの凄いところはこうした自然のバランスを真似していることです。乾季の終わり頃に木立に火を放って農地をつくるのですが、バナナを植えたらその隣にイモ、その隣にはトウモロコシといったように混植をします。やはりそれぞれの作物が必要とする養分は異なるので、奪い合いにならないようにしているのですね。モノカルチャーではないんです。ひとつの畑で二年間栽培するとそこを放棄して、五十年後に戻ってくる。すると畑は原生林に戻っていて再び焼畑をする、という持続可能な農業ができるのです。あまりにも理にかなっているため、フィールドワークをした研究者は「植物生態学を知っているのではないか」とびっくりしたほどです。

　それに対して開拓者たちがつくるプランテーションは、ひとつの畑に一種類の作物、例えばバナナやカカオなどを大量に植えます。そうした作物は輸出されますね。つまりその場で食べて、うんこをするわけではないから土地からは養分や水が過剰に失われてしまう。すると砂漠化（ラテライト化）が起きます。先住民は現在の暮らしを続けるため、プランテーションの経営者は収益のために農業をしており、その目的の違いがこうした差異に繋がる。

　もちろん欲望は必要だと思います。人間の活力の源ですから。しかし、肥大した欲望となると問題です。やはり「ほどほどに」という態度が大切になる。つまり、幸福を求める方法を考え直す時期なのだと思います。

「幸せ＝財／欲望」という、幸福度を求める数式がありますね。これに則れば、欲望を減らすか、財を増やすかすれば幸福と感じる度合いが高まる。すべてに当てはまるわけではないですが、西洋文明は財を増やすことで幸福度を高めようと考えます。

　東洋には伝統的に欲望を減らすことで幸福度を高めるという考え方があります。日本は明治時代以降に西洋化が進んで財を求める時代が続きました。私は、最近の物をあまり求めない若者たちを見て、明るい兆候だと感じます。僕たちの世代は家を建てたい、車が欲しいと何かと物を欲しがりました。そうした欲望が大量生産、大量消費、大量破棄を生み出して環境を壊してきたので、日本社会の風潮が良い方向に変わってきたのかなと思うのです。

――関野さんが考える「幸福」とはどのようなものでしょうか。高度経済成長期からバブル崩壊まで、日本には物質的な豊かさを追求することが幸福であるという、明確な物語があったように思います。多くの人が共有し、志向できる目的、やや情緒的な表現ですが「何のために生きるのか」という問いに答えが見つかりづらい時代と私たちはどのように対峙すべきだと思いますか。

僕のグレートジャーニーは一九九三年に南米大陸の先端から始まり、二〇〇二年にタンザニアでゴールを迎えました。同行していたテレビディレクターから「十年かけた旅を終えて何を思ったか」と尋ねられて、僕がポロッと言ったのは「当たり前のことが大切」でした。驚かれましたが、実際にそう思ったのですよ。

そう思い至るきっかけがありました。それは先住民などの伝統社会を見た経験ではなくて、シベリアで出会った八十一歳のポーランド人男性との会話でした。ソ連で暮らしていた彼は、スターリン時代にスパイ罪でシベリア送りにされたそうです。奥さんや赤ん坊と引き離されて、冬には摂氏マイナス四〇度から五〇度になる過酷な収容所で人生の大部分を過ごした。解放されたときには家族は亡くなっていて、ポーランドに帰っても仕方がないと考えてシベリアに残り続けたんです。

お会いするとき、ちょっと怖かったんですね。酷い目に遭った人だし、気難しいのかな、などと思って。しかし、いざ訪ねてみると歓迎してくれるのです。とてもおしゃべりな人で、再婚した奥さんがつくってくれた手料理を食べながら話をしました。

驚いたのは、彼が「自分はラッキーだ」と語ったことです。僕には意味がわからなかった。シベリアで強制労働をさせられて、家族も失って、どこがラッキーなんだと。彼は収容所から解放されたときのことを語ってくれました。解放感に包まれて、雲の形も空の色も違って見えたそうです。八十過ぎまで生きられて、悠々自適な生活ができていることが幸せだとも言った。

彼と別れたあとも考え続けて、あるとき自分なりにその答えが見つかったんです。彼は家族と引き離されて、好きな場所に住むとか、好きなところに行けるとか、好きなことを言えるとか、そうしたことを全て奪われた。それらは僕らにとって当たり前のことですよね。家族と一緒に住めるというのは、なぜそれが成立しているのかを考えるまでもなく当たり前のこと。人は自身が享受している物事が当たり前だと捉えていると、それが大切だと思わなくなってしまう。彼は実体験としてそうした「当たり前」を奪われ、それがいかに大切かを誰よりも知って、その尊さを噛み締めて生きているから、自分を「ラッキーだ」ということができるのだな、と。

当たり前のありがたみは、失わないと気づけないのです。蛇口をひねれば水が出るのは当たり前ですが、山のなかで飲み水がなくなってしまい、しばらく彷徨った後に得た水の美味しさは比類するものがない。病気になって、苦しんだり不自由になったりして初めて健康のありがたみがわかる。これは環境にもいえることです。空気や大地の大切さは、それらが汚されて初めて気付くことができる。

私たちが守らなければならないのはそういう当たり前なのだと思います。つい忘れがちだけど、いま当たり前とされている生活や環境が、いつか当たり前じゃなくなる日が来るかもしれない。いま当たり前とみなされている物事は、先祖たちが頑張って獲得したり、維持したりしてきたもので、それを子孫に残していくために自分たちで守っていかなければならない。そう考えるのはどうでしょうか。

――そうした生き方を実践するために、私たちが最初の一歩としてできることは何でしょうか。

僕はこの一年間、ナイフを使わずに森のなかで生きていけるか挑戦をしています。僕はナイフ一本あれば、アマゾンでも衣食住を確保しながらサバイバルできます。ナイフが使えないとなると、打製石器を用いることになる。すると家をつくるのがいかに大変か思い知ります。鉄器の便利さにも驚きます。まさに当たり前の大切さに気づくことができるんです。だから僕は自分の学生たちに「旧石器時代の暮らしをしながら何かを一からつくってみて欲しい」と言っています。

少し話が逸れますが、昨今の学生たちは何をするにしても制約が大きいことが気になります。教員から課題を出されて「三ヶ月でやりなさい」「うまくやりなさい」などと求められるわけです。僕は一年でも四年でも、いくらでも時間をかけて挑戦すればいいと思います。僕は五十年前から世界のあちこちに行かせてもらいました。それは当時のテレビ局のプロデューサーや出版社の編集長たちが「関野は頼りないけど、二十年後、三十年後に何かを成し遂げるかもしれない」と信じてくれたからです。現在ではきっと難しいでしょう。何をするかも、どれくらいの時間がかかるかもはっきりしない計画に出資をしてくれる人や会社は多くない。決められた期間のなかで一定の成果を挙げることが求められるわけですが、これはつまり失敗は許されないということです。その結果として、みんな何事も「そつなく」こなすようになっていく。もっと思い切ったチャレンジが許されるようになれば、世の中はきっと変わっていくと思います。時間をたっぷりあげて、何回失敗してもいいんだと大人が言うことができれば、若者は成長するものです。失敗しない人間は面白くないですもの。

――確かに、生産性を至上とする昨今の世情を眺めていると、失敗の可能性や未知を内包する「不確かな領域」のようなものは、世界から急速に消失しているように感じます。それは人間をより画一的な存在へと押し込めることに繋がるのではないか、人間の可能性を制限するのではないかと危惧を覚えます。

人間には他の動物にはないすごい能力がいろいろあります。言葉で意思疎通したり、文字を操ったり、というのもすごいですが、それ以上に目を引くのが世界中のあらゆる気候帯に適応していることです。これは他の霊長類にもできない人間だけの偉業です。犬などの家畜も世界中に広がりましたが、それはあくまで人間についていったから。そこで生じる疑問は、なぜ人類は世界中に広がったのかということです。

初期の人類にとって、世界にはまさに境界はなかったんです。少なくとも国境などという概念はなかった。しかし、その道中には大変なことがたくさんありました。まず気候の違いに阻まれます。熱帯雨林からサバンナに移り住むのも大変ですが、さらにそこから砂漠へと人類は生存圏を拡大する。やがてもっと大変な北極圏も踏破したし、標高五千メートルの高山地帯にも適応しました。なぜそんな大変なところに移り住んだのかというと、最初は好奇心があったのかもしれませんね。「あの山を越えたら何があるんだろう」「そこにはもっと獲物がいるんじゃないか」といった心情です。私は好奇心もあるけれど、時代が近くなるほど人口圧の影響が大きいのではないかと思います。

人類はアフリカ大陸から南米大陸の南端まで旅をするわけですが、ずっと移動しているわけではありません。そもそも目的地がある旅ではないので、住みやすい土地を見つければそこに留まろうとしたはずです。ある場所に定住する人口が増えすぎると、土地が足りなくなったり、資源が枯渇したりして、誰かが出ていかなければならなくなる。これが人口圧です。ここで大切なことは、そうした状況で出ていくのはどういう人々なのかということ。やはり既得権を持った強い者は残り、弱い者が出て行ったのだと僕は思います。弱い者といっても、本当に弱いと滅びてしまいますが、フロンティアを開拓していく過程で新しい文化を生み出し、生き延びていくパイオニアが現れる。パイオニアになった人間は、住めばその場所を都に変えてしまうわけです。するとそこでまた人口が増え、また弱い者が押し出される、こうしたことを繰り返して人類は世界中に広がっていったのだと考えています。

重要なことは、人類は文化を生み出すことで自然環境に適応したことです。ホモサピエンスの遺伝子はアフリカでも南米でも変化していない。熊は熱帯から北極圏まで幅広く住んでいますが、それぞれ遺伝子が違います。だからマレーグマを北極圏に連れていったり、ホッキョクグマを熱帯雨林に連れていったりしたら死んでしまう。つまり、文化は土地によって異なるのが当たり前のことで、高級な文化・低級な文化という評価の仕方は成り立たないという立場を現代の文化人類学はとっています。これを文化相対主義といって、一方で文化絶対主義というのもあり、たとえばナチスが掲げた優生思想のような、「自分たちの民族は優秀である」といった考え方です。世界的に文化絶対主義は否定されつつありますが、やはりまだ一部で残っている。

弱い人々が押し出される形で人類は世界に広がっていったといいましたが、日本はそれ以上東へ行くことのできない僻地なので、とりわけ弱い人々が最初にやってきたのではないかと思います。イギリスも同じですね。けれど、弱くて追い出された人々はずっと弱いままではない。良いか悪いかは別として、かつての大日本帝国はアジアを制覇しようとしたし、大英帝国が世界の大部分を手中に収めた時代もありました。強い者だけが生き残って弱い者は滅びる、というのは自然の摂理のように感じますが、文化に高級も低級もないように、そう単純な話ではないようです。それがよくわかるのが猿の社会です。

グレートジャーニーの道中、コロンビアで伊沢紘生さんという新世界ザルの研究者に出会いました。彼はジャングルに研究センターを作り、七種類の猿を観察していた。アマゾンの樹木がうまく棲み分けをして養分の奪い合いを回避しているように、これらの猿たちも同じ原生林で暮らしながら、それぞれ食べ物が違ったり、活動時間が違ったり、生息する樹高が違ったりして競争が起きないような構図になっているのです。伊沢紘生さんは棲み分けという言葉を使わず、「競争の裏側の論理」と呼んでいました。競争をしなくても生物は繁栄できるという生きた事例であり、伊沢さんから「そういう視線で世界を見て歩いてください」と言われたのを覚えています。

もう一つ例をあげると、猿の群れにはボスがいるというのが定説ですが、伊沢さんは「そんなものはいない」といって霊長類学会の度肝を抜くのです。野生状態の猿を観察するにはまず餌付けをするのが通例です。人が餌を与えるのはするとは猿にとって自然ではありませんよね。餌付けすると人が与える限られた餌を求めて競争が起きる。その結果として群れにヒエラルキーができてボスが生まれるというのです。伊沢さんは餌付けではなく「人付け」が必要なのだと説きます。餌は与えず、研究者が群れのなかに入って猿を追いかける。猿も初めのうちは警戒しますが、無害であることにやがて気付いて、普段通りの振る舞いをするようになる。こうして猿の群れを観察すると、確かにボスがいないのです。自然のなかに餌が豊富にあることを知っているから、ヒエラルキーをつくって餌の奪い合いをする必要がない。自分の順位を主張するより、一生懸命餌を探して食べた方が得だとわかっているわけです。

そこにはまさに境界がないのです。完全に自然な状態では、実はヒエラルキーがなく、競争の裏側の論理によってそれぞれの動物が自由に振る舞っている。もちろん、食べ物が違う、活動時間が違う、暮らす樹高が違う、といった棲み分けはありますが、それが生きるうえでの制約になってはいないのです。

自然から学べることは本当にたくさんあります。アマゾンの伝統社会を通ることで得た視点から自分自身や日本、現代文明を見つめることができるようになりました。最近は玉川上水の動植物の調査を始めたのですが、虫の視点や狸の視点で世界を見るとどう映るのか、考えられるようになってきた。この地域は若い時分に何度も見ていましたが、当時はまったく関心が湧かなかったものです。現在は、虫や鳥たちが飛び、動物が動いているのがよくわかる。生き生きと、みんな繋がりあっているのが理解できるのです。


そうした体験を踏まえて思うことはやはり、自然において必要のない生き物は本来いないということ。だから人は、便利さや快適さを求める欲望はもちろんあるけれど、それをほどほどにしてやっていくのが良い、そう思うのです。

論説

境界＝私という幻影

——依存関係による生成ということ——

上田　薫

「私」というものがもしないのであれば、どうして私は自己の完成などを目指せようか。また、他人の虚栄を名指して、偽りだ、見せかけだ、と侮り蔑むことなどできるのだろうか。虚栄が欺瞞であり、存在しないものに執着するからといって、なぜそれを、とりわけ愚かしいと言えるのか。自己を完成しようという意思も、畢竟「私」というものがないのであれば、結果的には虚栄に纏わりつく幻影に他なるまい。虚栄から離れても、自己の完成に絆《ほだ》されている限り、それもまた自己満足すなわち自尊心の営みそのものと言うべきだろう。「よりどころをもつ心があるとき、彼らに煩悩という大きな毒がどうして生じないであろうか」[1]と、龍樹は言う。

龍樹の『六十頌《じゅ》如理論』などを読むと、中観《ちゅうがん》の思想、すなわち「空」の思想の本質が非常によくわかるように感じる。そこでは、存在には実体がなく、全てが依存関係によって生起するという視座が開かれる。もし実体と言えるものがあるなら、それはそれ自身において存在するから、生成も消滅もしないはずだ。だが、この世界の現象は、依存関係による生滅の繰り返しとして示される。したがって、この世界には実体が存在せず、「私」と言われるものも、自らの本質によって生成変化しているのではない。この世に変わらないものは一つもない。ならば、どうして「私」という「変わらない」ものを生きようとするのだろうか。

「境界」は「きょうかい」と読めば概ね物や事、観念の境目を意味する。またそれを「きょうがい」と読めば境遇の意味となる。人が思念の内にある「きょうかい（＝以下境界と表記）」を設定すると、そこに特殊な在り方としての「きょうがい（＝以下識別しやすくするため、境涯と表記）」が発生する。それを考えれば、「境界」がこの二つの意味を含む必然が理解できる。ならば、人が物事に境界を引くことをやめれば、境涯という捉え方も消える。「私」とはある境界によって切り取られた境涯である。だから「私」という境界を引かなければ、「私」という特殊な境涯がなくなるのだが、それは言葉だけの話に過ぎない。境界を引くことが、差別の原因だとは言うまでもないことだが、これを社会学の立場から考える任は私にはない。私はただこれを自らの問題として、ここに注視しようと思うばかりで、それ以上の思いはない。

境涯は単なる幻影ではない。それは現実であり、事実だと言うべきだ。だから人は誰でも何らかの境涯＝境遇という現実の中に在る。ここから、現実的、具体的な考察は始まって、境遇の改善という方策が模索されるのだが、この一歩は、同時に生が依存関係によって生起する「空」なる性質、空性《くうしょう》であることを忘失させる。

目の前の困窮を議論する場で、生の空性など論じても無意味であろう。しかし、人は差し迫った困窮に直面していなくても、生の空性ということを考える余裕がない。平和な国のある休日、人は生が依存関係によって生起する空性であることを思いはしない。だから、生の現実性という無明から始めて、個我への偏執を積み重ねて差別を肯定し、知らず知らず、世界の底辺や辺境に困窮する境遇を生み出すことになるのである。

現実の問題を処理する能力は、現実とは何かという問いを忙殺してしまう。それは世界大戦が終わった後に、国連やＮＡＴＯなどといった機関を組織したのと同じで、なぜ戦争が起きるのかという根本問題には降りてゆかない。平和について考える時、近親憎悪の感情まで下《くだ》って考える者さえ少ないのだ。人が互いに憎み合う原因に思い至らなければ、戦争の芽を摘むことは難しい。しかし、国際社会は全世界の有能な人材を国連に結集させて、目の前の困窮（＝紛争）の解決策を話し合って何も得るところがない。畢竟全ての問題は、世界の媒体（＝medium）である私たちの中にある。私たちがそれを解体しなければ、全ては繰り返されることになる。「私」も空性という視点がなければ自尊心の温床になり、世界に差別を増殖させる。

哲学の立場はここに回帰する。それが生を肯定するか、否定するかは哲学の相対的な問題である。より根本的な哲学の方法はそれを自分自身の問題として向き合うということだが、私は今それをmedium即ち中間者という視点から問題にしている。中間者というのは、所謂「あいだ」（木村敏における）でもあるが、ここでは「私」を構築的にではなく、解体的に見る（龍樹の）中観の発想に従っている。この中間者はいつでも何かから何かへの中間に位置して変化し続けているが、普通それは私たちが「私」という名辞で（境界を）限り、護持しているところのものである。

ところで、この「私」が時間的・精神的な領域においても、また空間的・物質的な領域においても、厳密には決して不変・一定の形を留め得ないにも関わらず、通例、私たちは昨日・今日・明日の「私」を同一の「私」と仮構して生きている。この日常的な生の様態は社会生活によって是認され、保証されて、確実なものと自認される。

しかし、数十年を経て再会した旧友と、話題も、考えも、何らの一致点も見出しえぬほどに変化し果てて分かり合えないということはよくあることである。身体的にも少年の頃の面影を探すに苦労することなど、老人なら誰でも経験済みのことである。それが、長年関係を保ってともに齢を重ねてきた場合には、短期間ごとに記憶を更新しているために、その変化が感じられなくなっているだけなのだ。

全てのものが時とともに変化する。それは、要するに全てのものが、何かから何かへの中間者としてあるのみだからなのであるが、人は変化し続ける中間者に「私」という名辞を与えて、一貫した存在とすることを好む。名を成したものは、そこに自己の永続的なものを認め、誇りに思うだろう。人生はよく河の流れに譬えられるが、泉の湧く源流から河口の流れまでを一つの河の名で呼ぶようなものである。また人生は物語にも準《なぞら》えられる。人生は一つの物語なのだと。そうして、変化の激しい人生を括り、意味付けしようと考えるのだ。だが、それは要するに一つの譬えであり、粗雑な括りなのである。

生という「実在」や、私という「虚像」にしがみつけばしがみつく程、それが確かなものであるように思えてくる。「目標をもって生きろ」と人は言う。すると人は今この瞬間を見ないであろう。飛行機や新幹線で目的地に向かう人々は風景を見ない。人々は遠くへ行くために、数千キロ、数百キロの旅の道程を捨て去る。また、人は平和という目的のために数万人の人命が失われることを容認してそれを顧みない。ある目的が仮構されると、いまこの瞬間は亡失される。

もし「私」というものがあるのならば、「私」は十年後に「あなた」と同じ言葉を語れるだろう。しかし、「私」は実際には「あなた」に同じことを語ることができないし、「あなた」も「私」に同じ言葉を語れないだろう。私がもし別れた妻と数十年を隔てて再会したなら、どんなことが話し合えるのだろうか。「私」というものがあるなら、「私」は誰に対しても同じ考えを語れるだろう。しかし、現実には、「私」はその日その日に異なる個々の「あなた」によって語ることを変える。これは、ただ方便や、配慮でそうしているのだと言われるかもしれない。そうかもしれないが、そうではないかもしれない。「私」の考えは、目の前にいる「あなた」によってその都度変わってしまうものなのではないか。

自分が語っていることとの一貫性を検証できる者は少ない。しかし、それでも人は「私」の自己同一性を主張して、自己に固執してやまない。「私が」と人は言う。そういうものがあることが前提され、愛され、擁護され、時にはそれがために、苦しみ、悩み、それを恥じることになる。小説はそうした「私」を描いてみせる。オースティンの『高慢と偏見』はそんな性格劇の典型的な物語である。プライド（＝高慢）とプライドが作り出す「偏見」に翻弄される人間像が描かれるが、プライドこそ「私」という幻想を作り上げる原動力である。

日本古来の物語には、性格劇の要素が希薄である。『源氏物語』の紫上や『蜻蛉日記』の藤原道綱母などの心理は、一種の性格劇とみなすことも可能だ。しかし、それはむしろ個性の問題というよりも、彼女たちが置かれた状況の結果として導かれたドラマだ。彼女たちは一夫多妻制の時代に女性たちが置かれた共通の状況を体現している。紫上は光源氏の、道綱母は権力者藤原兼家の専横に翻弄されて苦しむが、それらは決して一個人の資質の問題として追い詰められていたのではない。一方、『高慢と偏見』の主人公エリザベスやダーシーは確固とした個性を有して、プライドとプライドの引き起こす摩擦によって物語を織り上げる。

ここに、「空」に通じる生と、「空」を知らない生との決定的な違いが生まれる。古典的な西洋の価値観は、いわゆる個人主義というもので、社会を構成する最小単位が「個人」であるような世界から生まれる。一方、日本人に（かつては）「個」の意識が希薄だったのは、日本人の精神に「空」の観念が知らないうちに入り込んでいたからであろう。「色即是空」や「諸行無常」などという言葉を弄んでいるうちに、日本の精神には「個」への執着が恥であるような意識を生ずるに至った。

近世に至ってさえ、人が（近松の『曽根崎心中』に見られるような）心中で死ぬのは男女の置かれた状況の結果なのであって、シェークスピアの『ハムレット』に見られるような性格劇としてではなかった。古い日本の文芸では人は何らかの状況に追い詰められたmedium（＝中間者）として、現在の只中で命を終わるのである。

私は幼い頃に別れて暮らすようになった子供と今や親子として語らうことが難しい。『山月記』の李徴は虎になって人間の心を忘れるようになったというが、私は「私」であり続けたはずであるが、いつの間にか親の心を見失ってしまった。それを恥じる気持ちは、親たるべきことの理想が、私の記憶に植え付けられているからだ。李徴が虎の心を恐れるのは、人間の記憶が残っていたからであるように。

このように私たちは「私」という虚像を作り上げて、mediumであるところの刻々に変化する存在、依存関係によって生起するmediumを見失って生きている。少年の頃の「私」と老人になった「私」を幾つかの記憶で結びつけて一連の物語を作り上げて感慨に耽る。人はそれが一つの同じ河であると振り返ることを好む。こうした思いを末期に抱くことが果たして幸いなことなのか、私はいまそれを知ることができない。むしろ、「私」という境涯を振り返ることは、「心から流るる水を堰き止めておのれと淵に身を沈めけり」(一遍)といった苦しい思いなのではなかろうか。

境界が人によって引かれる線であるように、境涯も人によって囲まれる輪郭の内側にある。しかし、依存関係によって生起するmedium(＝中間者)という考えは、人をこの境涯から解放する。私はしばらく過去に押しつぶされそうな思いで生きていたことがあった。全ての過去が現在の「私」に伸《の》し掛かり、未来の不安まで逆巻く波となって、覆い被さってきた。過去と未来によって「私」という現在は息絶えようとしていた。「私」という境涯、「私」という虚像が私の時間を飲み込んで暗く澱んだ淵となっていた。「おのれと淵に身を沈めけり」である。この「私」は心の淵に沈み、人生を総括して死すべき私の人生を意味づけようとするのだが、それは到底不可能なことだった。なぜなら、幸にして私は人生の意味ということを大して信じていなかったからである。

人は厚みのある幻想世界を作り上げて、地位や序列や階層の中に自己を位置付けることを好む。名前はこの幻想の中に自己の存在を印づける。名前を冠することによって、「私」という実在がそこにあることが社会的に規定される。その「私」の実在をいかに生きるかということを国家による教育も教える。ところが、仏の教えはそれを反対側から眺めて、これを解体してしまう。「私」の存在は真実ではないと。

龍樹は「私」が存在しないと言っているのではないだろう。「私」が実在しているか、実在していないかを問題にしているのではない。「私」は「私」と思う所どこにでも存在している。しかし、龍樹は「私が実在する」ということを真ではないと言うのだ。「私が実在する」と主張することが、「私」という苦しみを生じ、「私」から発して他者の苦しみを生じさせることになるからだ。

「私」というものがあるとは言えないということを、人は容易く発見することができる。これはすでに幾つかの例を挙げておいた。子供の頃から、現在に至るまでの写真をざっと並べてみれば良い。その変化の大きさに驚くものである。また、私たちは学習して学んだことによって、常に考えを更新している。痛い目にあった経験が重なれば、人や社会を見る目も変わってくるだろう。好きだった物や事が嫌いになったり、できたことができなくなったりする。進級に際して人間関係をリセットし、イメージチェンジしたりするのは、敢えて自己同一性を否定しようとしているのではないのか。人間が変化し、変化することを望みさえする例は、数え挙げれば切りがないくらいだ。

ところが、人はそうした変化や変貌から目を逸らして、「私の人生」という着物を織り上げてゆく。それは実に目の粗い布地でできており、注意深く見れば穴だらけなのだが、そういう隙間を人は気に留めない。誰もが幻影を創り出し、それを信じる集団催眠にかかっているようだ。否定的な数々の証言にもかかわらず、「私」という幻影に固執するのは何故なのか。

龍樹が説くのは、他の原因によって生じるものは、それ自身の本性を有していないということである。冉冉《ぜんぜん》として変わり続けるものにどうして固有の本性があり得るだろうか。変わらぬものは名目であり、架空の概念である。しかも、名目はもとより存在するものではない。存在しないものが、固有のものとされ、流れ続けて同じ水が二度と流れ下ることのない河に一つの名がつけられる。

この名を人は何よりも愛する。何故なら、それは自尊心を満足させる究極の目的だからだ。ルソーは文明社会においては、「有ること〔存在〕と見えること〔外観〕がまったくちがった二つのものとなった。[2]」と言ったが、「見えること」によって自尊心の慰めを得る人間の欲望は、真っ先にこの「名＝見えること」に向かう。

しかし、この名、すなわち名誉を欲する自尊心の活動は、本質的に分裂の危機を孕んでいる。というのも、自尊心は自分が他人より優れていること、他人より富めることを喜ぶ感情だが、自尊心の満足は自分より劣った他人によって与えられるからだ。だが、他人に優越しようとする者は、当然他人を蔑む（自分より下だという）気持ちを持っている。ならば、名誉はそうした軽蔑すべき、或いは歯牙にも掛けぬ、取るに足らない人々によって与えられることになるのだ。最高の誉は価値のない人々が「私」のために積み上げた評価に依存している。専制君主は取るに足らない人々の賞賛によって専制君主となる。こうした自己矛盾を自尊心は内に蔵したまま、偽りの仮面を生きるよりほかないのである。李徴が発狂したのは、自尊心と他者を軽蔑する感情とのねじれた関係性に心が引き裂かれたからだ。他人より与えられる名誉は自立できない。依存関係によって成立するものは実体を持たないのである。

カフカの『変身』は、まさに自己同一性の危機を描いたものと見ることができる。虫の姿に変わった兄を妹は初めのうち献身的に世話をしていたが、次第のその負担に耐えられなくなり、こう語るに至る「もう潮時だわ。……あたし、このけだものの前でお兄さんの名なんか口にしたくないの。……これの面倒を見て、これを我慢するためには、人間としてできるかぎりのことをやってきたじゃないの。だれもこれっぽっちもあたしたちをそのことで非難できないと思うわ。ぜったいに、よ。」「お父さん。これがお兄さんのグレーゴルだなんていつまでも考えていらっしゃるからいけないのよ。あたしたちがいつまでもそんなふうに信じこんできたってことが、本当はあたしたちの不幸だったんだわ。[3]」と。

これがグレーゴルが人間の境界を越えて、虫に転落した瞬間だった。更にカフカはこんなふうにグレーゴルの心境を記述し、その最期を描いた。「自分が消えてなくならなければならないということに対する彼自身の意見は、妹の似たような意見よりひょっとするともっと強いものだった。こういう空虚な、そして安らかな瞑想状態のうちにある彼の耳に、教会の塔からの朝の三時を打つ音が聞こえてきた。窓の外が一帯に薄明るくなりはじめたのもまだぼんやりとわかっていたが、ふと首がひとりでにがくんと下へさがった。そして鼻孔からは最後の息がかすかに漏れ流れた。」（同上）

グレーゴルは最後に「自分が消えてなくならなければならない」ということに気づいたが、これは家族への償いの感情からだけではないだろう。虫の姿になった自分はもう人間ではないということを十分理解できたからだ。これはヒューマニズムを描いた小説ではない。人間の感情の境界や、人間の定義の境界を描いた物語なのだ。カフカは「空虚な、そして安らかな瞑想状態」という表現を用いている。こういう場所で、人は人という境涯の限界と出会う。

人が人の外に踏み出してしまう一線や、人が人を人の外に押し出してしまう一線がある。この儚い夢のような人間という幻想は思いのほか容易く消え去ってしまうのではないか。それと同じように、「私」という幻想も、それよりもっと易々と消え去ってしまうだろう。信用や名誉の失墜によって、人の評価は簡単に地に堕ちる。権力者が常に恐れているのはそのことであり、彼らはその宿命を敏感に感じ取っているのである。

これほどに儚い「名誉」や「私」という幻影を支えているのは、人と人が互いに刺激し合って呼び覚ましている想像力であろう。「社会に生きる人は、常に自分の外にあり、他人の意見のなかでしか生きられない。そしていわばただ他人の判断だけから、彼は自分の存在の感情を引き出しているのである。[4]」こうした視点の全てが、「私」というものが幻影であるという考えを支持している。

「依存関係による生成」と言った龍樹の思想は、

西洋においては、かのスピノザの一元論に通じているが、それもまた自由意志（＝自我）の否定や、個的実体の否定を伴っていたことを想起させる。だが、こうした視点は、社会一般の見方になる事は決してない。「社会の精神」がそもそも何であるのかということは、ルソーの『人間不平等起原論』を精読すればよく分かるはずだ。

　最後に、龍樹の思想に再び立ち返りたいのだが、中観の思想は決して「私」や「この世界」が存在しないことを論じたのではないのだ。敢えて言うならば、「私」や「この世界」はどうしても存在することになるだろう。またそれを理屈の上で否定しても「私」や「この世界の実在」を信じて疑わない者には、何の意味もなさないだろう。

　だが、ここにこそ、「私」や「この世界の実在」を疑う意味が生まれる。人は実際には「私」を変えたり、捨てたり、変わったりしながら生きているにも関わらず、「私」という境涯に固執したいと思っている。また「この世界」の中の安定した実在を、名や名誉の器として必要としている。しかし、掲げられた名目の足元で、刻一刻と「この世界」は変わり、「私」も変わっている。「私」であろうとするその力が、「私」を変えてしまうのだ。

　私の好きな漢詩に白居易の「燕《えん》詩《し》劉叟《りゅうそう》に示す」という詩がある。燕の夫婦が巣の中で四羽の子を育てている。一日に何度も往復して餌を運び、母鳥は次第に痩せ細ってゆくが、食欲旺盛な雛鳥たちは餌に飽くことがない。やがてすっかり成長した雛鳥を親鳥は高い木に連れて登った。すると雛鳥たちは羽を何度か羽ばたかせて一斉に飛び立ち、振り返ることもなく、二度と戻らなかった。親鳥たちは、やがて狂ったように子供を探しまわり、泣き叫んで悲しむ。

だが、白居易はこう詠じた。「燕燕なんじ悲しむこと勿《なか》れ。なんじまさに返りて自らを思うべし。思えよなんじ雛たりし日を。高飛して母に背ける時。当時の父母の思いを。今日《こんにち》なんじまさに知るべし。」と。かくして、自然の営みは、実は空性そのものである。子が親になり、親となった子が、またその子に命を引き継いで、依存関係にある生成から生成へと留まることがない。こうした営みの繰り返しが、私たちmediumの生の大きな流れとなっている。日常的な意識の中ではこうした全てを忘れ、自分たらんと思いながら生きている私たちは、この瞬間にもその自分を振り捨てて、人生の大河を流れ下っているのではないだろうか。

注

1 『大乗仏典14 龍樹論集』（梶山雄一、瓜生津隆真訳・中公文庫）

2 『人間不平等起原論』（本田喜代治・平岡昇訳・岩波文庫）

3 『変身』（カフカ：高橋義孝訳・新潮文庫）

4 2に同じ

論説

俳句における季語の境界
——無季俳句からの照射

浅沼　璞

I

　毎年言っていることだが、昨年の夏はことのほか暑さがきびしかった。温暖化によるグローバルな災害をひきあいに出すまでもなく、ささいな日常においてすら狂った感じがあった。九月下旬、なかなか咲かない朝顔、出くわさない蚊を某エッセイストが取りあげ、「猛暑のせいで秋へと活躍の場を移していないか」「至急、季語の構成を替える必要はないか」と新聞紙上で問いかけているのを目にした。

　たしかに、と横手を打ちかけたけれど、俳人のはしくれとしては簡単にそうできない理由があった。「蚊」は夏の季語にちがいないが、「朝顔」はもともと秋に分類するのが一般的だ。ただし七月上旬に立つ東京入谷・鬼子母神の「朝顔市」は立秋（八月上旬）前なので夏の季語として分類する。ややこしいけれど「朝顔」そのものは立秋後に最盛期を迎えるから秋なのだ。と言っても、なかなか通じにくいだろう。

周知のように季語のベースは二十四節季にある。しかし二十四節季そのものは中国の大陸性の気候によるもので、日本の海洋性の気候とは相即しない。[1] さらに旧暦と新暦のずれや、閏月問題（旧暦二〇三三年問題）もそれに加わる。

仮に旧暦新暦のずれに針を立てるとして、旧暦の秋は凡そ七・八・九月だけれど、新暦では一ヶ月ほどずれて八・九・十月となる。つまり旧歴の七月は秋に分類され、新暦の七月は夏に分類される。よって七月上旬の「朝顔市」は旧暦と新暦で季を違えることになる。旧暦では「朝顔」と同じく秋に分類される「朝顔市」だが、新暦では夏に分類され、秋の「朝顔」と齟齬をきたす。と言っても、やはり通じにくいだろう。

某エッセイストの「朝顔」に対する違和感は現代人として当然のものであるが、さまざまなずれを孕んだ歳時記の「季語の構成」が奇しくもその違和感を包摂してしまったとでも言おうか。むろん一事が万事そうではない。「蚊」は旧暦の五・六月、新暦の六・七月あたりで「夏」の季語として分類されてきた。だから六月に照準を合わせると新旧の暦でも齟齬をきたさない。

しかしそれはそれ、某エッセイストが危惧するように蚊が恒常的に秋に「活躍の場」を移すことになれば、「季語の構成」も無傷ではすまない。すでに「秋の蚊」という季語があるが、残る蚊・別れ蚊・後れ蚊・哀れ蚊・蚊の名残などの傍題が示すように、生き残りの力なき哀れさが本意・本情となっている。[2]

残る蚊や敲きはづして待つ心　許六
秋の蚊のよろ〳〵と来て人を刺す　子規
秋の蚊を手もて払へばなかりけり　虚子
秋の蚊を払ふかすかに指に触れ　誓子
残る蚊のひとこゑ過ぎし誕生日　不死男

耳もとに大音響の秋の蚊ぞ　稚魚

最後の稚魚の句のみ従来の本意を裏切っているかにみえるが、蚊が「活躍の場」を秋に移すことになれば、「秋の蚊」の本意も変化せざるをえないだろう。というか「蚊」そのものを秋に分類し直し、「残る蚊」を「冬の蚊」として立項せねばならなくなるやもしれない。

ことほどさように季語の境界は複合的な問題を孕んでおり、さらに温暖化がすすめば、新たな矛盾が露呈するのは必至と思われる。

がしかし、そもそも俳句にとって本当に季語は必須なのか。新たな季語の矛盾が生まれるなか、改めて問う必要がありはしないだろうか。

Ⅱ

現代の句会では当季雑詠を行うのが一般的であろう。その「当季」という概念を支えているのが歳時記にほかならない。立秋（八月上旬）以後に句会をするとして、もし蚊を詠むのであれば、「秋の蚊」つまり「残る蚊」を題とするのが共通認識である。この共通認識というのが肝要で、これはルーツをたどれば、連歌・俳諧（連句）の座にいきつく。一座への挨拶として当季の景物を発句に詠みこみ、そこから付合の座をスタートし、参加者の基本的紐帯つまり連《れん》衆心《じゅうしん》を形成していく。その発句のルールが、一句独立の俳句ひいては句座に継承されてきたわけである。季語は近代以降も共時的かつ通時的な連衆心のためのワードだったと言っていい。

（だから「残る蚊」がずれ込むと困るのだ。）

さりながら、そうした連衆心ワードは、発句の季語に限ったことではなかった。付句でも季語は詠まれたが、ほかに恋や旅など、古今集以来の部立ての継承もなされてきた。たとえば松江重頼の俳書『毛吹草』（一六四五年）に非季詞（無季）のほか恋之詞や諸国の名物などが網羅されているのはそのせいである。ならば発句にも無季の題詠があって然るべきだが何故かそうはならなかった。『去来抄』（一七〇四年頃）における芭蕉の遺語はその実情を端的に伝えている。

先師曰く、発句も、四季のみならず、恋・旅・名所・別離等、無季の句ありたきものなり。されどいかなるゆゑありて四季のみとは定め置かれけん。そのことを知らざれば、しばらく黙止《もだし》はべる、となり。

最初の「発句も」という言葉は「連句に限らず発句も」というコンテクストにあろう。連句での付句つまり平句が継承した「恋・旅・名所・別離等」の古今以来の部立て（題）を、発句にフィードバックせんとする革新性が窺える。しかし理由不明のまま四季の詞のみが発句に条件づけられている現実を前に、先師芭蕉は口を閉ざす。現に芭蕉が無季（雑）の発句として題詠を残しているのは「名所」に材をとった二句のみであった。[3]

徒歩《かち》ならば杖つき坂を落馬《らくば》哉
「笈《おひ》の小文《こぶみ》」（一六九〇年頃）

あさよさを誰《たれ》まつしまぞ片《かた》ごゝろ
「桃舐《ももねぶり》集」（一六九六年）

一句目は「杖つき」に杖突坂を、二句目は「まつ」に松島を掛けており、俳諧らしく「名所」を詠みこんでいる。

これは憶測に過ぎないけれど、芭蕉がほかに無季のテーマ詠を発句に残さなかった理由の一つとして、連句の平句で存分に無季詠を成し得たという事があったかもしれない。

きぬ〴〵やあまりかぼそくあてやかに
「雁が音も」歌仙（一六八八年）

乞食と成《なり》て夫婦《めをと》かたらふ
「此《この》里は」歌仙（一六九一年）

「きぬぎぬ（後朝）」は『毛吹草』連歌恋之詞にあり、「夫婦」は同書の俳諧恋之詞にある。長句・短句の別はあるが、いずれも恋を題とした雑の秀吟だ。

草庵に暫く居ては打《うち》やぶり
「市中は」歌仙（一六九〇年）
此筋《このすぢ》は銀《かね》も見しらず不自由さよ
同前　※筋＝街道筋、銀＝銀貨

一句目は旅立ちの境涯詠、二句目は地方での旅人の愚痴（発話体）である。両句とも旅をテーマとした雑の秀句だ。

このほか無常や別離など、芭蕉連句に無季の題詠を探すに不自由はない。芭蕉が「発句も……無季の句ありたき」としながら、さほど雑の発句を残さなかったのは、やはり季語的境界のない自由な付句の世界に遊べたから、というのが要因の一つであったに違いない。

Ⅲ

さて近代以降、季語的境界のない自由な付句の世界を持たなくなった俳句というジャンルにあって、その連句への潜在的意欲を指摘したのが髙柳重信氏であった。[4] これは雑の付句によって充足を得たであろう芭蕉とは真逆のパターンで、〈新興俳句運動の渦中での連作俳句や無季俳句の実践〉等をあげ、そこに季語に拘束されない付句への潜在的意欲を髙柳氏はみたのであった。ただ新興俳句運動における無季俳句のテーマとは、芭蕉で確認したような古今的なものではなく、国家間「戦争」という現代的なものであった。季題季語に対峙するテーマとしてこれはかなり重要なことであったはずだ。川名大氏の言を引こう。[5]

新興俳句運動が方法的に目指したものの一つに、いわゆる季題季語とその質において競い、それを超えるところの新たな「題」「語」の創出があった。その見事な成就は、たとえば、渡辺白泉の「戦争が廊下の奥に立つてゐた」における「戦争」という語であった。

「題」「語」と列記しているのは、「季題」「季語」を強く意識してのことであろう。「戦争」という語に限定せず、題として広くとらえれば、白泉には他に「繃帯を巻かれ巨大な兵となる」「銃後といふ不思議な町を丘で見た」等の鮮烈な戦争詠があった。[6]

他の作者の例もあげよう。

兵隊がゆくまつ黒い汽車に乗り　三鬼
戦死せり三十二枚の歯をそろへ　清子
母の手に英霊ふるへをり鉄路　窓秋
墓標立ち戦場つかのまに移る　辰之助
戛々《かつかつ》とゆき戛々と征くばかり　赤黄男

銃後俳句・戦火想望俳句・前線俳句という区別はともかく、「戦争」という題が一句の自立性を担保していることは季題季語に劣らないであろう。川名氏の指摘のとおり新興俳句運動の「見事な成就」にほかならない。

戦後七十数年、幸いなことに日本では平和が維持され、新興俳句運動の成果も客観的に俳句史に位置づけられるようになった。[7] がしかし、世界に目を向ければ、無季の戦争詠はリアルタイムで生成され続けている。そのことを教えてくれたのがウクライナの俳人ウラジスラバ・シモノバ氏の句文集である。[8] ロシア語で書かれたその五十句には、監修者の黛まどか氏を中心とした翻訳チームによる和訳詠が添えられている。読み進めると、戦前・戦中を問わず有季の作品が多くをしめるなか、無季の戦争詠が幾つか目に飛びこんできた。

雨に転がる血まみれの小さき靴
ウラジスラバ
絶え間なき砲撃チワワ吠《ほ》え立てる
真つ青な空がミサイル落としけり
いくたびも腕なき袖に触るる兵

和訳ながら三・四句目は、季語の境界を越えた無季の戦争詠として自立性を得ていよう。さらに俳誌「あかり」創刊号に掲載の新作（名取里美氏訳）[9]には次の一句もあった。

奇妙な街にひとつづつ灯る窓
ウラジスラバ

これは先の「銃後といふ不思議な町を丘で見た」という白泉作品と通底する秀吟であろう。

句に添えられたエッセイによると、戦前は自然が俳句のテーマだったが、戦後は詩的な目で戦争を見ることの重要さに気づいたという。〈私の体験を世界中の人々と共有できるから大切なのだ〉というのである。これはグローバルな基本的紐帯（連衆心）の萌芽に相違なかろう。[10]

Ⅳ

そして本年、ウラジスラバ句集と類似の読書体験をもたらす訳本に遭遇した。それは「俳句コラム」という国際俳句グループ（三十ヵ国、三千二百人以上参加）による二〇二〇年版アンソロジーである。[11]繙いてみると、やはり有季の作品が多くをしめるなか、無季のパンデミック詠の秀吟が目に飛びこんできた。

日輪やコロナ一瞬忘れたる
フェテン（チェニジア）

自宅待機バケツの中の空を見る
　　ファビオラ（モーリシャス）
父恋し太陽のなきロックダウン
　　クリスティーナ（シンガポール）
また監禁茂みに風の声のする
　　フランソワーズ（フランス）

　このように「コロナ」「自宅待機」「ロックダウン」「監禁」というキーワードが並んでいる。最後の「監禁」についてはナディン・レオン氏（フランス）が、〈「監禁」という言葉が「季語」（地球全体に共通する、悲しく重大な出来事）として作用しています〉と短評している。まず季語をグローバルな詩語としてとらえ、次にそれと同等のものとして「監禁」というキーワードを捕捉していることがわかる。やはりグローバルな連衆心を形成すべき言葉の認識とみて間違いなかろう。

　翻って日本のパンデミック詠はどうであったか。記憶に鮮明なのは、「見えない王冠」と題された夏石番矢氏の連作における無季句である。[12]抜粋しよう。

大都市封鎖みんなの頭上に見えない王冠
　　番矢
見えない王冠すべてを二進法に変える
あらゆる細道見えない王冠充満す

「見えない王冠」というキーワードが新型ウイルスのメタファーとして機能し、無季俳句を可能ならしめている。かつて歳時記のアンチテーゼとして『現代俳句キーワード辞典』（註6参照）を編んだ夏石氏ならではの成果に違いない。作者と読者をつなぐ連衆心のための詩語を、このようにシンボリックに顕在化させることもまた可能なのである。

　さて「キーワード」といえば、世界各国の

文化を解くキーワードを視野に、「世界歳時記」なるものを庶幾した尾形仂氏の提言が思い出される。[13] 紙幅が尽きたので詳述は避けるけれど、「発句も無季の句ありたき」という前述の芭蕉遺語に則り、俳句の自由さを通時的・共時的に説いた尾形氏は、国際化時代の俳句は日本的風土の季語を桎梏とせず、それぞれの国にふさわしいキーワードを集めた「世界歳時記」によるべきと提唱した。爾来三十有余年、本稿でみた「戦争」や「パンデミック」という国境を超えた連衆心ワードの発生を鑑みるなら、ありうべき「世界歳時記」の新たな（境界なき）形態を併せて模索していく必要もあると言わなければならないだろう。つまりナショナル且つインターナショナルな両面的価値をもった「世界歳時記」をこそ編纂すべき時代に私たちはいるのである。

註釈

1　「どうなる二十四節気」『俳句』二〇一二年八月号（角川書店）など。

2　〈秋の蚊、残る蚊などの名で、名残りのあわれさを訴えるのが、秋のこの一群の季題である〉『新歳時記　秋』平井照敏（河出書房新社、一九八九年）

3　芭蕉にはほかに「月花」の発句が数句あり、俳諧では無季の扱いとなるが、ここでは広義の季句としてとらえ、除外した。

4　「俳句形式における前衛と正統」『現代俳句の軌跡』（永田書房、一九七八年）

5　『現代俳句　上』（ちくま学芸文庫、二〇〇一年）

6　夏石番矢『現代俳句キーワード辞典』（立風書房、一九九〇年）、現代俳句協会編『現代俳句歳時記　無季』（学研、二〇〇四年）等では「戦争」が立項され、「戦争が廊下の奥に立つてゐた」が例句とされている。

7　現代俳句協会青年部・編『新興俳句アンソロジー　何が新しかったのか』（ふらんす堂、二〇一八年）ほか。最近では俳誌『鬣』87号（鬣の会、二〇二三年五月）で「戦火想望俳句の現在」という貴重な特集がなされた。

8　黛まどか・監修『ウクライナ、地下壕から届いた俳句』（集英社インターナショナル、二〇二三年）

9　俳誌『あかり』創刊号（あかり俳句会、二〇二三年一二月）。なお名取里美氏の和訳では「ヴラディスラバシモノヴァ」となっている。

10　似た意味で、ウクライナの詩人オスタップ・スリヴィンスキー氏の『戦争語彙集』（ロバート・キャンベル訳、岩波書店、二〇二三年）は示唆的な一書と言えよう。

11　向瀬美音・企画・編・訳『パンデミック時代における国際俳句の苦闘と想像力2020.1－2021.1』（コールサック社、二〇二四年）

12　夏石番矢・世界俳句協会編『世界俳句２０２１』一七号（吟遊社、二〇二一年）

13　尾形仂『俳句の周辺』（富士見書房、一九九〇年）。奇しくも夏石氏の『現代俳句キーワード辞典』と刊行年を同じくする。

【その他　参考文献】『俳句の本Ⅲ　俳諧と俳句』（筑摩書房、一九八〇年）・『芭蕉の人情句』宮脇真彦（角川選書、二〇〇八年）・『芭蕉全句集』雲英末雄・佐藤勝明（角川文庫、二〇一〇年）・『角川俳句大歳時記』（角川学芸出版、二〇一三年）など。

論説

閾をまたぐことなく浮遊する

小神野真弘

「なぜ通勤電車の大人たちは、みんな顔が死んでいるんですか?」

筆者が担当するゼミの学生からのふとした質問に、どう答えるべきか考える。その問いには含意として「どうして大人はこんなにも不幸せそうな生き物なのか」という嘆きと、「私の顔も、やがて死んでいくのだろう」というため息が絡まり合っている。

筆者も不幸せそうな大人に含まれているのだろうな、とショックを受けつつ、「そう感じるのは理解できる」と思う。「そう思わせてしまってごめんなさい」とも思う。「もう二十一歳なんだから、民法的には君もとっくに大人じゃないか」とちょっとイライラしたりもする。でもやはり、頭のなかの大部分を占めているのは「大人=不幸せ、というのは少しばかり極端だろう。彼ら彼女らも楽しければ笑ったり、悲しければ泣いたりもする。通勤電車という限定的な状況の印象を、大人と呼ばれる人々の日常に広く当てはめるのは適切ではないと思う」という反論だ。

　実際に伝えると、「そうかもしれませんね」と返ってくる。相手の顔には、そういうことじゃあないんだよ、という感慨が滲んでいる。ただどこかに、まぁわかるけどさ、という微かな了解も見出せる。我ながら歯切れの悪いコミュニケーションだ。とはいえ、この不格好な問答が少なくとも成立することを、嬉しいと感じる自分がいる。境界と呼ぶのはやや大仰かもしれないが、若者と大人の狭間には確かに線が引かれていて、それに沿って半透明の膜が世界をぼんやりと切り分けている。まだ壁には変じていない。膜に小さな切れ目をつくり、あちら側の人々と目を合わすことが、私たちにはまだ許されている。

　人は見たいように世界を見る。難儀なのは、希望と絶望が併存するなら、世界の見方は後者の影響を強く受けることだ。絶望に駆られた眼差しは絶望の物証が大好きだ。だから世界を見れば見るほど、そこが地獄に思えてくる。とは言っても私たちの多くが（体感として）地獄を生きていないのは、異なる意見を持つ他者と交わることで、一定の指向性に縛られた世界の見方が撹拌されるためだ。

　社会の分断が問題視される一因がここにある。分断は、異なる他者と交わるための回路を途絶させる。自分が見ている世界に疑義を呈する余地を縮小させてしまう。今号の「はじめに」で言及した南アフリカ共和国は、そうした傾向の行き着く果てを示す具体的事例だ。筆者は二〇一九年に同国最大の都市・ヨハネスブルグの新聞社に勤める機会があり、白人コミュニティと黒人コミュニティの境界を越えた。ごく限られた部分に過ぎないが、同国の分断の様相を目の当たりにした。その時の体験を記してみたい。分断と向き合う際の所作を考える上で、また今号のテーマである「境界」について考える上でも助けになると考えるからだ。

筆者の勤務先や自宅があったのは白人のコミュニティだ。街並みの雰囲気は、日本の地方都市と似ている。道路は舗装され、街区には照明が行き届き、スターバックス・コーヒーがある。黒人のコミュニティを訪れると、文字通り異世界に踏み込んだ感覚を抱く。そこにも貧富の差はあって、日本人の感覚からしてごく普通の一軒家が整然と並ぶ区画も存在する。貧困対策として政府が建設したものだ。しかし、トタンやベニヤで造られた簡素な住宅で暮らす人々も大勢いる。電気や水道、ガスといったインフラへのアクセスがなく、薪で煮炊きする世帯が多い。ゴミがあちこちに散乱し、砂煙のなかで子供たちがサッカーボールを追いかけ回している。コミュニティ間の移動は車で二十〜三十分ほど。ひとつの都市のなかにここまで生活水準の異なるコミュニティが並んでいることを、当初は直観的に受け入れるのが難しかった。

実際、南アフリカは世界で最も人々の分断が進行している国のひとつとされる。経済格差の度合いを示すジニ係数は世界最悪（二〇二一年の調査では0・62。ジニ係数はゼロ〜一で示され、ゼロに近いほどその国の格差は小さく、一に近いほど格差は大きい。同時期の日本は0・33）で、人口の一割に満たない白人が富の大部分を保有し、黒人の多くが貧困に苛まれている。

こうした構図の元凶は、一九九〇年初頭まで同国に存在した人種隔離政策・アパルトヘイトだ。奴隷制と並ぶ人道的犯罪と呼ばれるこの政策の内容は、当時人口の二割程度だった白人が国土の八割ほどを独占し、人口の大多数を占める黒人を痩せた土地に押し込め、彼らから選挙権や義務教育などの基本的な権利を剥奪するというものだ。黒人にとっての主幹産業だった農業を破壊し、彼らを鉱山や工場などの労働力に転換することが目的のひとつだったといわれる。

筆者がかねてから疑問だったのは、アパルトヘイトの撤廃から約三十年が経過しても、なぜ白人と黒人の経済格差は依然として解消されないのかということだった。確かに貧困は一朝一夕では解決できない。しかし、南アフリカは金やダイヤモンドなどの鉱物資源に恵まれていて、アフリカ大陸でも指折りの経済大国なのだ。肌の色から生じる社会的な制約が取り払われてから三十年もあれば、もう少し格差が縮まっている方が自然なように思えた。

黒人のコミュニティを取材し始めてから間もなく、筆者はNとSという黒人の若者と知り合った。二人は観光客相手のガイドで収入を得ながら、ボランティアとして地元にインフラを敷設するNPOの活動を手伝っていた。黒人以外が貧しい黒人のコミュニティを訪ねることはほとんどない。人種間の交流が盛んではないのも一因だが、南アフリカは治安が悪く、そうした地域には職業的犯罪者も住んでいるためだ。二人がいなければ、日本人である筆者が黒人の暮らしを深く知ることは不可能だった。

二人と黒人コミュニティを歩いていると、頻繁に「教育に価値を見出せない」と語る人々と出会った。勉学に励むことは疑いようもなく貧困から脱出するための具体的な手段のひとつだが、アパルトヘイト時代に生まれ育った世代は自身が教育を受けていないため、その価値を信じることができない――、NとSはそう解説した。その感覚は新たな世代にも引き継がれ、結果として律儀に学校に通うことが「格好悪いこと」という同調圧力が生じ、ドロップアウトして単純労働に従事したり、犯罪者になったりする者が大勢いるという。

アパルトヘイトが撤廃されても多くの黒人が貧困に苛まれ続ける理由の一部が理解できた。「教育に価値を見出せない」と語る人々は、勉学に励んで成功することを、自分が生きる世界と地続きの出来事だと考えていない。彼らにとって経済格差は越境不可能な壁であり、その外側に向けての想像力が途絶している。換言すれば、世界が「閉じて」しまっている。これが、分断がもたらすものだ。

NとSは教育を受ける子供を増やしたいのだと度々語った。インフラ敷設のボランティアに従事しているのも、記者（筆者）の取材に協力しているのも、自分たちのコミュニティに良い変化をもたらしたいからだと言う。交流を深めていくと、二人とも地域では比較的裕福な家庭の出身であることを知った。家族の理解と支援があり、高校まで通えたそうだ。

もちろん黒人を取り巻く困難の原因を教育だけに求めるのは正しくない。制度としての差別は消えても、意識としての差別は社会に根強く残っている。現在でも保守派の白人の一部には、教育や職業選択の自由は黒人にとって「重荷」であり、彼らにとって「適した仕事」（曰く、農夫や家政婦など）に従事するべきだと考える人々がいる。また、南アフリカの黒人社会は縁故を重視する文化が強く、コネが無ければ成功しづらいのも事実だ。こうした人種や血縁に基づく差別と選別の存在が、多くの人々にとっての社会的成功への道筋をか細いものにしているのは確かだろう。だが、教育を受けなければそれを志すこともできない。ここまで考えて、再びこの問いの難しさに直面する。教育が大切だというメッセージ自体が共有できない場合、どうやって事態を克服するべきなのか。筆者はいまだにその答えを持ち得ていない。

もうひとつ、南アフリカでの体験で印象的なものがある。これは分断とは逆の現象と呼べるかもしれない。境界が取り払われることで、むしろ生じる混乱がある。

一九九四年、ネルソン・マンデラが黒人として初めての大統領に就任し、同国は再スタートを切った。マンデラはあらゆる人々がアイデンティティを保持したまま融和できる国を夢見て、新たな南アフリカを「虹の国」と呼んだ。支配階級だった白人を排斥することなく、「彼らを許そう」と黒人たちに説き、和解の政治を推し進めた。アパルトヘイト時代に二十七年間の獄中生活を強いられたマンデラの言葉だからこそ、人々はそれを受け入れ、国内に留まらず世界中に希望を与えたのだった。

現在、人々の分断が解消されていないのは明らかだ。マンデラの理念は途絶してしまったように思える。だがそれとは別の問題として、アパルトヘイトを、つまり「支配者・白人」と「被支配者・黒人」を規定していた境界を取り去ったことは「間違っていた」と語る人々に筆者は何度も遭遇した。

彼らは、アパルトヘイト時代にはある種の秩序があったと語る。その多くは失業者、薬物中毒者、元犯罪者など、いわば社会の下層に位置する人々だった。白人が黒人を支配していた時代、黒人は〝公的〟に白人を憎むことができた。しかし、例え建前に過ぎない機能不全のものであったとしても、民主的かつ自由とされる社会ではその正当性は解体されてしまう。暮らしが上向く兆しを何一つ見出せない境遇にありながら、怒りや不満を向ける「敵」が自明ではないという状況。それが突きつける絶望の切実さは、筆者には想像もできない。路上で話を聞いた浮浪者男性が「今は、誰を憎めばいいのかわからなくなってしまった」と悲鳴のように叫んだ姿がいまでも鮮明に思い出せる。

ボーダーレス社会という言葉を近年よく耳にする。それはバリアフリー社会の発展のようなもので、一切の境界が存在しないというようなラディカルな意味合いで使われているわけではないと理解しつつも、この言葉を聞くたびに若干の戸惑いを感じるのは、きっと南アフリカでの体験のせいなのだと思う。

事実として、私たちが生きるために境界は不可欠だ。

原始の海で内と外を隔てる膜が生まれたことが、生命の起源であるとされる。やがて性差が生まれることで遺伝的多様性が担保され、眼が生まれることで狩りや危険を察知する能力が向上した。生命進化の歴史は、何かを境界で切り分ける歴史と言っていい。

社会的にも同様だ。個体数が増大するに従って、家族、村落共同体、都市、国家と、自分たちを規定する枠組みを新たに生み出し続けてきた。だからこそ、境界が取り払われると私たちは混乱する。大勢のアメリカ国民がドナルド・トランプを支持したのは、彼が誰よりも明快に憎むべき敵を示したからだった。

境界を引くことで、人の認知的負荷は低くなる。ここに境界の難儀な性質の根っこがあるように思える。目につくものに片端からラベルを貼り、整頓し、秩序を見出すと、世界を認識する際に巡らせなければならない思考の量は削減されていく。それと並行して、境界が引かれている事実や経緯に思考を向ける頻度も減って、やがて忘れることがある。そうなってしまうと、世界の見え方に疑義を呈することは困難だ。これがここまで分断と呼んできた状態なのだろう。

億劫なことをするべきだ。囚われすぎることなく、しかしその輪郭を正しく認識できる程度にはしっかりと、閾をまたぐことなく浮遊するように境界を見つめる。確かなものなどないという感覚を頼りに、時には世界の見方を攪拌して、境界線を引き直す。そんな在り方が私たちには求められている。

論説

越境による境界

佐藤述人

　他人を求めず、何も求めず、ひとりで正しく自分を守って生きていけるような強さがあれば、それがいちばんいいのだろうか。とはいえ、そうだったとしても、僕らはそんなに強くも正しくもないので、たぶんまただれかに対して、わかってほしいと望んだり、好いてほしいと願ったりしてしまうだろう。そうしてそのたび、埋まらない隔たり、壊せない壁、知らない天井、他人との境界を前にして立ち止まるしかなくなる。気持ちは伝わりようがない。相手が何を考えているのかもわからない。会話で思考を伝えられるだろうか。言葉を尽くしたところで、相手はそもそも僕の言うことなんて聞きたくないのかもしれない、もっとほかに聞くべきものがあって、僕なんかに時間を割くのをもったいないと思っているのかもしれない。あるいは僕に何か有用な価値があると思って打算的に話を聞いてくれているだけで、用が済んだらいらなくなるのかもしれない。本当にそう思っているの？　という質問には首肯するしかないから意味がない。言うことすべてが曲解されている可能性もある。と思って醜く言い訳を重ねてしまう。同じものを見ているという確かな証拠はない。そのような、もはや越境不可能とさえ思われるこの自他の境界を、僕らはどうしたらいいか。

1

まずはひとつの空想につき合ってほしい。これはガリレオ・ガリレイにかんする空想だ。と言って、僕が小学生のころから近所の図書館の本棚にある子ども向けの伝記本、[1]これ一冊ぶんのことしか僕はガリレイについて知らない。その意味で、このあとに書く一場面、彼の裁判とその直後の言葉については芯から空想であって、ガリレイその人とは（実在した数学者とは）ほとんど関係がないとすら言っていいかもしれない。

この伝記本において僕に最も印象的だったのは見開きで大きく掲載されている絵画、法廷に立つガリレイを描いたという不気味な絵だ。[2]この絵には『ヴァティカンの宗教裁判所に引き出されたガリレオ』というタイトルがつけられているらしいが、もちろん初めて読んだときの僕はそんなこと知らなかったし、正直に言えばいまでもこれが美術史的にどんな位置づけのものなのかまるで知らない。それでも僕はそこに描かれたガリレイの腕、身を守るように胸の前に構えられたその右腕と、また腰の引けたぎこちない両脚、そして泣きだしそうな右目、怯えているように見えるこの表情を忘れることができない。

周知のようにガリレイは一六三三年四月、地動説を擁護した異端者であるとして裁判にかけられた。彼には有罪判決が下されるものの、コペルニクスへの賛同を撤回することで、拷問と死刑は免れたのだった。このいわば減刑はまた彼の友人たちの計らいによるところも大きかったようだ。先の絵画が裁判のどの場面を描いたものなのかわからないけど「彼は拷問されずにすみましたが、裁判のあいだじゅう、その可能性におびえていたのでした」[3]という解説文のせいもあり、伝記を読んでいるさいの僕には、そこに描かれているのがまだ判決が下る前の宙づり状態のガリレイのように想像された。そう想像してみると、判決が遂に下され、生かされることが決定したときの彼の安堵もまた想像しないわけにはいかないのだった。安心したとたんに右目から涙が流れ始め、そのことが照れくさいのか、少しだけはにかみながら腕を降ろし、しばらくしてから思い出したように教皇ウルバヌス八世に対して礼の姿勢をとる。十数秒のあいだ頭を下げたのち、思いのほか素早い動作で上体を起こした彼は、友人たちに手を引かれつつ法廷を出ている。階段を降りながら自らを取り囲む人々に感謝を述べる。風にさらされた右頬が涙の跡のせいで冷たい。その冷たさもいまの彼には心地いい。友人たちの会話に釣られて笑うと、しばらく動かしていなかった顔の筋肉がむず痒い。そのせいで彼の微笑みはやけに子どもっぽいのだった、その笑顔、そのかたちが顔に固定されたまま、しかしすでに彼から喜びは取り去られている。一歩、土を踏む。この地面！　この球！　いくら俺がコペルニクスの論を放棄しようと、いくら友人たちが俺を擁護しようと、そんなこととは何の関係もなく動き続けている。だれが証言を曲げようと、言葉を曲げようと、動いているという事実は曲がってくれない、曲がりようがないではないか。たとえ動いているように感じられなくても、それでも、動いているのだ。この事実が変わらない以上、俺は、そして後に続く者たちも、この動きを何度でも辿ってしまうだろう。「それでも（地球は）うごいているのだ」[4]と彼は畏れのなかでつぶやいている。

この有名な言葉はのちの創作だという説が有力らしいが、だとしても当時の僕は以上のような空想に捉われていたのだった。またこの伝記では、地動説への賛同を初めて公表して司祭から批判されたころのガリレイを「神を疑っているのではなく、真実を見ようとしない人間の態度に疑問を持っている」[5]と紹介している。彼は信仰を突き詰めて考えたすえに地動説へ辿り着いたのであり、要は動かない（ように感じられる）地面をより十全に見ようとしたすえに地動説を擁護せざるを得なくなったのだった。ここで重要なのは、教会側の人々や研究を始める前のガリレイが、不動の地面という誤った地面、真実の地面とは異なった別の地面を見ていたわけではないという点だろう。不動の地面と動く地面（誤った地面と真実の地面）の二種類があって、誤った選択によって不動のほうの地面を認識していたわけではなく、いわば動く地面を十分ではないかたちで見るときに不動の地面が見えていた、動く地面の非十全なかたちこそが不動の地面だったのだ。[6]こう考えてみて僕は、「虚偽〔誤謬〕とは非妥当なあるいは毀損し・混乱した観念が含む認識の欠乏に存する」[7]あるいは「観念の中にはそれを虚偽と言わしめるような積極的なものは何も存しない」[8]というスピノザの言葉を思い出している。

この言葉をアランは「誤謬自体には積極的なものはなにもないとスピノザはいう。いう意味は、神の眼には、人間の想像もすべて真実だというにある」[9]と解説している。ここで言われる〈誤謬〉と〈真実〉について彼はわかりやすく具体例を示している。

たまたま彼は汽車に乗っていて、窓外の丘の風景をぼんやりと眺めていた。そのとき、ひとつの丘の斜面を村落の方へのそのそと這う、大きな頭をした一個の怪物を見た。そやつは強大な翼をそなえ、幾対ものながい脚をうごかして、すばやく動いている。要するにぞっとするような怪物である。ところがこれが、じつは窓ガラスのうえの一匹の蠅にすぎなかったのである。誤謬と確信とのこの短い一瞬が、彼を魅了した。[10]

これはアランの友人の実体験だという。窓外に怪物を見たと思ったらガラスにとりついた蠅の見間違いだった。つまりアランの友人は怪物を見ていると思いながらそのじつただ蠅を非十全なかたちで見ていたにすぎなかったのだ。言い換えれば、彼は実在しない（誤謬の）怪物を見ていたわけではなく、実在する（真実の）蠅についての非十全な認識を得ていただけだった。その意味で彼の認識には何も積極的な誤謬はなくて、ただ真実に欠けがあっただけだということとなろう。彼が見たものは積極的な怪物ではなく消極的な蠅だったわけだ。一方でドゥルーズはアランが言及したのと同じスピノザの言葉を引きながら「だがしかし非十全な観念のうちには、なにか積極的なものがある」[11]と言う。さらりと読むとアランの話と矛盾しているようにも見えるがそうではない。「非十全な観念のうちにある積極的なもの、これを明確にするにはこういわなければならない。すなわちこうした非十全な観念は、私たちの理解する力能によっておのずから開展されるわけではないが、最も低い度合いのこの力能を含んではおり、その観念自身の原因を表現してはいないが、それを指示してはいるのだ」[12]とドゥルーズは説明する。彼はこの箇所の少し前で、十全な観念を、「私たちの本質、すなわちこの私たちのもつ力能——認識し理解する力能——によって、おのずから開展される」ことと「原因としての他の観念、さらにはそうした原因の決定因としての神の観念を、表現している」[13]ことから論じていて、前者をその形相因、後者をその質料因としている。それを踏まえて言えば、要は彼は、形相因としても質料因としても、非十全な観念が十全な観念と全く関係のないものではないとしている（非十全な観念を十全な観念とは別に一から成立したものではないとしている）のであり、そのことをもって非十全な観念のうちにある積極的なものを語っていたわけだ。少し乱暴な説明が許されるならば、非十全さとは欠けがあるだけのただの十全さであるという意味で非十全なものは十全なものの積極性を含んではいる／指示してはいるのだ、と言ってしまってもいいだろうか。

　言い換えれば、誤謬（と言われるもの）はただの欠けのある真実だということであり、アランはこれを「真実な誤謬」[14]と表現する。ところでそう考えてみると、僕らは（非十全なかたちでではあるが）真実以外に何も認識できないということとなろう。いや、この言いかたは厳密ではない。真実以外の認識対象が存在しないというのが正確なところだろう。

　不動の地面がただの非十全な動く地面だった、窓外の怪物がただの非十全な蝿だった、誤謬なるものがただの非十全な真実だったのは、固定された地球も怪物も誤謬も実際のところは存在しないから、つまり十全なもの以外に何も存在していないからだ。では、存在しているものとは何か。スピノザは「自己原因とは、その本質が存在を含むもの、あるいはその本性が存在するとしか考えられえないもの、と解する」[15]と言う。

　要は、存在するしかない、存在しないということがないものを自己原因と言っているのだ。ところでこれは、よく考えてみれば外部の原因が何もないということでもあると思われる。

　身のまわりの個物にはすべて外部の原因がある。[16]たとえばこのペンは、僕が机に運んだからここにあるのだし、僕が机に運べたのはこれを以前バイト先の先輩からもらったからで、先輩が手に入れられたのはこれが工場で生産されたからで、と無際限に原因を辿れる。あるいは引力や摩擦力や気圧を初めとするさまざまの力が働いているからペンはここでかたちを保っていられるのであり、その力学的な作用についても原因を辿れる。更にお望みならこのペンを構成している素材やそれを構成している粒子などの各々の今日までの軌跡を追うことによっても原因を辿れるだろう。[17]しかし、原因があるということは、その原因がなければ存在しなかったということでもあるのだから、つまり存在しないということがあるわけで、これだけからも自己原因とは、原因の追跡ができないもののはずであり、そのようにあるものこそが必然的に存在する実体だとわかる。[18]

僕はいま勢いあまって〈実体〉と口走ったけど、スピノザは「実体とは、それ自身のうちに在りかつそれ自身によって考えられるもの、言いかえればその概念を形成するのに他のものの概念を必要としないもの、と解する」[19]と定義している。他のものの概念を必要としないということは外部の原因を必要としないわけだから、実体は自己原因としてあると考えていい。[20]ならばこの自己原因たる実体こそ、先に僕の問うた存在しているもの、それ以外に存在のしようがない十全なものだと考えていいだろう。[21]またスピノザは「すべての実体は必然的に無限である」[22]とも言っている。質の低いニュース記事のようにこの部分だけを切り抜くと、とりわけ「すべての」という言葉づかいから、あたかも実体がいくつも存在するように読めてしまうかもしれない。が、そうでないのはここまで論じてきたことからだけでも簡単に説明されよう。実体は自己原因としてあるのだった。そして自己原因には外部の原因がない、つまり外側からの影響がないのだった。外部に何かがあればその影響を受けずにいることはできない。日常的に考える限りでも、物が二つある時点で必然的に少なくとも左右や前後などの関係が生じてしまうことを思えばわかるだろう。ならば実体には外部がないということとなろう。ゆえに実体が複数あるはずはない。実体が複数あれば任意の実体と他の実体との関係は各々の外部どうしということとなるからだ。[23] しかもここから、実体が無限だとスピノザが言う意味もわかるだろう。外部があるならばそれは無限ではない。外部があるということは内外を区切る境がどうしてもなければならない。そして内外の境とはそのものの有限性を規定するものだ。たとえばある建物を思い浮かべるとわかりやすい。建物は外壁という内外を分かつ境によって仕切られることで有限なものとなっている。もしある建物が無限に広かったなら、どこまで歩いても壁に到達しないだろう。逆から言えば（当然のことだが）境のないものが無限なのだ。無限の実体には外部がなく、無限の実体はひとつだけで、無限の実体は分割され得ない。ならばすべてのものは唯一の無限の実体に含まれているということとなろう。

　ここまで考えてみると、動く地面や窓の蠅も、厳密には十全なものではなかったと言えるようにも思われてくる。もし蠅を真に十全に認識しようとすれば、たとえばそこに差す光について、そこに働く力について、そこにあるすべての原因について境を定めずに認識せねば十全とは言えないではないか。あるいはもっと単純に考えて、そもそも蠅の身体のうち、こちらへ（僕の眼のほうへ）向いているのとは反対側の側面についても境なく認識せねば十全とは言えないし、蠅の体内の構造についても境なく認識せねば十全とは言えないだろう。そしてその体内にある空気の一部は呼吸のさいに体外へ放出されるわけだから、その意味で蠅が気門から排出した二酸化炭素を初めとする物質についても境なく認識せねば十全とは言えず、それらの物質を十全に認識するには、またその物質と影響し合うものについても境なく認識せねばならないわけだから、少なくとも大気の全体を空隙なく認識しないことには蠅の十全な認識ではないと言われねばならない。そしてむろん大気の全体を認識したところでまだ境のない十全な認識からはほど遠い。隙間なく宇宙のすべてを、間断なく天地開闢以来のすべてを、明断に認識してもまだほど遠い。

　実体が境なく無限だということはその実体のほかには何もないということなのだったから、海水のなかの水滴が輪郭に縁取られていないように、すべてのものは無限の実体という海に溶け合っていると言われねばならず、ならば境のない十全な認識とは実体の全体を一挙に認識すること以外にあり得ないだろう。逆から考えると、僕らが日常的に得る蠅の認識、これは無限の実体の部分的な認識、断片的な認識、つまり非十全な認識のことだと言っていい。僕らは境のない無限の実体のなかの任意の部分を勝手に限定し、無限のはずのものに有限な箇所をでっちあげることで、欠けた実体、あるいは実体の欠片として、個物の像を捉えているのではないか。富松保文は「何かが見えるということは、その何かと私の間に他の見えるものがないということである。見えないということはしかし、端的な無、何もないということではない。空気は見えないがたしかに存在し、その空気によって私は呼吸し生きている。視覚とはたんに見る能力であるというよりも、見えるものと見えないものを分かつ能力であると言った方がより事柄を明確にしてくれるだろう」[24]と言った。これを応用して言えば、僕らは境のない無限の実体のなかに見えない部分を作り、分かつことで（非十全にすることで）蠅の輪郭や地球の軌道など、境に縁取られた有限の対象の認識を得ているわけだ。

　有限性は境によって規定されるのだった。そして境があるとはすなわち外部があるということだった。ただ、これまで確認してきたように唯一の存在である無限の実体には外部がないのだから、僕らの認識の欠損、あるいは毀損した仕組みによる認識が内外の区切りを錯視するときにだけ、有限なるものが、ならば境が、生じる（ように感じられる）のだろう。要は、ここから先は別！　と区切れる箇所があると僕らが勘違いしたときに境界と呼ばれるものは初めて発生するのだ。では僕らはどのようなときにありもしない区切りを勘違いするのか。それは、簡単に言えば跨ぎ越すことのできる線のようなもの、より正確には跨ぎ越す運動、これを想定できるときに、ではないかと僕は思う。分割できない実体の十全性においては別物でないはずの〈蠅の脚〉とそれの接している〈窓ガラスの表面〉、たとえばこの二つを分かつ境界を僕らが意識するのは、ここまでは蠅の脚でここを越えたらガラスだ、と跨ぎ越しを想定するからだ。

その意味で、境界がまずあってそれを越える行為が越境と呼ばれるのではない。僕らが越境の可能性を錯覚するときに境界が見いだされるのだ。

2

僕らは越境をまず想定することによってそこにない境界を転倒的に捏造している。認識（の仕組み）の非十全さが無限の実体に有限の個物を見いだす。しかしこう書くとき、僕は前節でも引用した富松保文がほかのところで語ったことについて考えねばならない。「身体はたんにモノとして世界のなかにあるのではなく、世界に住んでいる。世界もまた、たんにモノの集まりとして私のまわりにあるのではなく、身体の暮らしの場として、すなわち環境として、住まいとしてある。それぞれ独立別個のものとして世界と身体があるのでもなければ、世界の側が一方的に身体を規定しているのでも、身体が一方的に世界を利用したり改変したり意味づけたりしているわけでもない。そもそも身体と世界をまるで別個のものであるかのように語る語り方がおかしいのだ。世界とは別のところにまず身体なるもの自体があって、それがあるとき世界に住みはじめるわけではない。身体は文字どおり世界から生まれてきたのであり、それ自身、世界の一部である」[25]と富松は言う。認識の仕組みに即して実体を分割している主体とされる僕もまた、必然かつ当然に、無限の実体の一部という真実な誤謬であるのを免れないだろう。

　有限に見えるものはそのじつ、すべて先立つ外部の原因なく前提されはしない。ならば僕なるものも、それそのものを開始地点として生じているのではなく、原因と結果の連綿において生じているはずだ。このことについては「ある行為が過去からの帰結であるならば、その行為をその行為者の意志によるものと見なすことはできない。その行為はその人によって開始されたものではないからである。たしかにその行為者は何らかの選択はしたのだろう。しかしこの場合、選択は諸々の要素の相互作用の結果として出現したのであって、その行為者が己の意志によって開始したのではないことになる」[26]と語る國分功一郎の言葉が参考となろう。彼は「能動態と受動態の対立は普遍的でも必然的でもない」[27]という歴史的な事実から出発して中動態という聞き慣れない態を論じることで、能動態と受動態に支配された文法内でばかり考えている僕の思考の方法そのものを刷新してしまう。本論は言語の歴史を論じるものではないからその道筋をすべて辿るよゆうはないけど、彼の紹介する中動態の議論をこれまでの話に導入することで、今度は認識世界ではなく認識主体についての側面から、引き続き可能的に錯覚された越境による境界の捏造を考えたい。

　かつて人々は受動態と能動態ではなく中動

態と能動態が対立する文法で言葉を用いていた、ということはそのような方法で思考していたのだという。どんな違いがあるのか。國分は熊谷晋一郎との対談のなかで「能動態と中動態の対立においては、「する」か「される」かではなくて、「外」か「内」かが問題となっているということです。主語が動詞によって指名される過程の内部にあるときには中動態が用いられ、その過程が主語の外で終わるときには能動態が用いられた[28]」と述べる。主語が動詞の過程の内部にあるとは、主語が動詞の「働く場所になっている[29]」とも言えるわけだが、これを國分は〈惚れる〉という、受動でも能動でも言い尽くせない動詞を例に「私は自分で誰かに惚れようとするわけではない。しかし、誰かに惚れることを強制されているわけでもない。惚れることが私を場所として起こっているわけです[30]」と説明している。

なるほど、そう言われると〈惚れる〉ということについて考える場合たしかに中動態でなければその事態を正確に捉えられないように思われる。そしてさっきも書いたように、そもそも僕らの行為、そのすべてが因果関係のなかで発生しているのであって僕らを開始地点とするわけではないのであれば、僕らのあらゆる行為、あらゆる選択は、受動態と能動態ではなく中動態と（中動態に対する限りでの）能動態のなかで考えたほうが正確なのではないか。たとえば國分はリンゴを食べる行為がいかに食べた本人から開始していないかについて「リンゴを食べたのは、身体にビタミンが不足していたからかもしれない。昨晩、おいしそうなリンゴの映像を見たからかもしれない。あるいは、何者かに「リンゴという果物はおいしいよ」と唆されたからかもしれない。そして、リンゴを実際に食べたのであれば、リンゴが好きだったのかもしれないし、それが食べ物であることも知っていたのかもしれないし、あるいはまた、はじめてそれを食べたのであれば、それを見たときに「食べられそうだ」という判断を下すだけの知識をもっていたのかもしれない」として「過去にあったさまざまな、そして数えきれぬほどの要素の影響の総合として、「リンゴを食べる」という選択は現れる。それはつまり、過去からの帰結としてある」[31]と書いた。すべてが過去からの帰結である以上、ある者の行為を考えるさいに、正確にはその者が「される」とも「する」とも言えないのだから、当の行為が（厳密な表現ではないけど当の出来事がとさえ言ったほうがわかりやすいかもしれない）生じるのを行為者の「内」か「外」かでしか捉えようがない。でもだとしたら、なぜわざわざ、中動態と能動態ではなく、不正確とさえ言えそうな受動態と能動態において人々は思考するようになったのか。國分は「責任を問うためには、この選択の開始地点を確定しなければならない。その確定のために呼び出されるのが意志という概念である」[32]として、歴史的に責任や意志なる概念が扱われ始めることと中動態および（中動態に対する限りでの）能動態が用いられなくなることを関連づけて論じている。本論の論旨に引きつけて言ってしまえば、真実な誤謬としての行為者の非十全さ、そしてドゥルーズの言っていた意味での非十全なものにおける積極的なものに目をつぶって、あたかも無限のうちの一片としてではなくそれ単体としての有限な主体があるようなくちぶりで、ある者の行為を考えるとき、そこに意志を押しつけねばならず、このとき押しつけられるものと同時に（受動態に対する限りでの）能動態が生じるのだと言えよう。これはもちろん、行為者について、その者をいま現在のその者ならしめているこれまでの因果関係をすべて切断して語るようなものであり、前節の議論を踏まえれば、そのような切断というのが、窓外の怪物なるものから（蠅の）見間違いであるという原因を切断してしまうこと、すなわち本当に怪物がいるのだと言い張ることと同じくらいに愚かであるとわかるだろう。

先にも触れた熊谷との対談においては、より端的に「意志とは切断」であって「人間が自由意志で何かを為していると思うのは、その人の意志が行為の純粋な出発点になっていると考えること」であるとして「意志はいくらでも遡ることのできる因果関係を切断して、行為の出発点を作り出す」[33]と國分は語った。そして、この連続対談のもっと先で彼は「『使用』、つまり『使う』という言葉に注目」[34]することで「中動態の場合、動詞は主語がその座となるような過程を表しているわけ」だから「主体すなわち主語があって何か動作を支配しているのではない」つまり「何かを支配する主体ではない」[35]ことを論じることとなる。「中動態の場合、主語は単なる場所」[36]なのだから、主語がものごとの主導権を握るような、支配的な主体とされないのは当然と言えば当然のような気もするが、これだけだといまいち腹からぴんとくるかんじもしない。なので、少し長くなるけど國分が具体的に解説するさまを以下に引用する。

例えばこういうことです。僕がこのペンを使って書くとき、僕はこのペンを支配しているように見えます。けれども実際には僕自身も、このペンを使用するために、ペンに合わせてなんらかの変化を被らなければならない。「このペンを使用する者」としてみずからを構成しなければならない。ペンぐらいだと物も小さいのでその変化はわかりにくいけれども、例えば自転車ならどうでしょうか。自転車に乗るとき、私は自転車を支配しているとはとても言えません。自転車と一体になり、自転車を使用する者へとみずからを構成しなければとても自転車に乗ることはできない。つまり、道具を使うときには道具を使っているというより、道具に使われている側面、あるいは、道具と私が一緒に使用を実現しているという側面がある。では、道具ではなく、自分の身体の器官あるいはその延長にあるものについて考えたらどうでしょうか。

例えば熊谷さんは、電動車いすを使う者へとみずからを構成することで、この電動車いすに乗って移動されているのだと思います。すると、そもそもどこまでが自分の身体なのか、自分の身体の輪郭はどこにあるのかという問題が出てきます。〔略〕例えば赤ちゃんは自分の手をうまく使えない。その意味でこの時点では、その手は赤ちゃんの身体になっていない。何度も試しながら、「こう動かそうとするとこう動くのだ」という再現性を体感できたとき、自分の手を自分の手と感じられるようになる。こう考えると、道具を「使う」ということと、みずからの身体の器官を「使う」ことには差がない。「使う」ということを通じて人は自分を認識する。[37]

使用という行為がある点を座として起こるとき、その点において物と僕とが未分のかたちで構成さ（せら）れる。僕という主体を限定する皮膚という壁や意志という切断は幻想の戯れにすぎない。僕なるものは無際限な因果関係の動きの一部であり、非限定的な〈使用〉の連綿のなかで相乗的に生成される変化のひとつの表現なのだ。

ここであらためて前節で確認したことを思い出せば、すべての個物は海水のなかの水滴のように隙間なく溶け合っているのだった、つまり穴も余白も想定できない、満ち足りた無限の実体だけが存在していたのだった。であればペンも自転車も電動車いすも、そのどれもが本来はそう名指され得もせず縁取られ得もしないものとして境なく実体をなしていると言われねばならない。そして僕なるものがそれらの個物と隔たりなく繋がって中動態的に構成さ（せら）れるのならば、いやもっと単純な言いかたをしようか、要は僕とペンが一体であってペンが実体に溶けているならば、僕なるものも当然に実体の海中の輪郭のない水滴としてしかあり得ようがない。以上をこの節の全体を踏まえて言い換えれば、僕というものはその行為にしても身体にしても（というより正確には行為と身体は互いに基礎づけ合っているわけだったが）輪郭を持たず、それを定めているように見える境界はただ、いわば身体的には〈使用〉の実現のなかで構成さ（せら）れたここを越えたら僕ではないと思わされる体感によって、いわば行為としてはトイレットペーパーみたいにどこでも切れる摩訶不思議な時間の数直線においてのここを越えたら僕のせいではないと言い捨てられる切断によって、あとづけされた有限性でしかないということとなろう。

3

すべての個物は、僕らの手触りとしてはある一定の幅と持続を占めているように感じられもするけど、実際のところは無限の実体の一部分なのだった。一部分という言いまわしが、無限の実体は分割され得ないのだという点から厳密性を欠くように思われるならば、非十全な限りでの無限の実体だと言ってもいいし、形式の毀損された無限の実体だと言ってもいい。あるいは有限的に表現された無限の実体だと言ってもいいだろう。

たとえばこのペンがいかにはっきりと輪郭を持った単一の個物であるように見えようと、これは必然的に、隙間なく満たされた無限の実体に溶けてしかあり得ない。もう少し僕らの体感に引きつけて言えば、他の個物と隙間なく結びつくことによってひとつの実体を成すかたちでしかこのペンはここにあり得ない。このことはまた、同じ物理法則がどこのどの個物に対しても等しく働いているのを思うだけでもわかるだろう。あるいは世界が隅々まで一貫した因果関係によって敷き詰められているだろうことからもわかるはずだ。[38]世界はひとつの無限でできている。ではなぜそこに僕らは境界を見いだしてしまうのか。それは、僕らの認識（の仕方）の非十全さが無限の実体を毀損された形式でしか捉えられないために、言い換えれば、真実な誤謬として有限的に表現された限りでの実体しか認識できないために、実体内のそこここに越境の運動を想定できるかのように誤認するので、その勘違いによる可能的な越境に応じて、そのつど勘違い上の境界があたかも現実のもののように感じられているからだった。

　しつこいようだがもう一度だけ繰り返せば、すべての個物は他と隔たりなく実体を表現するかたちでしかあり得ようがないのだった。いま僕が持っているこのペンも、いま僕がいる図書館のすべての壁も、窓ガラスも、その向こうにくっきりと見える東京スカイツリーも、その手前を飛ぶ赤いヘリコプターも、さっきからだんだん厚さを増しているらしい雲も、ヘリコプターと雲のあいだの空間にある酸素や窒素も、窒素の原子核の陽子や中性子も、そして人類がいまだ知らないほどに細かな粒子や巨大な塊においても、あるいはお望みなら僕らの把握能力では捉えられないかたちにおいてあるもの（たとえば延長でも思惟でもない属性において表現されるものや他の世界線において表現されるものなどが想定されるだろうし、もちろん想定すらできないかたちにおいて表現されるものを仮定してもいい）についても、すべて無限の実体に境なく溶けているだろうと思われる。このように考えれば、このペンが、無限の実体／十全な真実の表現である限りにおいてだけでなく、有限的に／非十全に捉えられる限りにおいてさえも、一本のペンという規模でだけ単一な個物として括られねばならない理由はないことになる。簡潔に言い直せば、すべてのものが無限な実体なのだという事実に目をつぶったとしても、このペンはペン一本としてしか名指され得ないものではないということだ。というのも、有限な個物としてのペンなるものは有限なインクや有限なバネなどによって組み立てられているわけで、すべてが無限の実体なのだという事実に目をつぶるなら、インクやバネの個物性も認めざるを得ないからだ。一本のペンという個物である前に、インクやバネなどの複数の個物がここにあると言ってしまってもいいことになるわけだ。あるいは逆向きに考えを進めるならば、つまりいわば画面上の画像をピンチアウトするようにペンのなかのインクやバネを拡大するのではなく、逆にピンチインするように考えてみれば、このペンを握る僕の身体も含めて〈ペンを持った人間〉というひと纏まりの単一な個物のことも想定できよう（このことは前節で紹介した〈使用〉の例と合わせて論じることも可能だろう）。

　同じように僕の身体という個物もまた、右目や舌や腎臓や大腿骨や脳などの個物が積み上がったものとしてここにあるとも言えるわけだし、そのうちの脳という個物もまた、脳梁や尾状核や脳脊髄液や大脳皮質などの個物が積み上がったものとしてここにあり、更に解体を続けたければ、これは多数の神経細胞が積み上がってここにあるのであって、それらは各々の軸索末端とスパイン、つまりシナプスによって組み合わされている。

　これをピンチインしたとき、今度は僕と他の人間とが会話をしているすがたをひっくるめてひと纏まりのかたちで〈会話する人間たち〉という個物が現れたとしよう。その個物内では、さまざまな振動の組み合わせが、この個物を構成する部分としてのかの身体（たとえば僕）とこの身体（たとえば相手）のあいだの空気を震わせることで情報の伝達が為されている。ここで再度ピンチアウトしてシナプスへ目を向けよう。軸索を伝わってきた電気信号の影響でシナプス小胞が表面へ浮上し、そこから神経伝達物質が放出されている。シナプス前細胞から発せられた神経伝達物質がシナプス後細胞の受容体にとりつくと、そこからナトリウムイオンが流れ込み、そのことによって電気信号が次の神経細胞内へ延長されている。ここで前者の、身体間の空気振動の複数のやりとりの組み合わせによって生じる事態を僕らは日常的に〈会話〉と呼び、後者の、細胞間の神経伝達物質の複数のやりとりの組み合わせによって生じる事態を僕らは日常的に〈思考〉と呼んでいる。

　ところで本論は、越境不可能とさえ思われる他人との隔たり、自他の境界について考えることから始まったのだった。会話で思考を伝えられるだろうか。そう僕は書いたのだった。どんなに言葉を尽くそうと、僕の思考が相手に伝わるとは思えないし、相手の思考を受け取れるとも思えない。が、何を根拠に僕は〈会話〉と〈思考〉を別物のように言っていたのだろうか。いや、この物言いは一種のカマトトだろう。常識的に言えば、つまり冒頭の文意に素直に寄り添えば、外部への越境を必要とするものとして〈会話〉を想定しており、内部的なものを〈思考〉と呼んでいたのだともちろんわかる。でもだとしたら、ある個物（会話する人間たち／脳）のなかの任意の一部分（かの身体／シナプス前細胞）と他の一部分（この身体／シナプス後細胞）のあいだの物理的な動き（空気の振動／神経伝達物質の移動）は、いかように考えても内部的なものなのだから、〈会話〉は一種の〈思考〉であると言われねばならない。むろん、以上のことに対して、それは初めに設定する個物の段階で〈会話する人間たち〉のほうに足場が置かれているからそういう結論に（つまり〈会話〉は一種の〈思考〉であるという結論に〉なるだけであって、設定する個物の足場を〈シナプス前細胞〉とすれば、〈思考〉は一種の〈会話〉であるという真逆の結論にもなるではないか、という反論があり得るだろうと容易に想定できる。ただ、僕たちはいますべての個物は無限の実体の表現であるという前提に目をつぶるという仮定のもとで論を進めていたのであり、要はそもそも実際のところはいかなる個物を設定する有限性も本当は幻想だったのだから、そこへ立ち返れば〈シナプス前細胞〉はおろか〈会話する人間たち〉という個物すら本来は設定できない、どちらも同じ重さで無限の実体に包摂された内部的なものだったはずだ。そして第一節で確認したように無限の実体には外部がない。こう考えると、冒頭で僕が言った意味での〈会話〉なるものはやはりすべて〈思考〉であるとしか言われ得ないのであって、その逆ではない。

　そしてじつは、以上の意味での〈会話〉とも呼ばれる形式での〈思考〉の実践としてこそ、前節で参照した國分功一郎と熊谷晋一郎の対談はおこなわれていたのだった。國分はこの対談について「一般に「対談」と呼ばれる形態で書かれているけれども、双方がすでに形成していた考えを持ち寄って開陳し、それらを尊重し合いながら違いや共通点を確かめ合っているのではない。われわれは二人の間を一つの場所とし、そこに発生してきた考えの行く先を見とどけつつ、それを突き詰めようとしたのである」[39]また「人はみずからが考えていることをすべて意識できるわけではない。だからわれわれは二人の間という一つの場所でそれを言葉にしていく作業を必要としたのである」[40]と書いている。そして対する熊谷も「すでにわかっていることをひとりで発表しているときに比べて、気づくことが段違い」[41]だと國分との対談について語っている。ある物質（細胞）と他の物質（細胞）が脳という場で情報をやりとりすることと、ある物質（身体）とある物質（身体）が「二人の間という一つの場所」で情報をやりとりすることとは、やはりこうして考えると区別がつかない。

　あるいはもちろん、会話のさい以外にも自他の境界に直面する場面はいくらでも想定できるだろう。いまぱっと考えただけでも〈性欲〉、〈嫌悪〉、〈死〉にさいしたときの三つが僕には生活実感として思いつかれた。しかし、これらにじつは境界がともなっていないことを説明するにあたっても、もはやたいして多くの言葉を費やす必要はないだろう。

　任意の対象の知覚によって僕が性欲をおぼえるとする（要は、僕が何かに触発されてムラムラしてしまうとする）。そのとき任意の対象が他人（の身体）だった場合、たしかに僕はその者とのあいだの境界を意識せざるを得ないだろう。けれども、これはペンという個物を、バネやインクという個物の積み重なりとしてしか扱わないことと同じではないか。バネという個物とインクという個物が別々に置いてある。こう考える限りではバネとインクは互いに外部的なもの、つまり境界に隔てられたものだとされよう。が、これをピンチインしてペンという個物の動きを考える限りにおいては、バネとインクの関係は内部的なものだ。ペンのなかでインクの筒はバネの作用によって弾き出されるのだし、バネはインクの筒の作用によって伸び縮みしている。そこに境界はない。同じように、ある者が他の者に対して性欲をおぼえるという事態についても、その二者を（バネとインクのように）別々のものと考えずに、ピンチインして捉えてみればいい。むしろ任意の対象からの作用がなければ性欲をおぼえようもないのだ。そしてもちろん、更にピンチインすれば、僕も任意の対象もペンも隔たりなく連関し合っているのだし、究極的にはすべてが無限の実体の内部的な表現であるわけだ。また、さきほど思いつかれたもうひとつ、〈嫌悪〉、つまり他の者を嫌ってしまう場合に感じる境界、これの虚構性／捏造性についても〈性欲〉の場合と全く同じ方法で説明可能だと思われる。

次に〈死〉についてだが、これにかんしては再びスピノザの言葉が参考になるだろう。彼は「水は水としては生じかつ滅する。しかし実体としては生ずることも滅することもない」[42]と言った。たとえば水は蒸発する。しかし液体として一定の幅を占めていたものが気体に変化したとしても、それはただ変化であって、そこで何かが滅しているわけではない。水とは呼ばれない形式ではあっても同じものが存在し続けるだろう。

また、もともと水が入っていた器についても、その水が蒸発したあともカラになったわけではない。そこにはさきほどまで水として表現されていた物や付近の空気として表現されていた物が流れ込んでいるだろう。器はなおも満たされている。第一節で参照した富松保文の視覚についての論を思い出してみてもいい。僕らに感じられる物の消滅とは、それが知覚されない形式に分類され直すこと、あるいはさきほどまで知覚できる表現で有限化された物があった場所に取って代わった知覚できない表現の物を特別に無視することだ。

同じことが任意の人間の死についても言えるだろう。たとえその人間の身体が失われて消滅したように見えようと、あるいはその者の思惟を初めとする（こう言ってよければ）いわゆる精神活動が停止して消滅したように感じられようと、まさに実体としては生ずることも滅することもない。このことは質量保存の法則やエネルギー保存の法則などの中学校で教わるような物理法則を思うだけでも理解されよう。そしてその当の実体に僕も隔たりなく含まれているのだから、死が任意の者と他の者を分かつことはない。

すべては無限の実体の表現としてしかあり得ず、むろん、そのなかで僕の行為も中動態的に実現されている。自他の境界は僕の認識の非十全さが勝手にこしらえた幻想であり、真実な誤謬にすぎない。あらゆる境界は存在しない。無限の実体に外部がない以上、隔たりも境もなく、内部的なものしかあるわけがない。ならば、すべての人間が分かたれることなく一致しているとしか言われ得ないのだから、そしてすべての誤謬はただの非十全な真実なのだから、気づいていないだけで本当は、僕はすべての他人と初めから誤解なく溶け合っているはずだ。人と人は境なく繋がることができる。これは理想や願望ではない。すでに与えられた、そしてそれ以外のものは与えられていないところの、端的な事実だ。が、この事実を明らかにする作業は、果たして冒頭の僕の問いに答え得るだろうか。

　僕は、他人との境界とはどのような仕組みのものなのかと問うたのではなかったし、他人との境界を感じる原因は何なのかと問うたのでもなかった。ただ、その境界をどうしたらいいかと問うたのだった。

　たしかに境界は可能的な越境の錯覚に沿うかたちで捏造されるのだから、事実として人々は、それを十全に認識できないだけで、実際にはみながすでに誤解なくわかり合っていると考えられる。これは正しいだろう。でも初めから言っているように僕らはそこまで正しくない。無限の実体のなかに僕らはみな海のなかの水滴のように隔たりなく溶け合っている、当然そのとおりだが、けれども何より僕はいまこうして僕を僕と言えてしまっている。僕というものが無限の実体の動きに沿って生成される全体の変化のなかで行為しているのでしかないのだとしても、その生成される変化のさなかからしか感覚し得ないし推論し得ないこの僕には、当の僕を生成される変化として純粋に捉えることができない。だから好むと好まざるとにかかわらず、非十全なことに、僕はこれからも他人に対する性欲に煩悶したり他人を嫌悪して自罰的になったりするだろう。まして、水の蒸発と人の死を同じものだと腹から思うことなどできるわけがない。僕は死んだ友を悼み続けるしかない。

　おそらく僕たちのガリレイの「それでも」はいま、ここでこそ必要とされる。僕らが地動説を受け入れるのは地面が動いていると感じられるからではない。逆から言えば、地動説を受け入れることは不動の地面を棄てることではない。僕らは非十全な動く地面としての不動の地面をしか感じられない、あるいは、不動の地面という非十全なかたちでしか動く地面を感じられない。

　こう言い換えることもできるだろう。不動の地面が非十全な動く地面である以上、僕らは不動の地面に対して、より正確に（より十全に）向き合うためにこそ動く地面を考えてみる必要がある。動く地面を生きるためではなく不動の地面を生きるためにこそ地動説が切実に要請されるのではないか。そうして今日、物理学の基礎的な理論から災害発生の大規模な予測、長距離移動の手段、そして身近な天気予報アプリ、もはや地動説が齎した恩恵を抜きに、不動の地面上の僕らの生活を語ることはできない。

　すべての人々はすでに隔たりなく繋がっている。たとえ繋がっているように感じられなくても、それでも、繋がっているという事実は変わりようがない。そして人々が感じている自他の境界は、以上の事実を積極的に含んではいる／指示してはいるのだから、この境界という非十全な、しかし積極的な繋がりを僕は生きればよい。というより、この境界（繋がり）を生きるしかない。こう言ってやっと、冒頭の問いに答えたことになろうと思う。境界とはただ非十全に認識されただけの十全な繋がりなのだ。たぶん僕らが避けねばならないのは、捏造にすぎない境界を肯定することではなく、境界の原因を切断してそれを十全なもののように扱うことだけだろう。言い換えれば、境界をどうしたらいいかと問うてしまう日に僕らがせねばならないのは、どうしようもなく感じられてしまうが捏造にすぎない境界をだからと言って否定することではなく、境界の原因を切断しないでそれを真実な誤謬として扱うことだけだろう。再度、窓外を見てみる。赤いヘリコプターはもう飛んでいない。さっきはくっきりと見えていた東京スカイツリーに、いまは霧がかかっている。そして図書館の窓ガラスには複数の雨粒が付着している。椅子を降りて小さく伸びをする。このとき僕はもちろん、公転しているものだと意識してあるいは注意して床を踏んでいるのではない。急に降り出した雨は強さを増し続けているようすだ。しかし僕はウェザーニュースのアプリによって夕方からの雨を知っていたので大きめの傘を持っている。

注

1、マイケル・ホワイト『伝記 世界を変えた人々17 ガリレオ・ガリレイ』(日暮雅通 訳、偕成社、一九九四年)
2、同書、一四〇頁〜一四一頁
3、同書、一四〇頁
4、同書、八頁
5、同書、一三〇頁
6、その意味では、天動説と地動説は対立する別のものではなく、非十全な地動説が天動説なのだとも言えるだろう。天動説は地動説に含まれている。
7、スピノザ『エチカ(上)』(畠中尚志 訳、岩波書店、二〇一一年)第二部 定理三五、一六二〜一六三頁。なお、文中の「非妥当」は「非十全」とも訳される(『エティカ』工藤喜作・斎藤博 訳、中央公論新社、二〇〇七年、一三六頁)。
8、同書、第二部 定理三三、一六二頁
9、アラン『神々』(井沢義雄 訳、彌生書房、一九七〇年)九頁
10、同書、七頁
11、ジル・ドゥルーズ『スピノザ 実践の哲学』(鈴木雅大 訳、平凡社、二〇〇二年)一〇〇頁
12、同書、一〇〇〜一〇一頁。傍点は原文ママ。
13、同書、九八〜九九頁。傍点は原文ママ。
14、アラン、前掲書、七頁
15、スピノザ、前掲書、第一部 定義一、四一頁
16、『エチカ』第一部 定理二八も参照されたい。

17、ここでは延長の属性のみについて考えているが、これは思惟の属性で表現されているところのものを考える場合においても、その他の属性で表現されているところのものを考える場合においても同様であろう。
18、『エチカ』第一部 公理二、定理一、定理一四、定理一六系三、定理一七系一および二も参照されたい。
19、スピノザ、前掲書、第一部 定義三、四一頁
20、『エチカ』第一部 定理七証明も参照されたい。
21、『エチカ』第一部 定理一五、定理一八証明、定理二四、定理二五系も参照されたい。
22、スピノザ、前掲書、第一部 定理八、四七頁
23、『エチカ』第一部 定理五、定理一三、定理一四系一も参照されたい。
24、富松保文「肉の存在論、あるいは魂について――De carne sive de anima」(『道の手帖 メルロ＝ポンティ』河出書房新社、二〇一〇年、一六八〜一七三頁)一七二頁
25、富松保文『メルロ＝ポンティ『眼と精神』を読む』(武蔵野美術大学出版局、二〇一五年)三四頁
26、國分功一郎『中動態の世界――意志と責任の考古学』(医学書院、二〇一七年)一三二頁。傍点は原文ママ。
27、同書、三四頁
28、國分功一郎・熊谷晋一郎『〈責任〉の生成――中動態と当事者研究』(新曜社、二〇二〇年)九七〜九八頁。ちなみにここで、「される」を担う受動態と「内」を担う中動態の違いのみならず、「する」を担う(受動態に対する限りでの)能動態と「外」を担う(中動態に対する限りでの)能動態の違いにもまた注目されたい。受動態と中動態が別物であるのと同じ重さで前者の能動態と後者の能動態もまた別物なのだ。
29、同書、九八頁
30、同書、九九頁
31、國分功一郎、前掲書、一三一〜一三二頁
32、同書、一三二頁
33、國分功一郎・熊谷晋一郎、前掲書、一九三頁。だからむろん國分によれば「「自己責任」などは脅迫的な切断の強要」(『〈責任〉の生成』一九二頁)ということとなる。なお、ここで國分が中動態という態を使って自由や責任を退けているわけではないことも付言しておく。むしろ前掲の『中動態の世界』では、その第八章で、ほかならぬスピノザ哲学を用いて「自由意志や意志を否定することは自由を追い求めることとまったく矛盾しない。〔略〕中動態の哲学は自由を志向するのだ」(『中動態の世界』二六三頁)との結論に達するのであり、しかもこれはのちに「『中動態の世界』の第八章でも論じていますが、僕は、この部分がなければ、この本は無価値だとすら思っていました。なぜならここでスピノザについて論じなければ、それこそ「中動態が救い」みたいになってしまうからです」(『〈責任〉の生成』一四九頁)と発言されることとなるほどに重要な箇所なのだった。また、この発言がなされる連続対談のなかで彼は「中動態といえば何か無責任な印象を受けても仕方ないのに、責任について考えていくと、むしろ中動態的なものがなければとても責

任を引き受けるに至ることができないことがわかってくる」（『〈責任〉の生成』四〇一頁）更には「意志と責任はむしろ対立する概念と考えた方がいい。そして、中動態からこそその認識に迫っていけるのだと、今日、熊谷さんと話していて改めてわかってきました」（同書、四〇四頁）とも言うようになる。本論では取り上げるよゆうはないが、以上のように自由や責任と中動態が両立するどころか、かえって補い合うとすら國分は論じているのであり、こんな長い注をここまで読む人はそう多くないだろうから、どさくさに紛れてちょっと話の逸れる個人的な考えもつけ加えてしまえば、この点が國分の語る〈中動態〉についての論と『暇と退屈の倫理学』（國分功一郎、新潮社、二〇二二年）および『目的への抵抗 シリーズ哲学講和』（國分功一郎、新潮社、二〇二三年）との最も太い紐帯であろうと僕は思っています。

34、同書、三五四頁

35、同書、三五三〜三五四頁

36、同書、三五四頁

37、同書、三五六〜三五七頁

38、あるいは以下のように考えてみてもいいだろう。たとえば、オーストラリアにウーロンゴンという町があるが、その町の公園に落ちているサッカーボールと、東京にいる僕の眼前にある机上のペンの関係について考えるとする。いま、僕がただペンのみを北に数センチ移動させるだけで、おのずとサッカーボールは全く同じだけペンから離れることとなる。逆に南に移動させたなら同じだけ近づくこととなる。そしてウーロンゴンの子どもがサッカーボールを蹴ったなら、僕の眼前のペンはそれだけサッカーボールとの距離を変化させることとなる。これはウーロンゴンのサッカーボールでなくとも、月の石との関係の場合でも、木星を構成する任意の水素分子との関係の場合でも、僕の頭蓋内の松果体との関係の場合でも、それ以外のいかなる個物との関係においても同じであろう。以上のようにしても、諸個物が他のものと隔たりなく結びついていることが推論されよう。

39、國分功一郎・熊谷晋一郎、前掲書、三頁

40、同書、四頁

41、同書、二四八頁

42、スピノザ、前掲書、第一部 定理一五備考、六七頁

論説

「越境」という職能
――「アイドル」のわかりにくさについて

香月孝史

「アイドルの枠」

おおよそ二〇一〇年代の初頭ごろ、ＡＫＢ48のブレイクに先導されて多くの女性アイドルグループの動きが活発になり、マスメディアでは「アイドルブーム」という言葉が頻出するようになった。その当時から今日にいたるまで、任意のアイドルグループが称賛される際にたびたび用いられてきた言い回しがある。それは「アイドルの枠を超えた」「もはやアイドルではない」「、あるいは「アイドルらしからぬ」といったフレーズである。ももいろクローバーZや欅坂46、BiSHなど、その時期ごとにアイドルシーンで際立った存在感や表現をもつグループについて、これらの惹句は充てられてきた。「アイドルを超えた」ことが、アイドルに対する称賛の文脈で繰り返し用いられる。それは「アイドルである／ない」という境界が語り手の中で暗黙のうちに設定されていることを意味するが、同時にまた、「アイドルを超えた」というクリシェが称賛として機能している以上、「アイドル」という存在そのものに対しては、あらかじめネガティブな価値づけがなされていることも見て取れる。

実際、「アイドルであること」はしばしば、パフォーマンス能力の未熟さや主体的な表現の欠如、過度な商業主義など、否定的な評価とともに論じられることが少なくない。それらの議論が現実のアイドルを評する言葉としてどこまで妥当であるかはともかく、世の中一般にわかりやすい見立てとしてはたらいていることは間違いないだろう。その意味で、日本の「アイドル」はポピュラーな存在であると同時に、ある種のスティグマを背負った立場に置かれてもいる。

「未熟」というステレオタイプ

とりわけ、繰り返されるネガティブな評価の代表的なものに、アイドルが「未熟」であるという言説がある。

周東美材は『「未熟さ」の系譜』（新潮社、二〇二二年）において、宝塚歌劇や渡辺プロダクション、ジャニーズ、グループ・サウンズ、あるいはテレビ番組『スター誕生！』など、主に一九一〇～一九七〇年代頃までのエンターテインメントを例示しながら、近代以降の日本社会がポピュラーカルチャーの演者に対して、「未熟さ」への偏好を示してきたと論じる。周東が同書で跡付けていくのは、近代日本における「家族」の理想像や「子ども」に関する価値意識が、テレビの普及などメディア環境や芸能のあり方といかにリンクしていったかという、近現代メディア史の一側面である。それらの歴史を貫く縦軸として呼び出されるのが、「未熟さ」への偏好であった。そして、その系譜上に現行のアイドルを含む今日の日本の各種ポピュラー音楽、メディア文化を位置づけている。

「未熟さ」をテーマに掲げる同書が、「アイドル」的なものとして名指されてきたジャンルの記述に複数の章を割いているように、かねてよりアイドルは未熟さや稚拙さこそが愛好されるものというイメージを付されやすい存在としてある。二〇二二年に著された周東のこの論考自体は、「未熟」を必ずしも否定的に位置づけようとするものではないが、同書の議論は今日のアイドルカルチャーに対して批判的な論評をなす際の傍証として受け入れられやすかった。

もっとも、戦後日本の新中間層の増加などをキーとして周東が論じる大衆文化受容がきわめて多くの示唆に富む一方、この議論の視座を現行のアイドル文化にいかに適用しうるかについては、見かけよりもずっと難しい。

というのも、現在の日本のアイドルの受容を捉えるとき、アイドルが卓越したパフォーマンスを見せ、そのさまにオーディエンスが喝采を送るような光景はさほど珍しくはないためだ。あるいは、今日ではアイドルグループのメンバーが帝国劇場など大劇場ミュージカルのメインキャストを継続的に務めたり、グループのメンバーとして活動すると同時に映画、ドラマ等で俳優としての足場を築くなど、一人の演者として対外的に評価を高めていく事例も珍しくない。こうした、いわばわかりやすい意味での技能的な「成熟」、あるいはアイドルファンの外への訴求や知名度獲得は、当該のアイドルファンからも好ましいものとして受け入れられ、ファンが自身の好むアイドルをSNSなどでアピールする際にも喧伝のための要素となる。それらはつまり、アイドルが「未熟」とは対極の活躍をしているさまがファンから支持されていることを示し、「未熟」こそが愛でられるというよくあるイメージとは合致しない。そうしたケースは今日、日本のアイドルシーンにおいてそこかしこに見つけられる。

あらゆるベクトルを飲み込む土壌

もっとも、それはアイドルというジャンルが「未熟さ」を内包しないことを意味しない。ただし、そのありようはいささか込み入っている。

二〇一〇年代以降に拡大したアイドルシーンは、実践者たちが演者としての自身の適性を試し、投じるためのフィールドとして成立してきた。特徴的なのは、そこでアイドル当人たちが投じる自身の可能性とは、必ずしも歌や踊りといった、「アイドル」と聞いて典型的にイメージされる要素にのみ収斂するわけではないということだ。歌やダンスによるパフォーマンスに長けた者もいれば、俳優としての道を開拓する者、あるいはテレビやラジオ等マスメディアの演者として立ち回りのセンスに活路を見出す者、個人レベルの発信によってインフルエンサー的な立ち位置を獲得する者など、演者たちがアプローチする方向は多岐にわたる。つまり、人前に立つ職を手にしようとする者たちに、広範で雑多な機会を提供しているのがアイドルという〈場〉なのである。それらさまざまな志向をもって活動する演者たちについて、ひとつのベクトルで巧拙や成熟度を測ることは難しい。

これと関連して留意すべきは次のようなことだ。すなわち、アイドルは楽曲パフォーマンスや演技、モデル、放送メディア出演、広告など、位相の異なるいくつもの分野を渡り歩いて越境しながら、それぞれの場を成立させるための演者としてはたらくことを職能としている。多種多様なシーンでその場の〈顔〉を演じ続けることを仕事にする機会の多いアイドルは、何か単一のジャンルにおける活動だけでなく、それら複合的な立ち回り方にこそ、そのプロフェッショナル性がある。

しかし、アイドルが実質的にそうした雑多で複合的なエンターテインメント形式であることは、広く一般に了解されているとは言い難い。それは、アイドルが形式的には「音楽グループ」として自らをカテゴライズし、歌とダンスによるパフォーマンスを代表的な活動として位置づけているためだ。メジャーな場で活動するアイドルは多くの場合、楽曲のセールスや音楽関連のアワード、音楽特番出演など、既存のポピュラー音楽の指標や慣習に沿って自らをイメージ付けている。「音楽グループ」として行われるそのパフォーマンスは、多種多様なジャンルで活動するアイドル個々人たちをひとつのまとまりに集約する、「アイドル」としてのトレードマーク的な表現であることは間違いない。それゆえ、音楽番組等でのパフォーマンスは、多くの人の目にふれ、アイドルたる演者一般の成熟度を測るものとして普遍化されやすい。

そこではしかし、卓越した歌唱やダンス能力をもつパフォーマーも、必ずしも歌や踊りに強い活路を見出さず別の場でこそ技能の高さを発揮するようなパフォーマーも同一のグループ内に混在しながら、楽曲が描く世界観をともに表現する。また、その統一的な表現のうちには芸能キャリアが十年を超える者も、芸能活動初年度にあり、いまだあらゆる方向においてまさに「未熟」である者も同じように混ざり合いながら、ひとつの表現を成立させていく。

そのような場で涵養されているのは、さまざまなベクトルや水準の技能、習熟度、表現力をもつ演者が混在することを鷹揚に受け止める寛容な土壌であり、「未熟さ」もその雑然とした土壌のうちに飲み込まれる。端的に言えば、「未熟さ」こそが愛でられるのではなく、雑多な要素を雑多なまま受容し、「未熟さ」に対しても寛大な〈場〉としてアイドルはある。「未熟さ」は一見とても看取しやすく、その要素に還元する議論はきわめて明快であるが、アイドルという文化事象を捉えるにはあまりに多くをとりこぼす。

「成熟」の多様さ

それでもなお、アイドルの基本的な性質を「未熟さ」に還元する言説は根強く繰り返される。そうした言説に関して、上岡磨奈は『アイドル・コード』（青土社、二〇二三年）の中で、「そもそもアイドルと『未熟さ』を結びつける議論そのものが既に〈変わりにくく〉なっている」可能性に言及する。つまり、実際のアイドルのパフォーマンスが成熟しているかどうかがそのつどつぶさに観測されるわけではなく、アイドルに関して議論される際に、そもそも所与として「アイドル＝未熟」の構図が疑われることなく設定されて話が進められてしまうということだ。

そうした言説において「未熟」が所与とされる日本のアイドルは、ときにアメリカやヨーロッパ、あるいは韓国のポップスターと対比されたうえで、政治的なメッセージを発しない、あるいは能動的な自己主張をしないといったイメージでも論じられやすい。すなわち、「未熟さ」という言葉は、楽曲パフォーマンスのレベルのみならず、アイドル当人の自己呈示のスタイルに関しても適用されている。周東は、日本社会が「未熟さ」を偏好する背景として、近代日本が抱いてきた理想の家族像や「子ども」への価値意識のあり方を見出す一方、現代日本の家族の実態はかつてと大きく変容していることにも目を配る。しかし、それでもなお「家族の理想像」は変化しにくいものであるとし、その反映として「人気を得ていったのはジャニーズ・タレントのような茶の間に寄り添う少年たちだった。韓国の若手男性音楽グループのソテジワアイドゥルやＢＴＳ（防弾少年団）が政治的発言を禁としなかったのとは対照的である」（前掲『「未熟さ」の系譜』）と、近現代のアイドル的存在の特徴に紐づけつつ論じる。

日本のアイドル的芸能人とK-POPとの対比については、周東の著書ではあくまで限定的な言及に留まっている。ただし、K-POPの演者たちに主体的メッセージの強さを見出し、日本型アイドルに受動性や自己主張の欠如を見出すような比較は、近年たびたびメディアで繰り返される定形の一つになっており、引用した言及も今日のそうした潮流と相性のよいものであることは間違いない。

とはいえ、このような比較論もまたステレオタイプなイメージに基づくものと言っていい。今日の日本のアイドル、特に数的にも規模や活動スタイルの面でも多様な広がりを見せる女性アイドルはX（旧Twitter）やInstagramなどSNSの個人アカウント、あるいはYouTubeやSHOWROOMといった動画配信サービスの公式アカウントを通じて、オープンな場で随時発信し、自己呈示を行なうことが常となっている。アイドルとファンとの交流の場でもあるそれらのメディア上では、例えばエイジズム的、ルッキズム的な不躾なファンの振る舞いに対して率直に諫める言葉を投げかけたり、ジェンダーに関する自身の考えを断片的に綴るような発言がアイドル当人からなされることも少なくない。そうしたコミュニケーションは日常的なSNS発信として位置づけられ、広くマスメディアからの注目を集める場でのオピニオンと同等に扱われることはきわめて少ない。だが、これら今日のメディア環境は必然的に、アイドル自らの言葉による自己呈示を絶えず要請し、アイドルたちはそれに応え続けている。

DJ泡沫は、日韓のアイドルが比較される際に頻繁に想定される、K-POPの方がよりエンパワーメント的、フェミニズム的であり、日本のアイドル表現が受動的であるといった図式を問い直す論考の中で、双方のメディア環境やアイドルの自己発信についても比較検討している。DJ泡沫が指摘するのは、例えば「日本の女性アイドルがしているように、SNS(ソーシャル・ネットワーキング・サービス)やサイン会で異性のファンと忌憚なく罵り合ったり直接ファンに注意喚起をするようなことも、日本以上に年功序列が厳しく、それがファンとアイドルの間の『身内感覚』にも大きく影響していたり、ネチズン(ネット民)による現実に影響するような激しいバッシングが容易におこなわれやすい韓国では、まだかなり難しい状況だ」(『アイドルについて葛藤しながら考えてみた』青弓社、二〇二二年)といった社会環境の差異である。同時に、日本のアイドルがフェミニズムへの関心とともにチョ・ナムジュのベストセラー小説『82年生まれ、キム・ジヨン』を薦める発信をする一方で、K-POPの女性アイドルが同書を読んだことを公言した際には国内でバッシングを受けた例なども引きつつ、一部の盛り上がりをもってどちらの国が進歩的であるといった比較はできないことに言及する。

歴史的に醸成されてきた旧弊、ことに性差別的な抑圧構造は双方の国においてそれぞれの形で存在し、アイドルという文化にはしばしばその旧弊の似姿が温存される。このとき重要なのは、「日本には日本の、韓国には韓国特有の女性を取り巻く抑圧や問題が存在している」(DJ泡沫、前掲書)ことへの目配りであり、特定の文化圏同士を単純に優劣で論じることが、細やかな現状把握に結びつくわけではない。

関連してDJ泡沫は、「それぞれの社会の歴史や文化の違いによってエンパワーメントのかたちは違って当然で、特定の決まったやり方だけが『正しい』わけでもな」いことを指摘し、限られた方向性のみを望ましい姿として捉えることのあやうさに目を配る。この視点を本稿に引き付けるならば、「成熟」や自立的な表現のあり方にもまたさまざまなかたちがあり、楽曲や歌詞、コレオグラフィ、活動スタイルなどもアーティストや作品によって変化に富むなかで、特定のベクトルのみに基づく価値判断をもってアイドルのなにかを測ることは困難である。必ずしもわかりやすいステートメントやファイティングポーズだけがエンパワーではなく、日常的な振る舞いのあり方にこそ当人の自然な成熟や主体性の発露が宿る場合もあるはずだ。ごく限られた方向性を基準にして成熟／未熟の「境界」を設定し診断を下すことは、その演者の主体や自己表現のありようをないがしろにしかねない。

越境から見えるもの

ともかくも、日本型のアイドルが「未熟さを愛でる」式の議論で片付けられがちなのは、そのプロフェッショナル性がわかりにくいためとは言えるだろう。そのわかりにくさは、いくつもの分野の「境界」を横断することにこそアイドルの職業的特徴があることにも拠っている。

先に述べたように、アイドルは性質の異なる多分野を渡り歩いて越境しながら、それぞれの場で〈顔〉を務める演者として即座に適応し続け、いくつもの性質のアイコンを演じることを職能としている。ジャンルの境界を越え、ゆるやかに接続していくそのいとなみのなかでまた、それぞれに適性を開拓しながら、一人の職業人として自らの長期的な立ち位置やスタンスを探ってゆく。

それは通常、何らかのスペシャリストが積み重ねる道筋として想定されるものとは、いささか性格が異なる。ミュージシャンであれ俳優やモデルであれ、あるいは芸能以外の専門職であれ、一般的に受け入れられやすい成熟のイメージは、単一の分野に長期間専従することで陶冶され、職業人として洗練されていくようなモデルである。多数のジャンルを横断しながら、そのつどいわばインスタントな適応を求められ続けることを通して磨かれるアイドルの職業的な性質は、そのような明快な「成熟」とは位相が異なる。

このような職能のあり方はしかし、越境した先の各分野でのアイドル当人の立ち回りが非熟練に留まることを意味しない。二〇二三年にウォルト・ディズニー・カンパニー創立一〇〇周年記念映画『ウィッシュ』で主人公・アーシャの日本版声優を務めた生田絵梨花は今日、ミュージカル俳優やシンガーとして地歩を固めつつある。生田が現在に至る職業への足がかりを掴んだのは、二〇二一年までおよそ十年にわたって在籍していた乃木坂46での活動を通じてであった。グループ内で制作されてきたドキュメンタリー的な映像コンテンツのなかでは、生田が大劇場のミュージカルの本番出演とグループの新曲MV撮影を同日に掛け持ちし、ごく短時間で新たな振付を習得しすぐさまMV撮影に参加するさまなども収められている。グループを代表するメンバーとして多数の芸能メディアを越境してその場ごとに演者として適応し続け、またその一環としての演劇活動において一人の芸能者としての長期的な道筋を探り当てる。これは、アイドルの職能を象徴的に、また最も明快にあらわす事例といえる。

『レ・ミゼラブル』『モーツァルト!』『ナターシャ・ピエール・アンド・ザ・グレート・コメット・オブ・1812』といった大劇場ミュージカルの主要キャストや、松尾スズキ作・演出『キレイ〜神様と待ち合わせした女〜』などで主役を担い、一人の俳優として順調なキャリアを築いている生田の足跡は、アイドルという場を活用した理想的なあゆみといえる。列記したミュージカル作品への出演や、それらの成果による菊田一夫演劇賞の受賞がいずれもグループ在籍中であったことを踏まえれば、アイドルとして越境しながら活動することと、特定分野で成熟した技量を見せることが両立することもわかる。

現状、多くの場合、アイドルには「卒業」が埋め込まれてサイクル化しているため、生田の事例も、ともすればグループ卒業を経て非熟練者から熟練へと進化するような単線的なモデルで捉えられがちではある。また、特に女性アイドルが一定の年齢で「アイドル」の枠組みから退場するような慣習は、構造的なエイジズムの存在と不可分ではあり、それ自体がはらむ問題点の大きさはもちろんのこと、この旧弊が未熟／成熟にまつわるステレオタイプなイメージに説得力を持たせてしまってもいる。とはいえ、アイドルが演者として積み上げるキャリア形成の性格を捉えるとき、何を「未熟さ」として位置づけるのかはさほど容易に決定できない。

パーソナリティが消費されること

ここまで、分野の「境界」を超えて活動する、アイドルの職業的特性を捉えてきた。ところで、アイドルという職業はこの他にも、いくつもの位相において「境界」の融解にさらされる機会が多い。境界をめぐるその混乱ゆえに、当事者たちは特有の負荷を背負ってもいる。それはアイドルと呼ばれるジャンルが長年抱え込んできた、慢性的な問題点ともいえるだろう。以下、そうした側面にも目を配っていきたい。

「アイドル」がいくつものベクトルを許容する場であることは他方で、アイドル個々人にとってはキャリア形成の代表的なモデルケースが存在しないということでもある。どのようなキャリアに手を伸ばすのかが未確定である当人たちは、複数の分野に越境して自らの適性を試すだけでなく、自らの存在を世に問うために、いわばその人格全体をアイドルという消費の場に投じることになる。もちろん、一定の有名性を前提とする職業であれば、ジャンルを問わずその人物がもつ専門的な技能にとどまらず、人格そのものが人々の耳目にさらされることは必定ではある。「作品」と「人物」を明確に峻別して受容することは、いかなるエンターテインメント分野においてもほとんど不可能だ。ＳＮＳ等を通じた一人ひとりの発信が当たり前となった今日のメディア環境においてはなおさらだろう。

しかし、現在のアイドルシーンに特徴的なのは、当人たちのパーソナリティまでもが不可欠に享受対象として、あらかじめコンテンツの本体に抜きがたく組み込まれているということだ。グループ活動の舞台裏を映し出した記録映像から、デビュー前の候補者たちを主体としたサバイバルオーディション番組まで、とかくアイドルシーンには当事者たちのパーソナリティを追尾したドキュメンタリー的なコンテンツが溢れている。そもそも、通常のマスメディア出演など以外のバックステージや、パーソナルな思索の発信までもをＳＮＳ等で常時発信する環境それ自体が、絶えざるドキュメンタリー生成の場であり、受け手はアイドルたちによるリアルタイムの群像劇を日々、受容している。特定のイベントやメディア出演以外の生活時間までも映像に記録され、またＳＮＳや各種メッセージサービスの投稿のために充てられる環境は、公とプライベート双方の「境界」を侵食し合うような趣がある。

さらに付言すれば、オープンなＳＮＳの多くにおいてはアイドル自身も一般のファンも等しく同一プラットフォーム上にアカウントを持ち、当該ＳＮＳの形式上ある程度までフラットな関係性でコミュニケーションの往還が行なわれる。気安い発信・受信が可能であるゆえに、アイドルと受け手とが相互に承認し合う、重要な場である。ただし同時に、それゆえに生じる「境界」のなさは、受け手の要求や理想、願望がアイドル当人に直接投じられるような状況を生み出してもいる。演者に対する受け手のさまざまな欲求が肥大化した末に、やがて誹謗中傷や流言飛語が公的な場に蔓延し、演者自身に大きな負荷を与えるさまを、今日の我々は幾度も目にしている。

エンターテインメントにおける演者と受け手との関係性は多くの場合、受け手の「好意」を抜きにしては語れない。それゆえに受け手から発信される欲求に対して、演者が超然としていることは難しい。アイドルという職業については近年、感情労働としての側面が時折論じられるようになったが、踏まえておかねばならないのは、「好意」に基づいた関係性上、どこまでが感情労働としてのサービス提供の範疇であるのかといった線引きがしづらいという職業的な性質である。いわば「感情労働である」ことを率直に明言することができないタイプの感情労働である、という困難がある。

恋愛禁止という旧弊

アイドルのパーソナリティ享受にまつわる議論は、ここまで記述してきたように今日的なメディア環境が前提となることが多い。しかしまた、アイドルのごく個人的な領域にまでメディアや受け手が介入するような身振りをみせることは、ほとんど古典的な事象でもある。その代表的なものが、「恋愛禁止」と呼ばれる慣習ないしは風潮である。慣習ないしは風潮、という表現を用いたのは、「恋愛禁止」が明確な規則というよりも、いつの間にか遵守すべきであるような規範めいたものとして送り手にも受け手にもメディアにも認識され、内面化されているという性格が強いためだ。一方では、マスメディアやファン、あるいはアイドル運営が恋愛の禁止をあたかも自明の理のように扱い、他方ではその不条理な慣習もたらすアイドルへの抑圧に対して社会から疑念の目が向くと、アイドル運営に責任をもつ立場が自ら、恋愛禁止なる規則の存在を否定、あるいはうやむやにするような振る舞いが見られもする。

ＡＫＢ48グループや坂道シリーズなどの総合プロデューサーとして知られる秋元康は、グループのメンバーの「恋愛」報道を受けて事実上のペナルティが生じていることを問われ、当該グループには恋愛禁止というルールやペナルティの規則自体が「ない」と説明した。しかし同時に、実質的な罰則がメンバーに課されていることについて問われると、「メンバーが、どうしたら今まで応援してくださったファンが許してくれるのだろうかということを考えるのだと思う」と応答している（ＴＢＳラジオ「ライムスター宇多丸のウィークエンド・シャッフル」二〇一三年二月二三日放送回）。つまりここで発言者は、ことの成り行きをメンバーとファンが内面化しているであろう「恋愛禁止」についての価値観のすり合わせにゆだねて様子をみるようなスタンスをとり、自身やグループ運営組織が担うはずの責任の所在を曖昧にしている。

恋愛禁止という慣習に対して、積極的な意思表明を回避しつつ、しかし温存するような振舞いは、「恋愛」報道を行う側にもみてとれる。二〇二二年、「文春オンライン」は当時ＡＫＢ48のメンバー・岡田奈々の「交際」を「スクープ」と表現しつつ報じている（「文春オンライン」二〇二二年一一月一九日）。同記事では、媒体自らがスクープしたその「スキャンダル」によってネガティブな作用が生じるだろうとする予測を、「ＡＫＢ関係者」とされる人物の言葉を引用する形式で文面にまとめている。しかし同じ記事上で、「〝恋愛禁止〟というアイドルの掟は時代遅れの感が否めないが、ＡＫＢではいまだご法度とされる空気があるようだ」ともつづることで、媒体自らは「時代遅れ」の「恋愛禁止」という風潮に対して距離をとり、あくまで当該グループおよびファンダム内の価値観を俯瞰した目で概観するような立ち位置をとってみせてもいる。ここにうかがえるのは、媒体自らが暴き立てることによって世間に露呈させたアイドルのプライベートに関して、自身の報道がもたらすセンセーショナルな効果は享受しつつも、その効果のよりどころである「恋愛禁止」自体の理不尽さについては他人事のような顔をするふるまいである。

もとより、こうした「スクープ」は概して、著名人自らは発信する意図のないプライベートの領域を、他者による隠し撮りやリークなどの形をとってマスメディア上に公開するという手続きをとる。一般論としてそれ自体の問題性がまず問われるべきものだが、ことにアイドルの場合、他者との交際というごく日常的な生活の範疇にあるはずのものが、すぐさま「スキャンダル」と目されて烙印を押され、ときに当人のキャリアにも理不尽な影響を及ぼしていく。「恋愛禁止」という数十年来続くこの風潮は、アイドルを支持しているファンに対する誠意ないしはプロ意識といった言葉をもって、しばしばその存在が擁護されてきた。もちろん、愛着を抱く著名人の恋愛や結婚等が明らかになった際に、ファンの内心でいかなる感情が生まれようと、それは間違いなくファン個々人の自由である。しかし他方で、受け手が自由に抱く心情は、アイドル当人の日常的な生を理不尽に規制することを正当化しない。そこでは、水準の異なる二つの論点の「境界」がうやむやにされながら、整理されない議論が続いているようにみえる。

「ファンの心情」という理由をもってアイドルの「恋愛」を規制しようとする発想はまた、多様な表現をもつはずのアイドルというジャンルの営為を、「疑似恋愛」などの言葉で言い表されるような性愛的観点にのみ還元してしまう偏狭さを伴うものでもある。加えて、恋愛禁止という長らく続く慣例は実質的に、「異性間」の親密な交際を思わせる事柄に対する禁忌としてのみ機能してきた。アイドルの「恋愛」を忌避したうえで、恋愛にまつわる「スキャンダル」を異性間の交渉のみに適用することは、異性愛こそを「恋愛」のスタンダードとする価値観の反映でもある。このように、「恋愛禁止」という慣習はいくつもの論点、いくつもの抑圧を混在させながら、アイドルというジャンルになが らく根を張っている。

もっとも、近年はアイドルを論じる側からも、またアイドルに携わる関係者やアイドル当人たちからも、この旧習に対する問い直しが行なわれることが増えてきた。曖昧でありつつも確かな強制力を保ってきた「恋愛禁止」を当たり前に所与のものとするのでなく、その存在の正当性自体を省みる機運が訪れつつあるのかもしれない。

おわりに

ここまで、今号のテーマである「境界」をキーワードにしながら、日本の「アイドル」がもつ側面のいくつかを捉えてきた。アイドルとは、表現の自由度の高いフォーマットとしてさまざまな人々が可能性を投じる場であると同時に、明らかな難点を抱え込みながら多くの大衆を巻き込んで駆動し続け、ときには決定的な破綻を露呈しさえもする、悩ましい存在である。ゆえに、アイドルは毀誉褒貶の激しいジャンルであり続けている。だからこそ、とかくアイドルをめぐる議論は紛糾し、未整理のまま横溢しやすい。実態に沿わないステレオタイプに基づいて安直な評価が下されることもあれば、語り手が抱くアイドルへの愛着の強さゆえに、俯瞰した問題系の把握が困難になることもある。

本稿では位相の異なるいくつかの「境界」について記述し、いくらか視野を精緻にするための手がかりを拾ってきた。もとよりこうした境界を引き直したり整えたりすることは、アイドルなるものに一元的な定義を付与するために行なうわけではない。アイドル自体が広範であり、単純な構図で語ることができないものだからこそ、語り手それぞれが拠って立つ視座や論じようとする「アイドル」の範囲を見定めることで、他者の議論との差異を把握することも容易になるだろう。悩ましくややこしい側面をもつこのアイドルなる存在について、まずは建設的に議論を整理するため土壌が少しずつでも用意されればと思う。本稿もまたそのためのささやかな営為である。

講義録

「外国人」と「同胞」の間
多様性社会におけるアイデンティティと共生の形

ジャーナリスト・室橋裕和
（構成：小神野真弘）

国民国家に生きる私たちにとって、国籍は「あちら」と「こちら」を分つ最も明確な属性のひとつだ。出入国在留管理庁によると、日本に在留する外国人は、二〇二三年十二月末時点で三百四十万人を超え、過去最多となった。「多様性」や「多文化共生」というスローガンが浸透して久しい。これらの理念をどのように定義するかという問いは傍に置くとして、依然として私たちの直観は、暮らしのなかですれ違う外国人たちを「あちら」側と認識させる。境界が融解し、彼らが「こちら」側、すなわち同胞となる未来はあり得るのだろうか。それはどのような様態の社会なのだろうか。室橋裕和は、日本の移民社会についてもっとも深い知識と経験をもったジャーナリストの一人だ。二〇二三年十月、日本大学芸術学部の「ジャーナリズム論」で同氏が語った体験談からは、多文化共生社会を実現するための困難と微かな希望を見出すことができる。

室橋裕和（むろはし・ひろかず）

プロフィール

一九七四年生まれ。週刊誌記者を経てタイに移住。現地発日本語情報誌デスクを務め、十年に渡りタイ及び周辺国を取材する。帰国後はアジア専門のライター、編集者として活動。「アジアに生きる日本人」「日本に生きるアジア人」をテーマとしている。おもな著書は『カレー移民の謎』（集英社新書）、『北関東の異界　エスニック国道354号線　絶品メシとリアル日本』（新潮社）、『ルポ新大久保　移民最前線都市を歩く』（辰巳出版）、『日本の異国』（晶文社）など。

新大久保というと「コリアンタウン」というイメージが強いかもしれません。それはあくまでこの街の、いくつもの顔のひとつです。新大久保駅を降りてコリアンタウンの反対側に進むと、ネパールやバングラデシュ、パキスタン、インド、ミャンマー、タイ、ウズベキスタンなど、実に多様な人々が暮らしている。新大久保はいまや日本屈指の多民族都市なのです。日本語学校や海外送金のお店、外国人専門の不動産屋、イスラム教徒向けのハラル食品店といった他の街ではあまり見かけない商店が軒を連ねていて、とても活気がある。このエリアの海外送金のお店はコンビニよりも多いとも言われます。銀行から送金すると手数料が高いうえ、日数もかかる。母国で暮らす家族などに仕送りをするため、彼らにとってはなくてはならないものなのです。

僕はそんな新大久保に暮らしながら取材をしています。難民の問題や外国人の文化、子供の教育などさまざまなトピックを追いかけています。日本で暮らす外国人が難しい問題に直面していることを実感すると同時に、異国の文化に触れる楽しさもあります。

自分自身がその街に暮らす良い点は、リアルな声を聞けることです。例えば、僕のマンションの隣人はネパール人で、よく世間話をします。ある一日の行程を紹介すると、昼にネパール人に取材をし、ランチでタイ料理を食べ、その後はバングラデシュ人から悩み相談の電話を受け、夜になったら外国人のビザを扱う行政書士事務所に行き、仕事終わりにミャンマー人のお店に飲みに行く。一体自分がどこの国に住んでいるのかわからなくなってきます。

外国人コミュニティを歩く記者の心得

こうした暮らしのなかから情報を発信しているためか、よく大手メディアの記者から「なぜこれほど外国人の日常に切り込んだ記事を書けるのか」と尋ねられます。特別なことをしているつもりはないのですが、外国人コミュニティを取材する上で気をつけていることはあります。

当たり前ですが、相手の立場に立つ努力を欠かさないことです。

例えば、僕は取材依頼やインタビューをすべて日本語で行いますが、四字熟語やことわざなど、わかりづらい表現はなるべく使わないようにしています。相手の母国語で話すのが一番親切だけど、これほど多国籍の人々が相手となるとなかなか難しい。新大久保には英語が話せない外国人もたくさんいるので、自ずと日本語を使うことになるのです。それと、日本で暮らしているのだし、せっかくだから日本語を話して欲しいという気持ちもあります。

敬語も外国人にはわかりづらいものです。「お忙しいところ大変恐縮ですが、お話を伺わせていただけますか」と言うよりも、「忙しいところすいません、話を聞かせて」などと、フランクに話した方が通じる。また、何をするにしてもなるべく会って約束を取り付けるようにしています。僕たちが急に英語の電話を受けたら困ってしまうように、不慣れな言語の電話は相手に負担をかけてしまうからです。

彼らにインタビューをしていると、話が脱線して最初と全然違うことを話していることがよくあります。ネパール人のコミュニティについて伺うつもりが、「日本は子供が少ないのは何故？」と逆に尋ねられ、やがて「あなたは子供がいるの？」と僕の暮らしの話になり、といった具合に。おおらかな気風なのですね。記事を書くには、必要最低限のことを聞けば確かに事足ります。しかし、話の脱線も含めてのインタビューだと思っています。時間はかかりますが、その方がいい記事が書ける実感があるんです。

僕は若い頃にアジアを中心として海外を回っていたので、ある程度彼らの母国のことがわかります。また、海外の政治情勢や災害などのニュースは欠かさずチェックします。すると何かしらの共通の話題が必ず生まれる。雑談はとても大切で、打ち解けやすくなりますし、相手も僕に関心をもってくれます。こうした関係性を築いたうえでなければ、聞くことのできない話がたくさんあるのです。

そうした取材をしていくうえで最も大事なものは、好奇心だと考えています。彼らの暮らしを知りたい、彼らが日本に来た背景を知りたい、彼らの故郷を旅してみたい、そういった純粋な興味が根底にあれば、大変な取材も苦になりません。僕は現在四十九歳です。これくらいの歳になると、好奇心を失っていく記者も散見されます。往々にして管理職などにつき、現場に行くことが少なくなった人々です。僕はなるべく現場にいたい。それが好奇心を持ち続けるために必要なことだと思いますし、この授業を聞いている記者志望の方々もぜひ、好奇心を大切にしていってもらいたいと願います。

コンビニのレジや飲食店など、僕たちが日常で外国人と接する機会はだいぶ増えました。しかし、その人がどの国の出身なのか意識することはあまりないと思います。「外国人」と一括りにしてしまうと気付きづらいものですが、さまざまな国のコミュニティに出入りしていると、彼らの暮らしがいかに多様で活気に溢れているかが見えてきます。

ナマステ・バンドという在日ネパール人で構成されたバンドがあります。以前、彼らが歌舞伎町のライブハウスで演奏しているのを観に行きました。実に盛況で、さまざまな世代や職業の在日ネパール人や、ネパール文化に関心のある日本人がともに音楽を楽しんでいる。こうした催しはコミュニティのハブのような役割を担い、人々の出会いや情報交換に欠かせないものです。

未知のコミュニティに部外者が足を踏み入れるのは、少し勇気がいるかもしれません。しかし、一歩踏み出すことで全然知らない世界を見ることができる。さまざまな形の豊かさを知ることができる。記者の仕事の醍醐味はこれに尽きると思います。

――小神野真弘（「ジャーナリズム論」担当教員）：こうして事例を紹介していただくとハッとします。外国人の方々が集まって自国の文化に根ざした娯楽を楽しむ。当たり前のことなのですが、そうした営みがあちこちで行われていると考えが及ばない。彼らの「日常」というものを、意識に留める習慣がないことに気付きました。

外国で暮らしていると、自国の人々と集いたくなるのは人の本能なのかもしれません。僕も以前はタイに長く暮らしていたので気持ちがわかります。日本人同士で、何かと理由をつけてパーティなどを開いていた。

　異国で暮らすゆえの寂しさもあるのだと思います。ただ、より実際的な問題として、滞在ビザや仕事、子供の教育など、外国人だからこその悩み事も多い。それをみんなで話し合って、乗り切っていこうという気持ちもあるのでしょう。

歌舞伎町のライブハウスで演奏する「ナマステ・バンド」。
客席は多くのネパール人やネパール文化に関心のある人々で賑わう。

　新大久保の人々も、誕生日や出産祝いなど、何かにつけてよく集まっています。ネパールでは成人になった節目に元服式というのを行うのですが、新大久保でも伝統衣装を身につけた人々が盛大に祝う姿を目にします。

　日本で暮らしながらも、母国の文化を大切にしている。これは異国で生きる上でとても大切なことだと思います。異国での生活が長くなると、母国が愛おしくなってくる。僕もタイで暮らすことで日本の良さを再認識しました。

　一方で、母国との繋がりを大切にするということは、その国がいま直面する問題とも縁を切れないことを意味します。例えば、高田馬場に大規模なコミュニティーがあるミャンマーの人々。ミャンマーでは二〇二一年にクーデターが起こり、軍部が政権を掌握して民衆を弾圧しています。現在でも在日ミャンマー人たちは抗議集会をしたり、日本政府にミャンマーの軍事政権との関係を切って欲しいと訴えたりと、切実に行動しています。

外国人としてのアイデンティティを維持したまま、異国で暮らしていく苦労は、並大抵のことではないと考えさせられます。

「外国人」を取り巻くメディアの問題

先日、クルド人についての記事を書きました。彼らを取り巻く状況はきわめて複雑です。

ご存知の通り、最近では地域住民との軋轢が報じられることが増えてきました。二〇二三年七月には、埼玉県川口市にある川口市立医療センター前の路上でクルド人同士の乱闘があり、住民に動揺が広がった。クルド人をめぐる議論には、外国人への偏見から生じるヘイトスピーチの類いも少なからず含まれていますが、それを差し引いても問題が多い。

クルドの人々は「国をもたない最大の民族」と呼ばれ、その背景から公的教育を受けられなかった人が少なくありません。そのため、自分の子供に対しても教育を軽視する風潮があります。学校に通わなくていい、日本語を覚えなくても生きていける、父親と同じ工事や解体の仕事をすればいい、女は家に閉じこもって家事をしていればいい、そういった偏見を持ったままの親御さんもいます。

結果として、日本語に馴染めないクルドの子供たちが大勢いる。抑圧された境遇から、義務教育をドロップアウトして非行に走ってしまう子供たちもいる。日本人の家庭ならば、義務教育を受ける年代の子供に問題が見られると、学校や自治体からケアがあります。しかし、外国籍の家庭の場合はそうしたものがないので歯止めがかからないのです。

もちろん、しっかりと子供に教育を施しているクルド人の家庭もたくさんあります。自分たちが世間からどのように見られているかを理解して、日本のルールやマナーを学び、守っていこうと声をあげている人々もいる。そういった運動の主役は、大学に通うクルド人の若者です。荒れている仲間たちをどうにかなだめて、「後々自分たちの首を絞めることになるのだから、きちんと守るものは守っていこう」と言っている。一枚岩ではなく、さまざまな立場の人がいるのです。

現在のクルド人をめぐる報道は、「彼らは危険な人々だから出ていけ」という論調のものと、「彼らは難民であり弱者であるから保護しなければならない」という論調のもの、両極端なこのどちらかの主張が多いように感じます。しかし、白か黒かで割り切れる物事はあまりありません。僕は取材相手に忖度することなく、ありのままを描き切ることを心がけています。その結果として、話を聞かせてもらった人の民族を批判する内容になるときもある。取材を申し込む際にその旨を伝えますが、心苦しいです。しかし、必要なことです。

――小神野：報道の常として、ネガティブな出来事の方がニュースになりやすい。メディアバイアスの一種として古くから議論されている問題です。室橋さんの視点からは、一般的なニュースで語られる外国人像と、実際にそのコミュニティのなかで接した彼らの実態は、どの程度乖離していると感じますか？

ベトナム人の技能実習生を例として語ってみます。世間では、実習生は搾取されていて、ひどい状態にあるというのが一般的なイメージだと思います。確かに、安価な労働力として使い捨てのような扱いをしている企業はあります。しかし、きちんとした待遇で雇用しているケースもたくさんある。そうした企業で実習を終えた人々にインタビューをすると「日本は楽しかった」「また来たい」という声が多く聞かれる。

最近では法改正やコンプライアンス遵守の機運の高まりによって、ひどい待遇をする企業は少なくなっています。人権侵害などが明らかな場合は、企業が刑事罰に問われるケースもある。しかし、こうした流れを受けてベトナム人側にも変化がみられます。

強気に出て、仕事のミスを指摘するなどささいなことで「辞める、失踪する」とほのめかす。度を越えたワガママを言うなど、人手不足で困っているという日本側の事情をよく知っていて足元を見てくる。その結果として、日本人側の雇用者が下手に出ているという構図も生まれている。実際に失踪して給料のいい仕事（不法就労）に移っていったり、犯罪に手を出したりする者は多いです。

一方で、技能実習生からステップアップして、ビザを切り替えて別の会社に就職したり、会社経営者になったりする人もいる。技能実習生と一言でいっても、その境遇は多様です。

ベトナム人技能実習生による窃盗事件が世間を騒がせたこともあります。実習生たちに話を聞くと、ほとんどの人から「知り合いに誰かしら悪いことに関わっている人がいる」といった声が聞かれる。僕自身、新大久保を歩いていたら、盗品と思しき果物を扱っているベトナム人を目にすることがありました。とはいえ、犯罪に手を染めるのはごく一部の人々です。そのせいで真面目に暮らしている大多数のベトナム人にも悪いイメージがついてしまうのは問題だと思います。

また、ベトナム人の間で分断が起きていることもあまり報じられません。例えば、留学生として日本に来ている人々から「僕らを技能実習生と一緒にしないで欲しい」と言われることがあります。留学生は都市部の裕福な家庭の人が多く、技能実習生は田舎の貧しい家庭出身の人が多い。実際に日本のベトナム人の間では格差が広がっており、裕福な人々は貧しい人々に対して差別意識に近い感情を抱いているのです。

出入国在留管理庁によると、現在、在日ベトナム人は約五十万人いるといわれます。技能実習生の犯罪が物議を醸していますが、私見としては起こるべくして起きていることだと思います。人口五十万人の自治体があるとして、犯罪が一件も起きないことはあり得ない。移民社会では必然的に異なる人間集団が交わることになる。すると軋轢が生じたり、犯罪が起きたりするのは避け難い。つまり移民の受け入れは、そうした事態と向き合う覚悟が求められる、とても険しい道なのだなと感じます。

このように考えていくと、報道が彼らの実態を正確に伝えているとは確かに言い難いように思います。ただ、犯罪や実習生への搾取が強調されるのは、仕方がないところもある。メディアは視聴率やアクセス数を稼ぎたい。そのために不安を煽るようなタイトルをつけたり、物事を実際よりも派手に見せたりする誘惑にかられる気持ちは想像できます。ともあれ、報道は問題含みですが、在日外国人のことを知るためにはニュースはなるべく見た方がよいとは思います。

メディアのもうひとつの問題点は、ある話題に注目が集まると一斉に同じような記事や番組をつくろうとすることです。

僕は以前、埼玉県の坂戸にあるベトナム語の本を扱う書店を取材して記事にしました。ベトナム語の小説や歴史書、漫画、日本語の学習参考書などを取り揃えている。ベトナム人は読書好きが多く、しかし日本では母国語の本がなかなか手に入らない。二十代のベトナム人の若者がそのニーズに応えてお店を開き、留学生や技能実習生、ベトナム人を雇う企業の方などがあちこちからやってくる人気店になったのです。

記事を公開した後に問題が起きました。記事の評判は良かったのですが、店主さんから「できれば削除してくれないか」と連絡を受けたのです。影響力の大きいメディアプラットフォームである、Yahoo!ニュースに転載されたことで、あちこちのメディアから取材依頼の連絡が殺到し、困っていると。メディアに取り上げられるのは良い一面もあるけれど、注目されすぎたら不安にもなる。Yahoo!ニュースの記事は削除してもらいました。

こうしたことがたびたび起きます。僕自身、メディア関係者から「あなたが取材した人に話を聞きたいので連絡先を教えてくれないか」と尋ねられることがよくある。紹介すると、僕とまったく同じ人にまったく同じ内容のインタビューをしてまったく同じ記事を書いたりする。厳しい言葉になりますが、どうして自分で「ネタ」を探さないのか、自分の独自の記事を書こうと思わないのか、記者としてのプライドがないのかとやるせない気持ちになります。

同じ題材を扱うにしても、他の報道と違った角度から物事を見るべきです。ベトナム語の書店を取材するならば、そこから派生してベトナム人の読書への価値観を紹介する記事にするなど、いくらでも切り口はある。いま教室にいる皆さんのなかにはジャーナリストを目指している人がいると思います。ぜひ、自分独自の切り口から取材したのだと胸を張っていえる記事を書いて欲しい。記事には確固としたメッセージを込めて欲しいし、取材をする動機の根本は好奇心であって欲しい、そう願います。

「外国人」と「同胞」の境界

今回の講義では「在日外国人と日本人の境界」というテーマをもらっています。確かに僕たちと彼らの間には境界が存在している。それを僕たちはどうしていくべきか、これがどうにも一筋縄にはいきません。

新大久保で暮らしながら、歩き回り、取材し、いろいろな人と話すことを繰り返していると、「多文化共生とは何だろう」と考え込んでしまうことがあります。どういう状態なら共生なのだろう。「多文化」とは何を指しているんだろう。そもそも僕自身は共生しているのだろうか。隣人のネパール人とは仲良くやっているけれど、これも共生なのだろうか。疑問が尽きません。

日本人と外国人が同じコミュニティで暮らしていくことの難しさを実感した出来事がありました。

北新宿のマンションに夫婦と子供二人の四人暮らしをしているネパール人から、弁護士を紹介してくれないかと相談を受けたのです。彼は三年間にわたって、隣のマンションの日本人から嫌がらせを受けているといいます。顔を合わせる度に罵倒されたり、怒鳴られたりする。また、子供たちの声がうるさいといって管理会社に苦情を入れるそうです。このネパール人のお子さんは上の子が小学生で、下の子が保育園とのこと。確かに子供は賑やかなものですが、彼は日本人が静かな環境を好むと知っているので、なるべく騒がしくならないように心がけていたと語った。実際、自分のマンションの隣人や管理組合から苦情が来たことは一度もないそうで、苦情を入れている人は同じ階どころか別の建物に住んでいる。これによって子供たちは萎縮し、奥さんはノイローゼ気味になってしまい、もう耐えられないから告訴をしたい、そういう相談でした。

僕は、まずは現場を見たいと伝えました。彼の証言だけを信じるのは公平ではない。本当に彼の子供がうるさいのかもしれない。しかし、そうした話をしているうちに彼はだんだんと激昂し、「仮にいくらか子供たちの声が聞こえたとしても、それは罪なのか」と言いました。家族団欒を過ごしているときに、子供たちが学校のことを楽しそうに話すのが、そんなに悪いことなのか。この国には子供を育てる環境すらないのかと。

そう言われてみると、公園で遊ぶ子供の声が騒音だといわれたり、幼稚園がつくられることに住民の反対運動が起こったり、日本人はそうしたことにとても神経質です。南アジアの人々は、子供をたくさん産むことが多いし、家族や仲間で賑やかに過ごすのが普通なので、そこには文化的にとても深い溝、すなわち境界がある。

こういう場合、どうすれば良いのか答えが出ません。そのネパール人が言うように、多少の騒音や子供の声ぐらいならば、寛容に受け入れるべきではないかと僕は思います。しかし、そう思わない人もいる。これから日本がさらに外国人を受け入れていけば、こうしたトラブルはどんどん増えていく。

こうして考えていくと、多文化共生というスローガンが描くような、日本人と外国人が仲睦まじく暮らしている社会を実現することはとても難しいように感じます。

先述のネパール人は日本語も堪能で、子供も日本の学校に通っており、ほとんどの隣人とは良い関係を築いている。母国を離れて暮らしていることを考えれば、とてもうまくやっている印象がありますが、それでもトラブルに見舞われてしまう。そして多くの外国人はもっと大変な境遇にある。

例えば、ベトナム人の技能実習生は毎日朝から晩まで働くばかりです。日本語を学ぶ余裕もなく、地域に馴染むどころではない。しかし、こうした人々は年々増えており、日本の産業に欠かせない存在になりつつある。北関東のあたりでは顕著ですが、農業や漁業などの一次産業は、外国人がいないと成り立たないと言っていい。北関東特産の野菜や果物の多くは外国人が作っています。こうした事情を、日本人の多くは知りません。また、外国人たちも同じように、まわりの日本人の暮らしや考えを知らない。そこには厳然とした相互無関心がある。

こうした状況を踏まえ、混ざり合うことで軋轢が生じるならば、むしろ境界があって良いのではないか、とも思うのです。それでトラブルがなく、お互いに嫌な思いをせずに済むのであれば、問題ないのではないかと。

日本人と外国人の境界が存在しない社会を実現するならば、少なくとも何十年かの時間が必要になると思います。

「リトルブラジル」と呼ばれる群馬県の大泉町は、外国人受け入れの長い歴史があり、日系ブラジル人が大勢暮らしている。日系ブラジル人の二世や三世を見ていると、いくらかは境界が消えているのかなと感じます。子供たちは日本で生まれ育っているので、日本の文化に馴染んでいるし、日本人の友達が大勢いる。また大泉町はコミュニティのなかに日系ブラジル人たちが暮らしやすい仕組みが根付いて、しっかりと機能している。多文化共生社会というものを目指すならば、この街は優れたモデルケースになるはずです。

とはいえ、大泉町においても課題はあるのです。この街の産業には外国人労働者が多大な寄与をしていますが、日本人の外国人への偏見はまだまだ強い。マナーを守らない外国人も少なくない。また、日本語での会話が万全でも、読み書きができない子供を少なからず見かける。不思議に思います。彼らは敬語も使えるし、難しい言葉も理解できるのに、何故か日本語を読めない。暮らしのなかのコミュニケーションで使う話し言葉は自然に身に付くものですが、読み書きは体系的な学習が必要だからなのかもしれません。

さらに深刻なのは、通称「ダブルリミテッド」と呼ばれる子供たちです。彼らは日本語を万全に話せるわけでもなく、かといってブラジル人の両親の言葉であるポルトガル語も万全ではない。つまり、ファーストランゲージをもっていないのです。日本語とポルトガル語がごちゃまぜになった言葉を話します。これではまずいと焦った親が英語などを勉強させることもあり、ますます自分の軸となる言語がわからなくなってしまうケースもある。移民コミュニティの拡大とともに、こうした子供たちが増えています。

ダブルリミテッドの子供たちが直面する困難は、僕たちの想像が及ぶものではありません。ものすごいストレスだと彼らは語ります。親とすらうまく会話ができない。もちろん学校の授業にもついていけない。そうなると義務教育の段階でドロップアウトしてしまう。

そういう子供たちの行き場は、現在の日本にはほとんどありません。就職できたとしても、賃金の低い単純労働くらいしか選択肢がない。職業に貴賤なしとは言いますが、これでは将来に希望を見出すこともできない。そうなると非行に走る子も出てきます。クルド人の話でも言及しましたが、移民二世の子供たちが現在直面している問題は、日本人の間ではほとんど認知されていません。顕在化していないだけで、これから大きな問題になってくるはずです。

――小神野：一九八〇年代に国策で日本に引き揚げてきた中国残留孤児の人々も、アイデンティティの問題に苦悩したり、「日本人と違う」という理由で壮絶ないじめにあったりして、一部の人々は犯罪組織に居場所を見つけるという結果になりました。

そうですね。それはブラジルやペルーからの移民にも見られた出来事です。一九八九年の法改正によって、南米の日系人が移民として数十万人と日本にやってきた。その子供たちが社会に馴染めずに暴走族やヤクザになって犯罪を起こすということがあった。

現在の日本には当時よりもさらに多くの外国人が労働者としてやってきています。そのなかには子供を連れてくる人もいるし、日本で子供を産む人もいる。先述のダブルリミテッドの事例が象徴するように、何かしらそうした子供たちを支える教育制度が整備されない限り、数年後には大きな問題が噴出すると思います。移民の子供たちが居場所を見つけるための仕組みを考えていくことは、日本社会のリスクを減らすためにも、現在は厳然と存在する日本人と外国人の境界を越えるためにも、優先度の高い課題だと思います。

同時に、移民の第一世代の人々も意識を変える必要がある。現在の在日外国人、主に東南アジアや南アジア出身の人々は、自国の社会制度から生じた問題をそのまま日本に持ち込んでしまっている。日本がその面倒をみる必要があるのかを議論する必要がありますし、彼らの母国が解決できる問題はその国が取り組むべきです。出稼ぎなどの短期的な移住の場合は、子供を無理に日本に連れてこないというのも選択肢のひとつとして検討するべきでしょう。移民がこの国で子供を作り、育てることには多大な困難とリスクが伴う。これは日本でいま暮らしている外国人にも、これから日本にやってくる人々にも知っておいてもらいたいことです。

外国人との共生を考えるうえで、もうひとつ重要な問題が在留資格にまつわるものです。現在、日本国内には約三百四十万人の在留外国人がいます。そのうち労働者は約二百万人です。一方で、永住権を取得しているのは八十八万人程度といわれます。

二百万人もの外国人が働き、日本経済を支えるうえで小さくない役割を担っている。それにもかかわらず、その大部分は恒久的に日本にいられるわけではないのです。

外国人労働者には従事する仕事に応じた「在留資格」が与えられます。領事機関関係者や一部の高度専門職を除けば、最長で五年、最短で三ヶ月と期限が設けられていて、それが来るたびに彼らは資格を更新しながら日本で暮らしています。問題は、必ず更新できるわけではないことです。その結果として、日本の文化を取り入れたり、子どもの教育を考えたり、といった、長期的に暮らしが安定していることを前提とした営みに力を注ぐ動機づけが揺らいでしまう。

例えば、街なかで見かける外国人が経営するレストランや食材店。その経営者は経営管理という在留資格をもっており、これを更新していかないといけない。経営状態が悪化し、赤字を出すと、以前の更新では三年間の在留資格が得られたところを一年しかもらえないということが起きます。一年後にこの国にいられるかわからないのに、商売をしていくのはとても不安定な状態ですよね。

経営が軌道に乗り、お金が溜まっても、マイホームを買うのも難しい。いつかは母国に戻ることが前提なので、ローンを組める金融機関が極めて限られるからです。また、企業で働いている外国人はなかなか出世できません。企業の論理としては、在留資格を更新できない可能性があるから、外国人を管理職に据えるのはリスクなのです。外国人にとっても、一年後に日本にいられるかもわからないなら、日本語を勉強する意味があるのかと考えるのは自然なことだと思います。

だから、日本に三十年暮らしている外国人からすら「やっぱり自分たちは『お客さん』なんだ」といった声が聞かれます。在留資格の問題が、外国人から日本に溶け込むモチベーションを失わせている。日本が好きだし、友達もでき、自分の子供たちも地域に馴染んでいるけれど、「日本がしんどい」「疲れてしまった」と語る外国人が増えています。

実際に、日本で働いていた外国人が別の国に移住する動きが起き始めています。例えばカリフォルニアには「元日本在住ネパール人の会」というのがあり、千人くらいが所属していると聞きます。カナダにはもっと規模の大きな団体もある。日本で永住権を取得するのはかなり難しいですが、アメリカやカナダはもう少しハードルが低いと聞きます。だいぶ先を見越して生活できる。また、仮にアメリカやカナダならば世界のあちこちで使える英語を身につけられるので、仮に退去することになっても得られるものはある。これも移住する動機のひとつになっているようです。

制度の問題で、不本意な退去を迫られる人々が出てしまうのは残念なことです。アジア諸国から来た人々には、「日本が好きだ」と語る人が大勢います。この国に愛着をもって、日本人とうまくやっていくために努力をしている。そうした人々がよく言うのは、「日本語をしっかり話せたり、家庭をもって子どもをしっかり学校に通わせたりしている外国人は、在留資格の更新を緩和して、もう少し腰を落ち着けて暮らせるようにしてほしい」ということ。自分たちの都合だけでそう主張しているわけではなく、「腰を落ち着けられるなら日本のコミュニティや文化に溶け込むモチベーションが高まるのに」という歩み寄りの姿勢からの言葉です。

僕は外国人が日本に増えれば社会がもっと面白くなると考えています。しかし、日本は島国であるため保守的な考えの人も多いですし、外国人に長居してもらっては困るという考えの人はたくさんいると思います。僕のような考え方は少数派でしょう。

日本人と外国人の境界は厳然と存在していて、一～二世代くらいの時間経過では消えることはないと思います。この事実を無視して、急激に大勢の外国人を受け入れれば、社会に歪みが生じるし、日本人にも外国人にも混乱が起きるはずです。多文化共生社会を実現するには、すごく難しい問題がまだまだ横たわっている。

しかしそれでも、外国人と話していると「境界なんてないのかもしれない」と思えるような体験をするのも事実なんです。「子供の受験をどうしよう」と悩む人、「最近は物価が高いよね」とぼやく人、「親の介護が大変で」と語る人……。それに、子供たちと話をすると、将来は先生になりたい、エンジニアになりたい、と日本の子供と同じような夢を話すのです。そういう話をしていると、彼らも同じ生活者なのだなと実感できますよね。彼らもそうだし、僕自身もこの国に暮らすいち生活者なんだという肌感覚を忘れないようにしています。境界のない社会が仮にあるとすれば、それを実現する最初の一歩は、こうした素朴な共感から始まるのかもしれません。

講義録

路上の視点から

一般生活者とホームレスの狭間を歩いて見えるもの

ルポライター・國友公司（構成：小神野真弘、山岸あゆ実）

産業革命以降における都市の誕生は、「見知らぬ隣人」を生み出した。集合住宅の壁の向こう、いつもの道で気に留めることもない塀のあちら側、そこでどんな人々が生きているのか、私たちが知る機会はあまりない。この構造はクリエイターたちの想像力を大いに刺激し、優れたミステリやサスペンスの揺り籠となった。一方、その姿形を明らかに視認されながらも、実態がわからない、或いは関心が払われることのない人々がいる。一般的にホームレスと呼ばれる彼ら彼女らについて、私たちが抱く感慨は、せいぜい「悲惨」「貧しい」「弱者」といった概念で表象される、漠としたステレオタイプの域を出ないものだ。同じ都市空間を共にしながらも、見えない境界がそこにある。ルポライター・國友公司はそんな境界を越境した一人だ。二〇二一年、一年遅れの東京オリンピックに人々が冷ややかな眼差しを向けているさなか、彼は東京都内で約二ヶ月間のホームレス生活を送った。二〇二三年十月、日本大学芸術学部の「ジャーナリズム論」で語られたその体験を、講義録としてここに記す。

國友公司（くにとも・こうじ）

プロフィール

一九九二年生まれ。ルポライター。筑波大学芸術専門学群在学中よりライター活動を始める。キナ臭いアルバイトと東南アジアでの沈没に時間を費やし七年間かけて大学を卒業。いかがわしい人々をメインに取材をするも、次第に引き込まれ、知らないうちに自分があちら側の人間になってしまうこと多々。著書に『ルポ西成　―七十八日間ドヤ街生活―』『ルポ歌舞伎町』（ともに彩図社）、『ルポ路上生活』（KADOKAWA）がある。

ホームレスがどんな生活をしているのか、昔から興味がありました。筑波大学の卒業論文では、ダンボールハウスに暮らす方々に話を聞いてレポートをまとめた。とはいえやはり、学生という立場では取材に限界がありました。「つらそう」「可哀想」「悲惨な過去があったのではないか」、そういった漠然としたイメージの先にある、「実際のところ」に迫ることは難しかった。

転機になったのは、ＫＡＤＯＫＡＷＡから書籍の企画を提案して欲しいと依頼を受けたことです。僕はフリーランスのライター仕事と並行して、「プレジデント」などいくつかの雑誌で編集者をしています。ちょうどそちらの仕事が多忙だったので、四つの無難な企画を立て、五つ目として「ＫＡＤＯＫＡＷＡのような大手の出版社では通らないだろう」と思いながら、「ホームレスになってみる」という案を送りました。そしたらこれが採用されてしまった。編集者は「ぜひホームレスになってきてください！」と乗り気で、別の仕事を抱えながらどうやってホームレスをすればいいいんだと頭を抱えました。

締め切りを伸ばしに伸ばして、もう間に合わない時期になり、覚悟を決めて二〇二一年七月から路上生活を始めました。ちょうど東京オリンピックの開会式の日でした。編集者と相談し、持ち物は執筆に使う機材のほかに、モバイルWi-Fiと七千円の現金だけにしました。七千円という額に根拠はないのですが、まあ一万円あると宿泊施設に泊まってしまうだろうと考えてのことです。それから二ヶ月間にわたって路上生活をすることになるのですが、その間は家には一度も帰らず、たまに会社やネットカフェに立ち寄って仕事をする以外は、ほかのホームレスの方と同じ暮らしをしました。

今回の講義は、「路上生活者とそれ以外の人々を分かつ境界線」というテーマをもらっています。それを踏まえつつ自身の体験から得た気づきを話していきたいと思います。

飽食のホームレス生活

ホームレスの方々の暮らしぶりを知ってもらうために、衣・食・住についての話から始めたいと思います。ここで紹介する事例は東京都内のものなので、他の地域は事情が異なる可能性があることを念頭において聞いてください。

まずは「衣」について。ホームレスの方々も、もちろん服を着て生活しているわけですが、自分で買うことはありません。東京都にはホームレス支援を行うボランティア団体が無数にあり、毎週のように公園などで配ってくれるからです。靴下やパンツ、ズボン、シャツ、スーツに靴まで、だいたいのものは手に入ります。こうした衣料品は、寄付された古着が多いようですが、クリーニング屋さんから提供されるものもあります。クリーニングに失敗して破棄扱いになったり、受け取り期間が過ぎても持ち主が現れなかった服がこうして再利用されるそうです。また、路上生活をしていると洗濯をすることがほとんどありません。別に無精だからというわけではなくて、毎週のようにもらえるから、洗って再利用する必要がないのです。同じパンツを一週間履いて、汗でガチガチになった状態のものを捨てて新しくもらう、そういう人がたくさんいました。

冬になると、防寒着のほか、寝袋や毛布をボランティア団体が配ってくれます。僕自身は冬の路上生活は体験しておらず、やはり東京の冬を路上で過ごすのはとてもつらいだろうなと考えていました。しかし、一緒に寝泊まりしていたホームレスの方々に聞いてみると「冬はむしろ過ごしやすい」というのです。夏の方が大変なのです。冬は着込めばなんとかなりますが、暑さは対策のしようがありませんから。ただ、時々凍死するホームレスがいるのも事実です。これはおそらく、ボランティア団体から衣服をもらえることを知らずに、冬にいきなり路上生活を始めた人なのではないかと思います。情報化社会といわれて久しいですが、ホームレスにとっても情報は生命線なのです。

次に、「食」について。僕が二ヶ月で使った食費は、二百円だけでした。路上生活を始めた初日、ものすごく不安になって食パンと水をドン・キホーテで買ったんです。しかし、それ以降は食べ物を買う必要が一切なかった。というのも、衣服の配布と同様にボランティア団体による炊き出しが東京は非常に盛んなんですね。毎日のようにどこかしらで炊き出しがあるから、むしろ選択肢が豊富すぎて「今日はどこに行こうか」とみんな迷っていました。お手製の炊き出しマップをつくっている人もいました。とにかく食には困らないから、みんな贅沢になっていきます。例えば代々木公園で週に一回炊き出しをするある団体は、カレーと中華丼を交互に配っています。みんなカレーの方が好きだから、隔週でカレーを狙っていくんですよ。「たまに中華丼が二週続くことがあるから注意しよう」なんて情報が出回っていました。

生活保護受給者は都営の電車とバスを無料で使えるパスがもらえるのですが、ホームレスのなかには生活保護受給者の知人からパスを借りて、都内のあちこちへ移動する人もいました。パスを持っているホームレスの方と一緒に炊き出しを回ってみたことがあります。するとその一日だけで、なんと七食分の炊き出しを受け取ることができた。もはやお腹を満たすためではなく、スタンプラリーのように炊き出しを巡ること自体が目的になっている人々もいて、「いらないから」といって、パック詰めされた炊き出しをたくさん僕に押し付けてきました。彼らはこれを「炊き出しツアー」と呼んでいました。

また、路上で寝ていると、通りすがりの方が食事を恵んでくれることもあります。ただ困ったことに、カップ麺が多いのですね。どこでお湯を入れればいいか分からないんですよ。近くのコンビニに行くと顔を覚えられてしまいますし、かといって公園などで得られる常温の水では美味しくつくれない。どうするかというと、トイレの授乳室に行くんです。ミルクを溶かすための六十度のお湯が出る機械があり、それでカップ麺をつくる人がいました。

これだけたくさん食事がもらえるとなると、食べきれないものが出てきます。でも、捨てるのは忍びない。代々木公園の森の中に、一斗缶がたくさん置かれているエリアがあります。余った食材はここに入れていくことになっていました。困っている人にご自由にどうぞというわけです。


——学生からの質問：炊き出しを利用できるのはホームレスだけなのでしょうか。

全員に尋ねたわけではないのであくまで体感ですが、炊き出しを受け取る人の半分以上はホームレスではないようです。生活保護受給者が、ギャンブルでその月の給付金を全て使ってしまって来ることが多かった。

この体験は拙著にも書いたので、読者の方から「過剰支援なんじゃないか」という意見を頂くことがあります。ですが、僕はそう断言することはできないと考えています。

そもそも計画的に人生設計をできるような人は、生活保護を受けているのに日々の食事よりギャンブルを優先するようなことはしません。今更彼らに「ちゃんとしなさい」と言っても、おそらくできないのです。確かに都内の支援は過剰気味かもしれませんが、こうした仕組みがないと餓死する人が増えるはずです。もちろん自己責任という意見もありますが、炊き出しをしなくなったらどうなるかというと、恐喝や窃盗などの犯罪が増加するでしょう。炊き出しというのは、治安を維持する役割も担っていると僕は思っています。

加えて本音を述べれば、ホームレスになっても、ギャンブル依存になっても、これだけご飯が食べられる環境があるということに驚きます。日本はなんて良い国なんだろうと思います。

最後に、「住」についてです。

路上生活を始めた僕が最初に寝床をこさえたのは、都庁の近くにある高架下の歩道でした。場所を変えて何ヶ所かで暮らしてみましたが、ここが最も住み心地がよかったです。二十四時間布団を敷きっぱなしにしていても怒られないんです。おそらく、都庁のお膝元という場所柄、あまり露骨にホームレスを排除すると批判される可能性があるんでしょう。最近はいくつかの自治体で、体を横たえられない形状のベンチなど、通称「排除アート」の是非が議論されていますが、ホームレスにとって一日中居座っていられる場所があるというのはとても助かります。

次に住んだのは新宿駅西口の地下広場でした。夜十時を回ると、多い時には八十人ほどが集まってきます。それぞれが段ボールやチラシを敷いて、ここは夜間も照明がついているので、傘を立てかけて光避けをして眠ります。始発が動くまでに出ていかなければならない決まりがあり、みんなそれを守っていました。

次に暮らしたのは上野駅周辺でした。ここも路上で寝泊まりできるのは深夜から早朝まででした。ピーク時には六百もの段ボールハウスがあったそうですが、行政の介入で激減しました。僕が滞在したときは、「家」と呼べるようなダンボールハウスを構えているのは二人だけ。五十人くらいいる他のホームレスは、東京文化会館という施設の軒下で段ボールを敷いて寝ていました。上野はネズミがものすごく多いのに悩まされました。寝ている間に食料を漁られ、カバンを食い破られることまであるんですが、彼らは全く音を立てずに近づいてくるから気が休まりません。

駅員の方から、ゴミは決まった場所に置いておくようにと言われたのを覚えています。路上にゴミを散らかされるよりは良いということなのかもしれません。

上野の次は隅田川の首都高高架下に行きました。基本的に高架や橋の下はホームレスにとって格好の寝床です。ただ、首都高は高すぎて雨が凌げないので、キャンプ用のテントで生活している人が多かった。ここで印象深い体験をしました。滞在したときは十軒ほど小屋が建っていたのですが、新たに流れ着いた人は小屋をつくれないそうなのです。小屋に住んでいるのは、以前別の場所に住んでいた人々で、そこで工事を行うからと行政から退去を命じられたそうです。その際に、「向こう（首都高高架下）になら小屋を建ててもいい」という譲歩があったそう。彼らは小屋から出ていくのをとても恐れていました。ホームレスのなかには生活保護を受けるために、NPO法人などが運営する「無料低額宿泊所」に一時的に住む人もいます。しかし、首都高高架下の小屋の住民は、一度ここを出てしまうと小屋が撤去されてしまう。するともう同じ生活には戻れない。一般的な感覚では、生活保護を受けて暮らしを立て直せるならばそちらの方がよい、と思う人の方が多数派だと思います。しかし彼らは、ホームレスに戻れなくなることが怖いんです。

この高架下には先述の「排除アート」がありました。デコボコとした岩のオブジェなのですが、排除アート自体が人権侵害であると批判されているのを受けてか、なんだか中途半端なデザインなのです。だから、それを枕にして熟睡しているホームレスがいました。なんとも風刺が効いた光景ですが、寝ている本人は排除アートとすら思っていないのかもしれません。

二ヶ月間の路上生活で、最後に住んだのは荒川の河川敷でした。今まで僕が過ごしたところとは一線を画していました。これまでは、ホームレスとはいえルールや人間関係と無縁ではいられない「風土」のようなものがありました。しかし、それに馴染めない人はいるものです。彼らが行き着くのが、この荒川などの河川敷だったのです。市街地から距離があるので炊き出しにアクセスしにくくなる代わりに、二十四時間テントを張れる。小屋を建てても構わない。広い土地があるため、小屋を隣接させる必要もないから他者に干渉されることもない。

荒川河川敷の小屋は、梁や柱に塩ビ管を用いるなど、かなりしっかりとした建築になっています。ここに暮らす人々は、以前は鳶などの仕事をしていた人が多いそうで、専門知識があるんですね。発電機まで用意して、テレビや扇風機を使っていました。

そんな場所なので、住んでいる人たちも個性的です。例えば僕のお隣さんは、毎朝、鉄パイプにパチンコ玉を入れて両端に封をしたものを振り回すんです。ジャラジャラジャラジャラと、ものすごい音が鳴る。それをやらないと1日が始まらないそうなのです。少し離れた藪の中には、「ある宗教団体のカリスマ的指導者が実は日本人ではない証拠を見つけた」と主張する人が住んでいました。「自分はここから出ると大勢が殺しにくるのだ」と言っていました。

彼らはこの河川敷にいれば、ギリギリ「個性的」でいられるのだと思います。しかし社会に出たとしたら、そんなものでは済まされない。統合失調症や精神疾患といった診断名がつくかもしれないし、精神病棟に送られる人もいると思います。彼らは六十代から七十代の人がほとんどです。精神疾患や障害についての理解が一般に広がったのはごく最近のことで、彼らは人生の大部分の時期において、社会の中でただ生きづらいという感覚だけがあったのだと思います。ここで考え込んでしまいました。支援の名のもとで彼らを社会に引き戻したとしたら、彼らの属性は「病人」になるのだと思います。それが果たして幸せと呼べるのだろうか、と。

確かに「一般人」と「ホームレス」の間には境界が存在します。しかし、何をもって境界線が引かれるのかは自明ではないように思うのです。ホームレスの社会にはヒエラルキーが存在しますし、「社会からの距離」は人によって異なる、つまりグラデーションが存在している。言ってみれば、多様なのですね。社会にはそもそも何かしらのひずみが内包されていて、そこに適応できない人々をホームレスという大きな括りにまとめることで、他の多くの人々にとって安息や平穏のようなものを生む構図がある、と考えるのは発想の飛躍でしょうか。それが正しいのだとすれば、「一般人」と「ホームレス」の境界は恣意的であり、同時に根拠が薄弱なもののようにも思えます。

――学生からの質問：ホームレスの方々はどうやってお金を稼ぐのですか？

ホームレスであることを行政に申請すると、求職受付表、通称「ダンボール手帳」をもらえます。ダンボールで寝ている人達のための手帳だからダンボール手帳。これに登録すると、一回八千円弱の清掃の仕事を月に三回程度もらえます。公園でビブスを着て清掃をしている人を見たことはありませんか？　彼らは往々にしてこうした経緯で仕事を得た人々です。ただこれは仕事の委託というよりも、ある種の福祉の意味合いが強いように思います。清掃を開始して五分ほどで終了ということもあるからです。これで少なくとも月に二万四千円もらえる。先ほどお話しした通り食事にはまず困りませんから、お酒やタバコを買ったり、銭湯に行ったりしていました。

商品を買い占め、転売で稼ぐ人々、通称・転売ヤーの手伝いをしている人も多かったです。僕もホームレス仲間とともに転売ヤーに連れられ、ポケモンカードを買いにいきました。カードの現物と領収書一枚につき千円もらえる仕組みでした。一日これをすると五千円くらいになります。月に四、五回はそうした仕事があったので、二万円の月収です。ちなみにこの転売ヤーの正体が気になり尾行してみたのですが、実は彼もホームレスで、カプセルホテルにずっと泊まっていました。頻繁に電話で指示を仰いでいたので、何らかの組織の末端構成員であることは予想がつくのですが、組織の正体は不明です。

また、月に一回、三千円のお小遣いをくれる炊き出しがありました。もちろん一人一回までなのですが、みんな服を着替えて、何度もらえるかチャレンジしていました。主催は韓国系のキリスト教会のようでした。別のキリスト教会が開催している聖書にまつわるクイズ大会も収入源として人気です。正解すると数千円のお小遣いがもらえます。しかし、聖書をしっかり読みこまないと答えられないマニアックな問題を出してくる。だからみんな聖書を読んでテスト勉強をするんです。僕は今まで道端で聖書を読んでいるホームレスを不思議に思っていたのですが、これで謎が解けました。

もう一つ、ある新興宗教の関係者が盛んにホームレスたちに声をかけるのを見かけました。炊き出しの出口で待ち構えていて、「研修に来ない？」と声をかけてくる。研修と言いつつ、結局は勧誘です。入信すると千五百円、別の人を研修に連れて来ると紹介料として五百円もらえます。入信といっても、申し込みの書類にでたらめな名前や住所を書いてもチェックされることはないようです。だから数十回も入信しているホームレスがいました。勧誘ノルマを達成したい信者、信者数の水増しをしたい本部、日銭が欲しいホームレス、それぞれの利害が一致した結果の不思議な光景でした。

ダンボール手帳、転売手伝い、お小遣い、聖書クイズ、研修とさまざまな方法があり、うまくいくと月に五〜六万円は稼げるようです。

――学生からの質問：路上生活をしていてつらかったことはなんですか？

他のホームレスも言っていたことですが、一般の人々から完全に無視されるのが寂しかったです。朝になるとものすごい数の人々が通勤や通学で僕の前を通り過ぎていくのですが、誰一人として見向きもしない。自分がまるで存在していないのではないかと思えてきます。だから僕らが動いているのを見てくれるというか、視線を感じるだけでもちょっと嬉しかったです。ジロジロ見られるのも嫌なのですが。

それから、夏なのに寒さがつらいと感じるときがありました。先ほど「冬は案外つらくない」という話をしましたが、それは寝袋や毛布、ダンボールハウスなど、準備をしっかりとしているのが前提です。雨が三日間続いた夜には凍死しそうになりました。

そういうときによく寝床として選んだのが、「段差の上のちょっと高くなっているところ」です。寒さも、地面の硬さも、地面に寝ているという事実も変わりません。しかし、人権が尊重されるような感じがするんです。虫やネズミとは違うんだと思えるんですね。どうせ暖は求められないので、尊厳を求める。ホームレスをやる上で、自尊心を保つことはけっこう大切だと思います。

——学生からの質問：路上生活を始めたときの服装はどのようなものでしたか？

半袖のTシャツと長ズボンで始めました。

ホームレス歴が長い人の服装と比べると小綺麗だったものですから、初めは浮いていたと思います。新参者丸出しだったでしょう。ですが、それはかえって良かったようで、彼らの方から近寄ってきていろいろ教えてくれました。よく言われたのは「何があっても一人で寝るな、必ず皆がいるところで寝ろ」。ちょうど取材期間中、代々木のホームレスがハンマーで殴られて死亡する事件があったのですが、その人はやはり一人で寝ていたそうです。

——学生からの質問：ホームレスの男女比はどのようなものでしょう？

女性は非常に稀で、百人に一人いるかいないかというところだと思います。やはり女性の方が路上生活では危険が伴いますから、生活保護を選ぶのでしょう。実際、二〇二〇年には渋谷区幡ヶ谷のバス停で女性ホームレスが男に撲殺されるという事件がありました。

――学生からの質問：ホームレスになるのはどういう人たちでしょうか。「私たち」と「彼ら」を分かつ境界線はどこにあるのでしょう？

僕がホームレスをしていたのは二ヶ月間でした。これはおそらく、ホームレス全体で見るとわりかし長い部類に入ります。案外、入れ替わりが激しい世界なのです。仕事に就いたり生活保護を受けたりして、一般社会に戻っていく人が絶えずいます。戻りたいと思う人は三ヶ月以内に戻っていくのではないでしょうか。炊き出しに行けば生活保護の相談に乗ってもらえるブースがあります。人によって事情はあると思いますが、戻ろうと思えばいつでも戻れる状況でした。

――学生からの質問：一度ホームレスになったらもうずっとそのまま、というイメージがあったので驚きです。それなのに、ホームレスであり続ける人がいるのはなぜですか？

ホームレスは年金をもらっている人が多いです。彼ら曰く、「むしろもらっていないとホームレスなんかできないよ」。年金を受給していても、差額を返還するという形で生活保護も受けることはできます。ただし、それらの受給のためには住所が必要なので、家を借りたり、支援施設などに入ったりしなければなりません。家賃がかかる分、路上生活のときは年金丸々十万円使えていたのが、七～八万円しか使えなくなる。ならば路上で過ごしてなるべくお金を受け取りたい、という人がよくいました。実質二、三万円で家に住めるなら、僕らの多くはそちらを選ぶでしょう。ですが、そこはもう個人の感覚の違いでしかないと思います。

また、「生活保護を受けようとしたが、結局やめてしまった」という人も多かったです。生活保護は申請から受給まで十四日ほどとされています。その間、そして生活保護の受給が始まった後も無料低額宿泊所に入って同じ様な境遇の人々と共同生活をするケースがあります。しかし共同生活のルールに耐えられなかったり、人間関係でトラブルを起こしてしまったりする。生活保護をピンはねされることもある。「施設から逃げ出してホームレスに戻ったらほっとした」という話をよく聞きました。

――学生からの質問：定職があるのに路上生活をするのは、一種の潜入取材と呼べると思います。そのような立場でホームレスの方々と接する際、後ろめたさはないのでしょうか？

取材中はホームレスと同じ状況なので、自分の命や生活を考えることで精一杯でした。取材が終わってから考えてしまうことはあります。やはり「これは仕事なのだ」というふうに開き直るのは良くないと思います。僕は歌舞伎町の潜入取材をしていたこともあるのですが、裏の世界の住人は互いを騙したり疑ったりするのが当たり前の態度です。ですから僕にも罪悪感は生まれません。それに比べてホームレスは人を疑うことを知らない人が多い。ゆえに多少後ろめたい気持ちがありました。

――学生からの質問：ホームレスの数はどのように推移しているのでしょうか？

全国で大幅に減少しています。厚生労働省の調査によると、二〇二三年は三千人。十五年間で六分の一になったと言われています。その理由の一つは、生活保護が受けやすくなったからです。二〇〇八年のリーマン・ショックを機に、生活困窮者を支援しようという機運が高まりました。

――学生からの質問：ホームレスは互いをどう呼び合っているのですか？

ほとんどの場合、フルネームで名乗り合うことはしません。苗字か名前だけのことが多いです。行く場所によって違う苗字で呼ばれている人もいました。僕は苗字だけを教えていて、「國友くん」とみんなに呼ばれていましたね。ただそれは僕が言いたくなかったというわけではなく、誰も聞いてこなかったから言わなかったというだけです。

――学生からの質問：東京オリンピック開催時、行政がホームレスに立ち退き要求をしたとニュースなどで耳にしました。それは事実でしょうか？

BBCを始めとするメディアでそういった報道がなされていましたが、実際はほとんど何もありませんでした。代々木公園や国立競技場など、開催場所に住んでいればさすがに立ち退きを命じられますが、他の場所に移動すればいいだけです。みんないつも通り布団を敷いて寝ていました。

――学生からの質問：國友さんが目の当たりにしたホームレスの現実と、報道から受け取るホームレスのイメージには乖離があるように感じます。そうした乖離はどうして生じるのでしょうか？

僕はこの本一冊を書くために二ヶ月取材しています。しかし、マスメディアはスピードが求められる世界。その日のうちに取材をして書かねばならないというようなことが多々あります。結論ありき、つまりこちらが想定するストーリーに沿ったことを言ってくれる人を探すという取材方法でなければ、締め切りに間に合いません。一時期、僕の隣で寝泊まりをしていた若いホームレスは、ある新聞の取材に「明日のご飯が食べられないかもしれない」と語っていました。だけど彼は、いつも通行人からのご飯を断るんです。炊き出しで足りるからと言って。その炊き出しにしたって、「カレーは好きじゃないから今日は行かない」と選り好みしていた。人は、何かしらの立場になると、どういうものであっても、それを演じるという側面があるのだと思います。いくら悲痛な声のように聞こえる意見であっても、真実でなければ報じる意味はありませんし、社会的な意義をもたせることはできない。僕は本当の声が聞きたいと思います。だから周囲のホームレスに、自分の正体を一度も明かしませんでした。

路上に出る前、僕は不安で仕方ありませんでした。でも、周りのホームレスには不安そうにしている人はほとんどいなかった。普通に買い物に行き、酒を大量に買ってきてみんなで飲んでいる。一体どうなっているんだよ、と思いました。彼らと同じ生活を送る中で、初めの漠然とした「悲惨である」といったイメージは変わってきました。しかし、「ホームレスは案外楽だ」ということではありません。やっぱり、つらいことはつらい。だけど現場に埋没することで、解像度が上がったと言いましょうか。ホームレスは何がつらいのか、何が楽しいのかを知ることができたと思っています。

講義録

新冷戦の壁の向こう

中国・新疆ウイグル自治区を旅して

ジャーナリスト・西谷　格
（構成：小神野真弘、山岸あゆ実）

隣国でありながら、政治的・軍事的な文脈においては最も遠い国のひとつともいえる中国。そのプレゼンスの増大とともに、この国と米国を筆頭とする自由主義国家の間には「新冷戦」が形成されつつあるとの指摘が生まれて久しい。この新たな国際的な緊張には、かつてのベルリンの壁のような物理的な象徴は存在しない。だが、見えざる壁は確かに在り、その向こう側を私たちはほとんど知らない。二〇二三年十月、日本大学芸術学部の「ジャーナリズム論」では、中国を専門に取材する西谷格を講師に招いた。新冷戦の壁の向こう、中国の辺境で彼が目の当たりにしたのは、欧米諸国の報道ではほとんど語られることがないリアルだった。

西谷　格（にしたに・ただす）

プロフィール

一九八一年生まれ。ジャーナリスト。早稲田大学社会科学部卒。地方新聞の記者を経て、フリーランスとして活動。二〇〇九年に上海に移住、二〇一五年まで現地から中国の現状をレポートした。著書に『香港少年燃ゆ』『ルポ　中国「潜入バイト」日記』（ともに小学館）、『ルポ　デジタルチャイナ体験記』（PHPビジネス新書）などがある。

僕は現在、中国・新疆（しんきょう）ウイグル自治区の取材をしています。新疆ウイグル自治区、みなさんご存知でしょうか。中国西北部に位置する地域で、国土の六分の一（日本の四倍）もの広大な面積を占めています。

「ウイグル」は聞いたことがあっても、「新疆」は知らないという人もいるかもしれませんね。「新疆」は土地の名前で、「ウイグル」はそこに長年住んでいる人々を指します。歌や踊りを好み、漢人とは文化的背景が異なり、イスラム教を信仰しています。

アジアとヨーロッパの中間に位置する新疆は、東西の交易路・シルクロードとして古くから栄えてきました。山に湖に砂漠に高原にと自然に恵まれているため、観光地として国内外から人気です。一九八〇年代には、ＮＨＫの番組をきっかけにシルクロードブームが起き、日本からもたくさんの人が訪れました。ロバやオアシスといったエキゾチックなイメージが好感を呼んだのですね。

ですが、今時「新疆」と聞いてそんな素敵なイメージを思い浮かべる人はそういないでしょう。試しにお手持ちのスマホで検索してみてください。支配、迫害、収容所、ＡＩ監獄、強制労働、大虐殺、地獄。新疆関連のニュースや書籍は、何やら恐ろしい言葉で溢れています。

二〇一九年頃から、新疆は西洋の注目を集めるようになりました。「百万人のウイグルが強制収容されている」と報じられたためです。

いわく、中国共産党が「職業技能訓練センター」を設立した。貧困対策を謳っているが、実態はナチスと変わらない。ウイグル男性の多くが問答無用で送り込まれ、何年も帰ってこない。留守を守る女性は中国兵にレイプされている。民族を根絶やしにするため、避妊手術や堕胎を強制される。イスラム教やウイグル語が禁じられ、漢民族への同化が図られている。

物理的にも文化的にも、ウイグルが抹殺されようとしている――人道的に許されない問題だとして、西洋から非難が殺到しました。

ところが、中国の主要メディアを見てみると、この手の話は何も取り上げられていないのです。むしろ、「新疆では黄金色の柳が見ごろ」などと呑気なニュースが流れてくる。この極端なまでの温度差は一体なんなのだろう、そう思ったのが新疆に関心を抱くようになったきっかけでした。

ニュースとは往々にして、極端な事例を強調せざるを得ない傾向にあります。西洋の報道はどの程度真実なのだろう、人々は実際どんな風に暮らしているのだろう、この目で見てみたい。そうした思いを抱き、コロナの渡航制限が解除された二〇二三年六月、僕は新疆に渡りました。

ウイグルと中国、「境界」の歴史

現在新疆と呼ばれる場所には、少なくとも今から三千年以上前には人が住んでいたそうです。彼らは西方から到来したコーカソイド系、いわゆる白色人種でした。中国人口の九割を占める漢人は黄色人種であるモンゴロイド系ですから、人種が違うのですね。モンゴロイド系との混血が進んではいるのですが、現在もウイグルは彫りの深い顔立ちに浅黒い肌という、漢人とは異なる外見をしています。

一般に、「人種」は生物学的特徴によって（人為的に）分類された集団、「民族」は文化の違いによって（人為的に）分類された集団と説明されます。

多くの場合、彼らは「ウイグル族」と呼ばれますが、彼らを支援する人たちは「ウイグル人」と呼ぶことがあります。漢人とは、民族だけではなく人種やアイデンティティーが違うのだというニュアンスを込めているのです。ちょっとした言葉遣い一つで立場の差が出るのですね。そういった色分けから離れるため、最近の学術書ではあえて「ウイグル」とのみ記述しているものを見かけます。

民族としては、トルコ人などと同じテュルク系に属しています。文化面で中東イスラーム世界と強く結ばれているんですね。そのため、新疆は歴史的に、テュルク系ムスリムが多く住む「トルキスタン」と呼ばれる地域の一部と見なされてきました。つまり、中国とは完全に別の括りにあったんです。

さて、この新疆の地に漢人の王朝、つまり中国が進出し始めたのは、紀元前二世紀のことでした。「前漢の武帝が張騫と李広利を西域（＝新疆）に派遣した」と世界史の授業で習った人もいるでしょう。中国とウイグルは、二千年以上前から交流があったんですね。これは、今の中国が新疆を自国の一部と主張する根拠の一つです。

十八世紀、ウイグルは戦に敗れ、中国（清王朝）の支配化に置かれます。しかし、情勢が安定せず、二、三十年おきに蜂起と政権交代が繰り返されます。先述の通り、ウイグルはイスラム文化圏だったため、文化的に大きく異なる中国の統治に反発が生じたためでした。

十九世紀、大反乱をどうにか制圧し、清が新疆を再び征服します。これが現在まで続く決定的な意味を持ちました。十九世紀というのは、中国にも西洋的な国家や領土の概念が広まった時代でした。中国が新疆に対する主権を国際的に主張する根拠が生まれたのです。

しかし、その後も混乱は続きます。イスラム教徒の国が建国されたり、第一次大戦後に誕生したソ連に支援を受けたり、中華民国時代に跋扈していた軍閥と組んだり。第二次大戦中には、再びイスラム教の国が建国されました。中国共産党は友好政策を取り、その首脳たちを北京に招きました。けれど信じられないことに、北京に向かう途中の飛行機が墜落し、首脳全員が死亡したのです。真相はいまだに不明。恐ろしい話です。せっかく建国されましたが、二年で解散になりました。

その後新疆は、毛沢東率いる中華人民共和国に組み込まれました。飴方向の政策も鞭方向の政策も結局は上手くいかず、ウイグルと漢人の対立は今も続いています。

中国とイスラム教の境界
――形骸化した信仰の自由

東京から新疆への直行便はありません。三時間かけて北京まで行き、さらに四時間かけて新疆へ向かうことになります。東京から北京より、北京から新疆の方が遠いんですね。日本の二十六倍の面積を誇る、中国の広大さを感じます。

新疆最大の都市・ウルムチは、僕から見ても「普通に栄えた街」でした。日本人に似た顔立ちの漢人と、浅黒い肌に彫りの深い顔立ちのウイグルが半々くらいの割合で行き交っています。看板では、漢字表記とウイグル語表記の両方を見かけました。

やはり気になるのは、現在の新疆におけるイスラム教の実情です。さっそくモスクへ行ってみたところ、強い違和感を覚えました。鬱蒼と茂った街路樹に周りを囲まれており、ほとんど外観が見えないんです。近づいてみると、門の上には監視カメラが設置されていた。モスクが隠されている、それも隠していることを開けっぴろげにしているような「わざとらしさ」を感じました。

入り口には駅の改札のようなゲートが設置されており、事前に登録した人でないと通れないそうです。守衛のような人がいたので「では登録して欲しい」と頼むと、「ここには外国人は入れないのだ」と告げられました。「外国人が入れるモスクも一つあるが、政府の許可が必要だ」とも言っていた。

彼らはとにかく、「許可がいる」という言い方をするんです。信仰の自由という建前があるからか、「禁止」という言い方は決してしない。

また、この寺院はインターネットで調べた過去の画像と比べてみると、イスラム教のシンボルである三日月が屋根から取り外されているようでした。

他のモスクも回ってみましたが、状況は大体同じでした。塀で囲まれていたり、門が閉ざされていたりと非常に殺風景になっている。看板が外されたモスクでは、「もう名前が分からない」と言われました。中国の国旗が飾られていたり、電光掲示板に「中国万歳、中国は偉大」という趣旨の標語が流れていたりもします。こういうものにカメラを向けると、即座に係員が飛んできてすごく怒られます。

帰り道、タクシーの運転手さんに「イスラム教を信じていますか?」と訊くと、「信じているよ」と答えてくれました。しかし「コーラン

は持っている?」と加えて訊ねると、返事は、

「コーランって何?」

とても奇妙だと思いませんか。街で出会った他の人たちにも同じ質問をしてみると、同様の反応を示されました。それまで普通に話をしていたのに、「イスラム教」や「アラー」「コーラン」という単語を出すと、途端に「話の通じない人」と化してしまう。「知らない」「分からない」のオンパレードになるんです。中国では表向きには「信教の自由」は保障されているのですが、実質的にはイスラム教の信仰は禁止に近い状態となっており、イスラム教に関する言葉はリスクのある〝敏感なフレーズ〟となっているようでした。

モスクは人の気配がなく、信仰について話すのもタブー。彼らはイスラム教を信仰しているとは言っても、実際にはイスラムの宗教的行事はできないようです。礼拝は表向き許可されているので、お祈りの時間になるとモスクを訪れる人はいるにはいます。しかし、お年寄りばかりです。事前登録をしないと入れないというハードルの高さも相まって、彼ら彼女らが寿命を迎えた日には、もう誰も行かなくなる可能性が高いと思います。

監視社会の中で警戒を強める住人

僕は中国取材を長く続けてきました。中国は広大かつさまざまな民族で構成された国なので、「国民性」のようなものは見出しづらいのですが、個人的な印象としては社会の気風は大らかで、気さくで面白い人が多いと感じます。レストランの店員やホテルのスタッフも雑談に応じてくれますし、田舎の方に行けば、外国人が珍しいのか質問攻めに遭います。そういうところからの情報収集、人脈作りを僕は大事にしていました。

しかし、ウイグルの人々は警戒心が強かった。

二言三言返しただけで口を閉ざしてしまう人ばかりでした。雑談文化がない、ということも考えられますが、見知らぬ人間を警戒しなければならない理由があるのだと思います。二〇一四年に旅行で訪れた際とは、全く雰囲気が違いました。

報道で散々「監視社会」と言われている通り、街中には凄まじい数の監視カメラと警察官が配置されていました。いかつい武装警察から、軽い装備の街のお巡りさんまでよりどりみどりです。とにかく圧を感じましたね。これは新疆に限りませんが、ホテルに泊まる時も、高速鉄道に乗るときもパスポートの提示を要求されます。人々の位置を把握しておきたいという中国政府の意志がひしひしと伝わってきました。

異様に監視された街に、話をしたがらない人々。「ここは変な場所だ」という思いが次第に強くなり、僕はスパイだと密告されることを恐れるようになりました。国外から来たと話すと、「え、スパイなの?」と言われるくらい、中国人にとってスパイは馴染み深い存在です。しかも中国にはスパイ通告制度があり、最高賞金は日本円にして一千万円です。警戒せざるを得ません。

いきなり「強制収容所を見てみたい」などと言おうものなら、危険人物扱いされること必至です。僕は「ウイグルの文化や言葉に興味があるのだ」と自己紹介するようになりました。それを聞いた相手は嬉しそうな顔をするのか、下を向いたままなのか。顔色を窺いながら、探り探りで会話を進めます。ポーカーでもしているかのようでした。

そんな中、日本語をできる現地人に出会いました。これはチャンスだ。お互いに自己紹介をして仲良くなってから、率直に相談してみました。

「日本で報じられている新疆の恐ろしさは本当なのか、実際に見てみたい」

ですが、始まったのはやはり、「分からない」「知らない」の連呼でした。

「あなたの思っていることはできないと思うよ」そう告げられたきり、連絡が取れなくなりました。

相手から見れば、日本人に対して収容所に対する考えを伝えることはリスクが大きく、「国家の安全を脅かした」などの疑いで刑罰を課せられる恐れもある。日本人であっても、敵か味方かは分からない。どちらにせよ、何か語ることは危険であると考えたのだと思います。

仕方なく、一人で回れる限りの場所を回ってみることにしました。

「オーストラリア戦略政策研究所」というシンクタンクが、新疆データプロジェクトという報告書を発行しており、破壊されたモスクや強制収容所とされる建物を地図にまとめています。

それを参考にして、強制収容所だとされている施設のひとつに行ってみました。施設を見た最初の感想は「まるで専門学校みたいだ」というもの。あとで聞いたところによると、本当に専門学校の建物だったそうです。収容の初期段階では専門の施設が不足していたため、学校や警察、病院を一時的に使っていたのだと言います。

人々がこうした施設に収容される際の建前は「治安維持」です。「かねてからウイグルがテロを繰り返すのは、経済発展の波に乗れなかったことが原因だ」「貧しい少数民族が、過激主義になびくのだ」「ならば職業訓練を受けさせ、経済力を付けさせればよい」。こうしたものが中国共産党の論理です。

実際、違法にモスクに集まったという理由で逮捕される人が続出するようになりました。我々西洋文化圏からすれば彼らは無辜の民ですが、中国政府からすればテロ予備軍なのですね。一時期は、三人以上が集まって会話をしていると、それだけでテロを企てている危険があるとして解散させられたと言います。

結局、ウルムチでは十分な取材ができず、警備が厳しいのは都会だからだろうと思い、南部の田舎町に移動することにしました。しかし、ここでも監視が緩むということはありませんでした。歩道や店舗の出入口に設置された監視カメラはやはりおびただしい数でしたし、町の中心にある交差点にはところどころ小屋が設置されていました。初めはなんだろうと思っていたのですが、ここを通ると昼夜を問わず顔に監視カメラを向けられるんです。

それから、道の脇には三十メートルおきくらいに「通報ポイント」と呼ばれる、番号が書かれた看板が立っていました。日本で一一〇番すると咄嗟に住所が分からず困惑することがよくありますが、ここでは「通報ポイントの〇〇番にいます」と言えば通じるわけです。「通報から一、二分で警察官が駆けつけた」というアピールを中国メディアで見かけましたが、それはこの仕組みによって成り立っているんですね。治安維持という名目で、いつでもすぐ近くに警察がいるのだと無言の圧力をつきつけられているように感じます。

中国政府の事情

街を歩いていても、なかなか情報が集まらない。困ったなと思いながら田舎町をぶらついていると、サッカーをしていた子供達が興味津々で近づいてきました。一緒に遊んで空気が和んだところで、最年長らしき中学生の少年に話を聞きました。

彼が語るには、やはりイスラム教は事実上禁止されているようです。少年の家では、コーランを三年前に全部燃やしてしまったと言います。理由は「持ってると危ないんだよ」。

また、他の人の話も合わせて考えるに、産児制限も実際に存在するようです。報道されているような「強制堕胎」の事例を聞くことはできませんでしたが、複数の子供を産むと多額の罰金を課せられるという政策があるため、自主的に産まなくなると聞きました。新疆ウイグル自治区には「人口と計画生育に関する条例」があり、人口調整を行い、人口の均衡ある発展を実現するとの目的で、産児制限が行われています。四人以上の子供を産むと前年度の収入の三〇％など、一定の罰金が課せられる仕組みです。女性たちは自衛のために避妊リングを装着するそうです。

その後、少年が家に招いてくれることになりました。道を歩いていて目に留まるのはやはり、様々な場所に掲げられた標語です。

「習近平主席と新疆の各民族は心と心が繋がっている」

この土地でも、モスクは修理中ということになっていました。当然、危険だからと入れない。この「修理」は、半永久的に続くのではないかと思います。

どうして中国政府はこんなにも監視を強めるのか。一言で言うなら、「民族も宗教も異なる広大な国土を、どこも独立させずに治めるため」だと思います。

中国の法律も、「信仰の自由」を謳ってはいます。実際、十字架を建てた教会なんかは街中に普通にあります。だけどこの法律には、「国の治安を見出さない限り」という但し書きが付く。特定の宗教が一定以上の勢力を持ってはならない、あくまでマイノリティであるならば信仰を認めるということなのでしょう。

例えば、九十年代に中国で大規模に広まった法輪功という新興宗教は、徹底的に弾圧されたことで有名です。信仰が非合法化され、多くの逮捕者が出ました。真偽のほどは不明ですが、「信者の中には臓器を強制摘出された者もいる」とさえ言われています。

ここで起こる素朴な疑問は、「なぜ中国は、そんなに必死になってまで新疆を自分のものにしておくのか」というものでしょう。国土が広大になればなるほど、国が抱え込む民族や宗教は多様になっていきます。民族や宗教はアイデンティティの源泉ですから、独立しようとする人々ももちろん出てきます。新疆に限らず、中国の領域の縁に当たるエリアでは、一般人が巻き添えになる「テロ」――少数民族からすれば「抵抗運動」、統治者からすれば「暴動」――が続いています。そういったリスクを織り込んでまで、少数派を自国領内に留めておくのはなぜなのか。

理由は、「連鎖反応を防ぐため」だと思います。新疆の独立を許せば、チベットや内モンゴル、香港などからも独立を求める声が強まるのは明白です。上海の独立さえ囁かれていたくらいですから、国がバラバラになってしまうのを恐れるのは当然でしょう。

新疆におけるイスラム教の在り方を目の当たりにして感じたのは、中国はイスラム教を「過去のもの」にしようとしているのではないか、ということです。実は、ウルムチには堂々と開かれたモスクも存在します。しかしこれは、宗教施設というよりただの観光地なんですね。お祈りもできると言ってはいましたが、スカーフなどの土産物を売るのがメインです。

これがつまり、形だけ残して本質を取り払っていく過程に見えたのです。知識としては継承されるが、生きているものとしては扱われない。「標本化」と言えるかもしれません。

僕たちが教科書や博物館で学んだ文化に対して、今も当たり前にある文化なのだと感じるのはなかなか難しい。信仰の自由を掲げながら、イスラム教を形骸化させていく。これが中国の目指すところなのではないかと思います。

外国人への「境界」――三十六時間の拘束

新疆の人々の口の重さに悩んでいた頃、隣国カザフスタンに逃れたウイグルがいるという話を思い出しました。中国支配から抜け出した人たちからなら、話を聞けるのではないか。すぐに向かうことにしました。

今思えば、僕は本当に油断していました。新疆でモスクや強制収容所の写真を撮ると、「消せ」と怒られることはしょっちゅうですが、素直に謝って、削除して見せればそれで終わり。案外、たいした危険はなかったんです。

中国・カザフスタン国境の検問所には、日本の空港にあるようなイミグレーションゲートがあり、地元の人たちがどんどん抜けていきました。これなら簡単に行けそうだなと思っていた矢先、職員に声をかけられました。

「ちょっと待って」

嫌な予感がしたので、とりあえず直前に撮ったまずそうな写真を消しました。移動を促され別室に行くと、案の定、スマホを見せろと要求されました。大人しく手渡すと、全ての写真をチェックされました。ものすごく時間が掛かりましたね。都合の悪いことに、僕のスマホには、中国に渡る以前に日本で撮影した反中国デモなどの写真が入っていました。彼らは目ざとく、そういうものをちゃんと見つけるんですよ。「これは何だ」と問いただされ、さらに別室へ連れて行かれました。

そこから、三十六時間に渡る拘束が始まりました。夜になったので仮眠くらい取らせてくれるかなと思ったら、深夜一時から再び取り調べが始まりました。

教室の広さほどの取り調べ室で、私の詳細な経歴や家族構成、中国国内でいつどこで誰に会ったか、目的は何かといったことを何度も聞かれました。

　これは、本当にやばい。

　そう思ったとき、ふっと上から自分を見下ろしているような感覚に包まれました。「新疆ウイグル自治区で日本人拘束」とニュースになるのではないか。それくらいとんでもないことが起きているというのは理解している。だけど現実感がない。

　職員から「死刑はない、最大でも無期懲役だ」と言われたので、死ぬことはないと分かりました。

　取り調べ中には何度かお弁当を食べさせてくれたのですが、食欲はほとんどありませんでした。しかも、出されたのはなぜか激辛の丼ものでした。睡眠不足と空腹と疲労で倒れそうになりながら、留置場を出ていきました。

　僕は長いこと中国取材をしているので、実は以前にも拘束されたことがあります。そのときはホテルに連れ込まれ、「あなたをおもてなしします」として異様な量の酒を出されました。ぐでんぐでんになって寝落ちしたところで、急に頬を叩かれた。

「はい、今から取り調べ始まるよ」

　肉体を極限状態にさせ、頭が朦朧となったところで矢継ぎ早に質問をする。相手が嘘を吐く隙を与えない。これが彼らの常套手段なんでしょうね。

　中国は怖い国だというのを久々に痛感しました。プライバシーに配慮することなく全てをチェックされるのは、僕たちからすれば理不尽でしかありません。ですが、僕がやっていることは、彼らからすれば犯罪行為に近いのでしょう。大麻合法の国の人が、大量に大麻を持って日本にやって来たという構図と同じなのです。おたくの国では合法かもしれないけど、うちでは駄目ですよ、というわけです。

西洋と中国の「境界」

新疆政策はジェノサイドである。僕たちが目にする報道では、こう語られることが増えました。ジェノサイドとは、第二次大戦中にユダヤ人弁護士によって作られた言葉です。当時はナチスによるユダヤ人の組織的な収容、虐殺を表していましたが、現在は特定の民族や人種、宗教集団を破壊すること全般を指すようになりました。

イスラム教の事実上禁止、中国語教育などを指して、「文化的ジェノサイド」と呼ぶ場合もあります。同化政策によって、文化的に殺されたということです。その主張は当然だろうと思う一方で、この言葉はあまりにも強すぎるとも感じます。むしろ現地で何が起きているのかわかりづらくしてしまう。

とはいえ、中国共産党の支配下に置かれたウイグルが文化的特徴を喪失しつつあるのは事実です。モスクに集まったという理由で拘束されるのも本当のようです。一説には、三百万人が収容されているとさえ言われます。

「夫は捕まり、収容所の中で死にました」

そう話すウイグル女性に、僕も出会いました。

圧政を続ける中国を、僕らは「人権問題だ」と非難します。個人の自由を奪う国家は許容できない、と。ですが、それはあくまで西洋の概念、西洋の論理とも言えるでしょう。日本や西洋諸国などの自由主義国家と、中国という権威主義国家の間には「境界」があります。それを埋めるにはどうすればいいのか。

正直、どうしようもない。どうしようもないというわけにはいかないと分かっているけれど、どうしようもないと思えてしまうのです。

中国が西洋に反発するのにも、当然ロジックはあるんです。

例えば、現在の中国の行いを非難する国々も、過去には同様のことをしていた。アメリカ大陸に進出したヨーロッパの人々は、ネイティブアメリカンを虐殺しました。日本だって、明治時代に廃仏毀釈という、仏像・仏画、寺院を破壊・焼却する運動が起こり、日本の仏教文化に多大な損失をもたらしました。西洋諸国がいま「中国によるジェノサイドだ」と激しく非難していることを、百年、二百年前には僕らもやっていたんです。「それを少し遅れてやっているだけだ」、「自分たちにも同じようにさせろ」という論理に、どう返したらよいのでしょうか。

あるいは、中国が振りかざす多数派の論理について考えてみます。漢人は、漢人の国を維持発展させるために、ウイグルに負担を押し付けているとも言えます。そしてそれを正当化している、あるいは何も気にしていない。僕らからすれば人間は平等であるべきで、マイノリティだからといって不条理な目に遭っていいはずがない。けれど例えば、日本の米軍基地問題にはこれと同じ構図が見出せます。沖縄県に騒音や墜落事故など様々な基地負担を強いながら、大多数の日本人は快適な生活を送っている。その事実を意識することさえ、ほとんどありません。

ですから、取材者としてどの立ち位置を取ればいいか迷うんです。自分たちの歴史や現状から目を逸らし、一方的に糾弾するのが正しいとも思えない。ジャーナリストとしては、やはり中立的でありたい。でも、中国には中国の見方があると強調しすぎるのも、良いこととは思えません。

中国と西洋の間に引かれた「境界」。その落とし所は分かりません。ただ、せめて「日本は西側諸国の一部なのだ」という意識は持っていたいと思います。我々はニュースを通して現実を知るわけですが、「境界」を通った情報は歪まずにはいられない。その事実を忘れずにいたいです。

――学生質問：取材のモチベーションはどこから来るのでしょうか？

「好奇心を大事にしろ」というのはよく言われることだと思います。セミナーや指南本でも必ず目にします。何に興味があるのか、何を成し遂げたいのか。世界を変える、人々の意識を変える、新しい価値を作る。

そういう言葉は威力が強いから、僕らはしばしば追い詰められてしまう。でも、考えすぎることはないと思います。

僕の場合は、「最近新疆が話題だけどよく知らないな」くらいから始まりました。一口味見してみるだけのつもりだったんです。だけど乗りかかった船という感じで、気付けば深みにはまっていった。差別をなくそうとか、中国の罪を明らかにしようとか、大きな志を抱いていたわけではないんですよ。

ですから、皆さんも気負いすぎることはないと思います。ちょっと気になるから見に行こう。そういう軽い感覚から始めたらいいのではないでしょうか。

講義録

多文化共生社会における教育の形

越境コミュニケーションのすすめ

一般社団法人「学びにSPARKを」代表理事

堤　梨佳

（構成：小神野真弘）

言語の違いを乗り越え、対話のテーブルに着くことができれば、争いや軋轢を減らしてゆけるはず――。ウクライナとロシア、イスラエルとパレスチナ……世界のあちこちで収束の見込みがない戦闘が続く現状にあって、それは美辞麗句に聞こえるかもしれない。だからといって、越境と対話を放棄して良い理由にはならない。堤梨佳は、越境コミュニケーションの可能性を信じる教育者の一人だ。他言語を習得することが、異なる背景を持つ人々と交流することが、その者の世界を拡張し、ひいては幸福をもたらすものだと堤は語る。二〇二三年十一月、日本大学芸術学部の「メディア論」で行われた講義では、多文化共生社会にあるべき教育の形、そして外国語学習を「目的」ではなく「手段」とすることで世界を広げていく子どもたちの姿が語られた。

堤　梨佳（つつみ・りか）

プロフィール

一般社団法人「学びにSPARKを」代表理事。国家資格キャリアコンサルタント。保育士。朝日新聞社ビジネス部門で二十二年間営業、教育や就活のイベント等企画運営などに従事。二〇二二年三月から「学びにSPARKを」を設立し、子ども達と世界をつなぐコミュニケーションプラットフォームとして外国人留学生をコーチとした体験型授業を提供している。

私が代表を務める一般社団法人「学びにSPARKを」は、日本の子供たちと世界各地からやってきた留学生をZoomで繋ぎ、交流してもらう授業を行なっています。例えば、メキシコ人留学生と一緒にタコス作る、ミャンマー人留学生と紙飛行機作る、ヨルダン人留学生からアラビックダンスを習う、そういった学びを英語で行います。馴染みのない国の文化や習慣を子供達に知ってもらい、カルチャーショックを受けてもらうことが目的です。

私は、日本の子供たちを「出川化」したいと考えています。出川とはもちろん、バラエティ番組『世界の果てまでイッテQ』などで活躍されている出川哲郎さんのこと。彼は同番組で、「お使い」と称してあちこちの国に送り込まれます。英語はほとんど話せないけれど、全く尻込みすることなく外国の人とどんどんコミュニケーションして、仕舞いには「お使い」を必ず達成してしまう。私は「学びにSPARKを」の活動を通じて、日本の子供たちから出川さんのような勇気とガッツを引き出したいと考えています。

私がなぜ現在の活動を始めたのか、自己紹介も兼ねて説明をさせていただきます。

ルワンダ大虐殺をご存知でしょうか。一九九五年、ベルギーの植民地だったルワンダというアフリカ東部の国で、凄惨な虐殺が起きました。現在、イスラエルとパレスチナで戦争が起きていて、大勢の人々が亡くなっています。しかし、このルワンダの事件はツチ族とフツ族という、民族は異なるけれど同じ国民の間で起きたのです。百万人が亡くなったと言われ、何十万人もの人が難民になりました。日本でも盛んに報道され、当時高校生だった私はニュースを見て、雷に打たれたような衝撃を受けたのです。自分と同い年ぐらいの女の子が、水溜まりの水をプラスチックのコップで掬って飲んでいました。

こうした悲劇が繰り返されないためにどうすればいいか、そう考えて、大学でアフリカについて学び始めます。その後、アメリカに留学し、テレビ制作を学びました。

アメリカ留学時代、ゼミの先生から「もっとさまざまな異文化を学びなさい」と勧められ、ブラジルへフィールドワークに行きました。最初にたどり着いたのは、リオデジャネイロのファベーラと呼ばれるエリア。巨大なキリスト像で有名なコルコバードの丘の斜面に、数万人が土地を不法に占拠して生まれた街です。トタンやブリキでつくられた家が並び、人々は勝手に電信柱から電線を引いて暮らしている。

訪れて最初に思ったのは「なんだこれ!」です。金目のものを持ち歩いたら盗まれてしまうのではないかと怯え、恐る恐る歩き始めました。すると、そんな先入観はすぐに塗り替えられてしまいます。

子供たちが、元気いっぱいにボロボロのボールでサッカーをしていた。住民たちは温かく迎えてくれて、「飲んでいきなよ」とお茶を出してくれる。実をいうとそのお茶が濁っていて「飲めないです」って言っちゃうんですけども……。ともあれ、大変な境遇だけど、人々はものすごく幸せそうなんですね。私が今まで生きて見てきたものは何だったんだろうと思うほど、大きなカルチャーショックを受けました。

ファベーラの次に訪ねたアマゾンも印象的でした。電気も水道もないエリアなので、地元の人々は服を着たままアマゾン川に飛び込んで、体も服も丸ごと石鹸で洗って、自然に乾くのをのんびり待っているというような世界。そういう生活が、実はすごく自分に合っているのではないかと思うようになりました。

つまり、彼らの人間力にすごく憧れたんです。自分がこれまで常識としていた世界とは、全然違う風景がこの世の中には広がっているんだ、いろんな価値観があっていいんだ、ということを思い知ったわけです。

その後、私は朝日新聞社に入社します。いきなり現実的なお話になって申し訳ないのですが、営業担当だったので取引先の人と会い、お酒をたくさん飲む毎日でした。多忙だったけれど、やる気とやりがいに満ちた日々でした。しかし転機が訪れます。子供をふたり産み、その子たちが三歳と一歳の時に、人生を考え直す出来事が起きました。

相変わらず仕事であちこちを飛び回る毎日。夫も仕事が忙しく、あまり家に帰らない人だったので、帰宅が遅くなるときはベビーシッターさんに子供たちを見てもらっていました。ある日、シッターさんがどうしても早めに帰らなければならないことになった。家に子供たちだけになってしまうけれど、急げばそれほど間を置かず家に着けると思い、シッターさんには帰ってもらいました。時間にして三十分くらいです。私が家の玄関を開けた瞬間、ドアの前の廊下で抱き合って泣いている子供たちが目に飛び込んできました。ズボンはおしっこまみれになっていた。大人がいない三十分間。それが本当に怖かったのだと思います。自分は本当に何をやってんだ、と打ちひしがれました。自分の子供さえ幸せにできない。それができない人間が幸せであるわけがない。人生で一番落ち込んだ出来事です。「人間力を磨く」といって学んだり、仕事したりしてきましたが、全くできていないじゃないかと。

私はこの時から、子供を幸せにするために生きようと決めたんです。自分の子供だけが幸せになればよいかといえば、絶対にそうではなくて、自分の子供が幸せになるためには周りの子供たちも幸せである必要がある。だから日本の子供たちにとって必要なものは何かと考え始めました。朝日新聞社の別部署に移り、小学校や中学校、大学などを対象に授業や講演を行い、子供たちが何を必要としているのか模索するようになりました。

のべ一万二〇〇〇人くらいの子供たちに授業をして感じたのは、現在の子供たちには「越境コミュニケーション力」が必要だということです。授業で「質問ある人ー！」と呼びかけたとします。日本の子は、質問したくてもわざわざ手を挙げてまで尋ねるのは少数派。しかし、外国の子たちは違うのです。次から次へと手を挙げて、拙い日本語でも臆することなくたくさん質問をしてくる。この体験からの気づきは、「質問したい」という想いは同じでも、コミュニケーションの手法が異なるということです。どうすれば留学生のようなコミュニケーションができるようになるのか、この問いを出発点として現在行なっている授業をつくっていきました。

越境コミュニケーションとは何か

私は「越境コミュニケーション力」を相手の

立場や、所属、性別、国籍、年齢など、そうした属性に壁を感じることなく、どんどん関わっていく力と定義しています。なぜこれが大切だと思うのか、説明していきますね。

先ほど私は、自分の子供さえ幸せにできていなかったという話をしました。ユニセフが統計をとっている子供の精神的幸福度という指標があります。OECD（経済協力開発機構）三十八カ国における日本の順位をご存知でしょうか。三十七位です（二〇二〇年調査）。なぜこんなに低いのか疑問に思う方もいると思います。日本では快適で便利な暮らしには不自由しません。一方で世界にはファベイラのようなインフラが万全ではない暮らしもある。それにもかかわらず幸福度が低いのは矛盾のように思えます。

ユニセフは精神的幸福度を測るために、子供を取り巻く多層的な環境からの影響をみています。子供に周囲にはまず「行動」（Activities）と「人間関係」（Relationships）という階層があり、これを「子供の世界」と呼んでいます。その上層は「ネットワーク」（Networks）と「資源」（Resources）という階層で、これは「子供を取り巻く世界」。そのさらに上層にあるのが「政策」（Politics）と「状況」（Contexts）で、これは「より大きな世界」。子供の周囲には合計で六つの環境があることになります。

精神的幸福度が低いということは、子供自身が関わることのできる階層が限られていることを意味します。例えば「子供の世界」だけに押し込められていて、「子供を取り巻く世界」や「大きな世界」にアクセスするための他者とのコミュニケーションが希薄になっているといったケースが考えられます。つまり、狭い世界に閉じ込められているから幸福度が低いのです。これは日本の子供が悪いというわけではなく、そうならざるを得ない社会の形が問題なのですが。

希薄になっているコミュニケーションを活性化させていきたい。それを実現するのが「越境コミュニケーション」の力だと思っています。まずは出川哲郎さんや外国人留学生のように臆さずに他者と関わっていく姿勢を引き出す。また、言語も重要です。英語は世界で五人に一人が話しているため、話せればさらに世界が広がる。日本の子供たちが「ちょっと外の世界を知りたいな」と思った時に、一人で海外に足を運ぶのは勇気がいります。だからその第一歩として、Zoomで外国人留学生と繋がり、関わっていかざるを得ない環境を提供するのが、私が運営する「学びにSPARKを」の授業です。

「学びにSPARKを」には現在、一七カ国・二十五人の留学生が在籍して授業を行なっています。その国のコーチからその国のことを直接聞く、この体験は子供たちの心が大きく動かします。

例えばアフガニスタンの学生に母国の暮らしを語ってもらう。この国ではタリバンが政権を握っていて、女性の権利が制限されています。宗教上の理由から男子と女子が同じ部屋にいることができないため、女子は学校に行けません。自分たちと同じ年頃の子供がそのような境遇にあることを聞き、日本の子供たちからは驚きの声があがります。ベトナムの学生から、通貨についての話を聞く授業もあります。ベトナムの通貨は数字の桁が大きいのが特徴です。日本円で約千円に相当する二十万ドン紙幣があり、さらに硬貨は現在発行されていません。お金という身近なものが国によって大きく違うと知って、やはり子供たちはカルチャーショックを受けます。インドネシアの学生からは、パームツリーの栽培のために森が破壊され、オランウータンが絶滅の危機に瀕しているという話を聞きました。パームツリーからは子供たちにも身近な雑貨、例えばハンドクリームなどが作られるため、自分と地続きのこととして現地の野生動物のことについて考えるきっかけになります。

　このような授業を受けた子供たちの変化を、私はよくサーフィンに例えます。最初の波に乗るまでは恐る恐るです。しかし、例えば大学の授業でも一度質問をしてしまえば、第二、第三の質問をするハードルが低くなるように、どんどん波に乗って積極的にコミュニケーションをとっていけるようになる。共通点がひとつもないように思える他人であっても、考え方を知ったり、共感できる部分が見つかったりして、やがてお互いに尊重しようという気持ちが芽生えていきます。これを積み重ねることで子供たちの精神的幸福度が高まっていきます。やがては争いが減り、平和な世界を実現できると信じています。


　実際に授業を受けた子供たちにどのような変化が起きたのか、事例をひとつご紹介します。ある時、お母さんに無理やり参加させられるような形で、大分県に住んでいる女子中学生が「学びにSPARKを」の授業を受けることになりました。不登校気味の子で、しかしダンスが好きだと言っていました。授業は、中国の留学生と一緒にK-POPダンスを踊るというものです。最初はコーチとうまく話せず、横に座るお母さんから「あんた、ダンスが好きだってちゃんと言いなさい」とか、「相手に向かって話しなさい」などと言われます。それでも頑張って「Twice」のダンスを披露すると、コーチから褒められて嬉しそうにしていました。

　授業が四回目になると、最初とは別人のようなりました。まず横にお母さんはいません。自力でZoomを立ち上げ、ひとりで授業を受けている。メイクして、服装もオシャレをして、積極的に話します。一番変わったのは顔つきでした。堂々として、ニコニコしている。最初の物怖じした様子はカケラもありません。立場も逆転しています。彼女が留学生に最近周囲で

「学びに SPARK を」の授業で使用されたスライドの例

アフガニスタンの留学生は、同国の女性が直面する抑圧的な構造について語った。

インドネシアの留学生が紹介した、現地の定食屋の様子。

ベトナム人留学生による、同国で見られるとある光景。

ヨルダンの留学生はクイズ形式で母国についてのレクチャーを行った。

中国人留学生が紹介した、同国の学校給食。

流行っているダンスを教えるのです。それも「Let's Go!（さあ、やってみよう）」なんて言って。英語が大嫌いと言っていたのに、もう自発的に英語を話している。

こうした授業を提供するのと並行し、九州大学と共同研究を行なっています。子供たちの「出川力」、言い換えれば「越境コミュニケーション力」を引き出すために必要なことを、より具体的に解き明かそうという試みです。だんだんと、主体性・探究心・協働力・コミュニケーション力・創造性の五つの要素を伸ばすことが重要であるということがわかってきました。

例えば主体性ですが、授業を受けた子供たちは自発的に「もっといろいろな国の言葉を覚えたい」と言ってくれます。バングラデシュ人留学生から学んだ子たちはベンガル語を、カンボジア人留学生から学んだ子供たちはクメール語を、というように。このように「学びにSPARKを」で採用している授業形式は、子供たちに目に見える変化をもたらしますし、親御さんや学校関係者の方々からも評価をいただいています。しかし、日本の学校教育全体を見渡すとこうした形式の授業はメジャーではありません。なぜそうなっているのかを考えてみたいと思います。

私の生まれ故郷は福岡県なのですが、八月九日の長崎に原爆が落とされた日になると、九州ではさまざまな催しが行なわれます。数年前、長崎の大学生たちが地元の高校生たちを巻き込んで、Zoomで世界中の高校生・大学生を招いて、平和について考えるというカンファレンスを開催しました。高校生が平和について英語でスピーチをするのですが、ある日本の高校生の発表を見て考え込んでしまいました。彼女は原稿に目を落として、ただ読み上げていたのです。彼女が悪いわけではありません。しかし、もったいないと思いました。どんなに心を込めてスピーチ原稿を書いたとしても、想いが十全に伝わらないからです。

日本には、外国語を使う時はその言語を完全に習得しなければ人前で披露できない、というような風潮があります。テストのスコアを重視する従来の学校教育がそうした風潮を産んでいるように思います。とても残念なことです。言葉は拙くとも「伝えたい」という気持ちを強く持って懸命に話せば、相手も分かろうとしてくれるのです。「言語を完全に習得しなければ人前で披露できない」という風潮は、「相手の国の言葉を習得しなければ、相手をもっと知ることはできない」あるいは「知ろうとしてはいけない」という先入観にも繋がっていると思います。しかし、本当に言葉を知らなければ、相手を知ってはいけないのでしょうか。

日本人同士でも、日本語がうまく伝わらないときはありますよね。LINEなどの文字コミュニケーションでよく見る光景ですが、本来意図していたのとは異なる意味で受け取られてしまうことは珍しくありません。しかし、実際に顔を合わせて表情やジェスチャー、声色、さらには写真などの資料を見せるといった言語以外のコミュニケーションが加わることで、そうした行き違いはずっと減ります。これは外国語を使った会話でも同じです。伝えようと想いがあれば、人はコミュニケーションが取れる。先入観によって引かれた線を越境していないだけなのです。

この問題を生んでいるもう一つの要因は、日本の外国語教育が、言語を手段ではなく目的として捉えていることです。相手のことをもっと知りたいと考えるから、相手の言語を学ぶ。本来はこれが正しい順序であるはずです。日本の外国語教育がその方向に変われば、国籍や人種、年齢、性別といったさまざまな違いを越境していくためのコミュニケーションができる子供たちがたくさん育っていくと考えています。

先述の子供たちの幸福度に関する調査と並び、私がとてもショックを受けた統計があります。日本財団による「18歳意識調査：国や社会に対する意識（九カ国調査）」（二〇一九年）です。十八歳の人々の意識を聞き取りして国別にまとめたものなのですが、「自分が国や社会を変えられると思うか」という質問に「思う」と回答したのは十八・三パーセントだったのです。八割以上の人が社会の変革において自分は無力だと考えている。

私たちの目の前には解決すべき社会課題が山積しています。私はそうした課題について周囲の人々と積極的に議論して欲しい。そこから議論の輪が広がり、選択肢や解決策が見えてくる。そうした若者の無力感も越境コミュニケーション力で乗り越えられるはずなんです。ぜひ皆さんも、さまざまな違いや先入観に閉じ込められることなく、そうした壁を軽やかに乗り越えて、自分の望む場所に行き着いていただきたいと望んでいます。

質疑応答

――学生質問：「コミュニケーションが取れること」がすなわち「幸せ」となるのはなぜですか。

堤氏（以下、敬称略）：根源的な質問ですね。私の見解は、人は一人では生きていけないから、ということになります。家庭でも、学校でも、バイト先でも、会社でも、様々な人とコミュニケーションを取らなければならない。講演のなかで「出川化」という言葉を使いましたが、私はすべての人が出川哲郎さんのような「豪快なキャラ」になって欲しいと考えているわけではありません。空気を読む、という日本人の繊細なコミュニケーションの形もあって然るべきだと思います。しかし、自分の思うことを相手に伝えられるという実感は、その人を生きやすくしてくれると思います。言いたいことをぐっと飲み込むのはつらいことです。もったいないとも思います。一歩足を踏み出して、自分で設けた壁を越境した先には、他者と分かり合えたという感覚が必ずあります。それが幸せの根っこになるものだと思っています。

小神野：賛同します。私は別の角度から考えを述べてみます。コミュニケーションが取れるということは「選択肢が増える」ということだと思います。選択肢が豊富にあるというのは、幸せなことだと思います。例えば、堤さんのお話のなかで触れられたアフガニスタン。数十年前までこの国は、女性を抑圧する社会構造ではなかった。学校に行きたいのに行けない、自分が夢見る職業につけない、というのは幸せではない状態だと考えます。もちろん、イスラム教の教義に根差した伝統的なコミュニティの価値観を否定する権利は、部外者である私にはありません。しかし理想論であることは承知していますが、ある特定の価値観を受け入れるならば、まずは自分自身で可能な限りの選択肢を検討し、その結果として納得した状態で受け入れるべきだと考えます。コミュニティから押し付けられる形で、選択の余地なく特定の価値観のもとで生きるということは、選択肢が制限されている点で幸せとは言い難い。自分で選択をするためにも、自分がそれまで接してなかった人々と繋がったり、伝達できなかったことを話せたり、ということは、自分が何かを達成できる可能性や、新たな知識を学べる機会を増やしてくれるものだと思うのです。

——**学生質問**：私は全く英語を話せません。おそらく語彙は中学生レベルです。しかし、英語を話せるようになりたいという思いが最近とても強くなっています。外国に留学に行きたいのですが、今大学二年生でこの先のことを考えると勇気が出ません。思い切って行動すべきでしょうか。

堤：英語を話せるようになりたいと最近思い始めたということは、そう思う理由があるのだと思います。その理由は、きっとあなたの「目的」です。英語はコミュニケーションのツールであって目的ではないというお話を先ほどしました。あなたの目的のために海外留学が必要ならば「さあ行ってください」と背中を押したいです。

小神野：留学の良いところは、現地で暮らし始めるとその土地の言葉を話せないと基本的な日常生活を送るのに苦労する点だと思います。目の前に具体的な困難があるから、必死で勉強せざるを得ない。そして、語学は勉強すればその分だけ上達します。筋肉のようなものです。私がアメリカの大学院に留学したときは三十歳でした。この歳になると、皆さんほど記憶力が良くはない。そして私は留学するために必要なTOEFLという英語の試験を初めて受けた時、スコアは三十点でした。TOEFLは百二十点満点のテストで、問題の多くが四択です。つまり、ランダムを選んでも三十点近くは取れることになる。つまり、最初の受験のとき、ほぼ〇点のようなものだったわけです。しかし一年間みっちりと勉強をしたら百点がとれました。だから留学は「する」と決めてしまって、今からでもコツコツ勉強して欲しいです。語学に投じた努力は裏切りません。

――**学生質問**：日本の中学校や高校の受験対策用の英語授業についてどう思われますか。私はそれでテストや順位をつけられる経験は、日本人が英語を完璧にするまで話してはいけないという呪縛になっているように感じています。

堤：おっしゃる通りでございます。先日、中学一年生の次男の答案用紙を見たら、「Yes, he do.」と書かれていてバツがついていました。正しくは「Yes, he does」で、間違えていることはもちろんショックなのですが、「Yes」だけで十分会話が成立するだろうとも思うのです。共同研究をしている九州大学の言語学者の方もおっしゃっていましたが、現在の小中学校の教え方や採点の方法が語学に呪縛をかけてしまっている。その結果として英語を嫌いになる子供たちが大勢います。現在の学習指導要領では、小学三年生から英語を学びます。学習の準備が家庭によって二分化していて、裕福な家庭は低学年のうちから英語の塾に通わせる。一方で、それができない家庭もあります。すると教室は、塾でしっかりと英語を学んでいるから授業が面白くないという子と、英語がまったくわからず、学ぶ動機もないから授業が面白くないという子に二分されて大混乱になっている。小学校の先生方も大変です。そうした状況に対応できる人は限られている。思うに、子供たちは自力で目的を見つけて学びを楽しんでいける力を自分自身で身につけていくしかないと思います。

小神野：世知辛いなと思うのは、文部科学省の人々は現在の学習指導要領を考えて考え抜いて真剣につくっていること。一人ひとりはおそらく熱心ですし、自分ができることを全力でやっているのだと思います。しかし結果として子供たちを英語嫌いにしてしまっているのは悲しいことです。現場の教員、役人、そして教育を受ける児童も含めて、立場を超えたコミュニケーションができる機会や機運があればよいと常々思います。

堤：実は現在、私は小学校の教員免許をとるために大学に通っています。何故かといえば、小学校という現場だけではなく、教員を育てるための舞台裏の様子を知っておく必要があると思ったからです。教員育成の現状は厳しいです。少なくとも子供が英語を好きになれるような教え方ができる人材を育てるプログラムにはなっていないと感じます。英語に限らず、言語を学ぶためにはやはり動機が大切です。子供にとっては「『これは車です』は『This is a car.』だ」といわれても、「だから何なのだ」と思うのが自然でしょう。その先の人生で英語を使うことを想像できなければ「自分には関係ないもの」と受け取られても仕方ありません。しかし、成長していくなかで留学したいと考える子もいますし、勉強に限らずとも例えばアスリートになって海外でプレイすることになれば外国語は必要になる。だから英単語や文法を詰め込むよりも、どんな人生を生きたいかを考えてもらうことが大切。それを実現するために英語が必要ならば子供たちは自ずと勉強してくれるはずです。

――学生質問：人とコミュニケーションを取るにあたって、私は自信の無さから縮こまってしまいがちです。どのように改善すれば良いと思いますか。

堤：とてもわかります。堀江貴文さんは「コミュニケーションは勇気だ」と述べていますが、私はそれに同意します。確かに人に何かを話すことは怖いです。教壇に立って学生の方々に向けて話すのも怖いです。しかし、やってみないとわからない。身も蓋もないのですが、やってみないとわからないからひとまずやってみよう、というのが結論です。これは私がこれまで生きてきてずっと思っていることとです。「こんなことをしたらバカみたいに思われるのではないか」、そんな妄想が膨らむときはあると思います。しかしそれは妄想でしかなく、結局のところ本当に相手から馬鹿にされるかどうかはわからない。それに、自分が思うほど相手は自分のことに対してそんなに関心があるわけではない、とも個人的に思っています。もしも相手がどう思うかが不安であれば「どう思っている？」と尋ねればわかります。もしも自分が思っていることと同じだったとしても、解決の方法を話し合えばいい。だからまずは「やってみる」が私の答えです。

小神野：そうですね。起きていないことを不安に思っても仕方がない。昨年、私の二年生のゼミ生が、校内を歩いている学生にインタビューをしたいと相談をしてきたことがありました。ランダムに面識のない人と話すことになるので、最初は物怖じして誰にも声をかけられなかったそうです。だから私と一緒に声かけをしてみようという話になった。私はずけずけと「ちょっとお時間よろしいですか」と言って呼び止めるわけですが、やはり多くの人は好意的に協力してくれます。それを横で見ていたゼミ生はすぐに一人でも話しかけられるようになって最終的には三十人くらいと話すことができた。ひとまず行動してみる、というのは本当に大事です。

――**学生質問**：理念と行動がすごく良いと思いました。その上で、私たちに何かできることはありますか。

堤：自分ができることを自分で見つけて欲しい、というのが私の願いです。私がいま取り組んでいる活動のスタート地点にはルワンダの悲劇がありました。雷に打たれたような衝撃を受けて自分に何ができるのか考え始めた。そうしたきっかけを得るために越境は意義あることだと思います。背景の異なる人々が、その違いを越えてコミュニケーションをとることで、他人の境遇を少しでも自分ごととして捉えられるようになる。それが具体的な行動につながりますし、ひいては平和につながるのだと思っています。私は自分の波の乗り方でここまで生きてきました。皆さんには皆さんの波の乗り方がある。それを見つけて欲しいのです。これから皆さんが生きていく世界は、いろんな国の人と協調し、協働していく素晴らしいものになっていくと信じています。だからぜひ、怖くても、少しだけ一歩踏み込んでさまざまな人とコミュニケーションをとってみてください。応援しています。

講義録

コミュニティを育てる

湧き上がるまちづくり

奥田達郎建築舎／居場所を育てる建築家

奥田達郎（構成：小神野真弘）

地方における少子高齢化と都市部への人口流出が問題視されて久しい。地方と都市部の間に存在する溝——、これもこの国の現状を規定する「境界」のひとつといえる。NHKによると、二〇一五年から二〇二〇年にかけては、二十代後半から三十代の若い世代による「過疎地域」への転入が増えているとの報告もあるが、まだ予断は許されない。地方衰退の背景には、都市部と比べて雇用が少ないこと、新たな発見や出会いを見出せないことへの失望がある。そうしたなか、地方や郊外において創発的で人を惹きつけるコミュニティを生み出すための試行錯誤を続ける人々がいる。建築家・奥田達郎はその一人だ。リーダーやロードマップを必要とせず、アイデアや挑戦がボトムアップの形で生まれていくコミュニティの在り方とは。二〇二三年十月、日本大学芸術学部の「メディア論」に登壇した彼が語った経験は、「これから」を担う多くの人々の耳に届くべきものだ。

奥田達郎（おくだ・たつろう）

プロフィール

奥田達郎建築舎／居場所を育てる建築家。文化人類学をルーツに持ち、フィールドワークによって地域の風土や文化を深くリサーチするところから建築をつくる。間工作舎（一級建築士事務所）を経て2013年に設計事務所として独立。「清荒神の長屋」（宝塚市）、「curation」（吹田市）、「workaiton hub 紺屋町」（洲本市）など、マチと緩やかに繋がり人が集まる居場所の設計を得意とする。宝塚市清荒神という荒神さんで有名な古い参拝道のある街で“食”をテーマにしたシェアハウス awai KIYOSHIKOJIN（宝塚市）を運営。鳥取大学非常勤講師。

「居場所を育てる建築家」という肩書で活動をしています。居場所を育てる、とはどういうことかというと、ある建築物をつくることでそこにさまざまな人が集まり、それぞれの価値観やアイデアが持ち寄られることによって、創発的で活気あるコミュニティが生まれていく、そういったイメージです。

僕は大学生時代に文化人類学という学問を専攻していました。文化人類学は、文明社会から隔絶した少数民族や先住民がどんなアイデンティティを持っているのか、どういう風に暮らしを営んでいるのか、どのような価値観を大切にして暮らしているのか、といったことを調べる学問です。僕は、昔から「人の暮らしの場」というものに興味があり、この学問から多くの学びを得ました。

しかし、文系の学問の常として、リサーチやフィールドワークをして論文を書いて発表、というところで終わってしまうのに物足りなさを感じることもあったんです。例えば少数民族の人々は、現代社会を生きる僕たちからは想像もできないような文化や価値観を持っていて、自分たちを取り囲む環境のなかでとても理にかなった生活様式を実現している。そうした異国に暮らす人々に限らず、日本国内でも文化人類学的な視点で物事を観察すると、それまで気づかなかった問題解決の方法や魅力的な暮らし方が見えてきます。それを具体的な形で自分たちの暮らしに還元できないかと考えたのが、建築家を志したきっかけでした。

　僕が設計をするときに心がけているのは、その建物ができることによって、地域全体に良い影響を波及できないか、ということです。単に外観が格好いいとか、住みやすいというだけではなく、地域の内外の人が集まってきて、建物自体がいろいろな人に育てられていく、心地よい場所になっていく、そうしたことができればいいなというのが、建築事務所を立ち上げたときから現在まで一貫して考えていることです。

　とはいえ、事例がないと説得力がありません。だから建築家としてのキャリアをスタートした当初、まずは自分の暮らす街で実践しようと考えました。僕は兵庫県宝塚市の清荒神《きよしこうじん》という街で暮らしています。宝塚市は兵庫県の東端に位置し、電車で大阪の中心部まで三十分くらい。神戸にも同じくらいでアクセスできるので、ファミリー向けのベッドタウンとして成長してきました。その名の通り、宝塚歌劇で有名ですね。

　宝塚市における清荒神という街の位置付けには、いろいろな変遷があります。宝塚駅から大阪寄りに一駅のところにあり、昭和後期までは観光地としてとても賑わっていました。駅を降りると参道が山中まで伸びています。参道の先には「荒神さん」として親しまれる清荒神清澄《きよしこうじんせいちょう》寺《じ》という、かまど（火、台所）の神様を祀るお寺があります。現在ではほとんど姿を消してしまいましたが、昭和四十年頃までは、かまどで煮炊きをする家庭がまだ多かったんですね。かまどの燃料は薪です。大阪や神戸に住む人は、清荒神の山に薪を拾いに来て、そのついでにかまどの神様に「火事が起きませんように」と祈願をしていた。昔の家は木造が多いですから、今よりも火事に対する危機意識も高かったのだと思います。清荒神の参道は多くの人が闊歩して、参道脇には商店がたくさん軒を連ねていました。

清荒神の参道。

　しかし、時代は変わっていきます。かまどを使う家庭も減り、家屋も火災に強い建材が使われるようになり、年々参拝客が減っていきます。それに伴って清荒神の街もだんだんと活気を失っていった。一九八〇年代は参道沿いに二百軒くらい商店があったそうですが、現在は半分以下になっています。僕が清荒神を初めて訪ねたとき、シャッターを下ろしたままのお店があちこちにありました。お店を取り壊して建売の住宅になっている物件も多かった。それまで多くの人が訪ねて賑わっていた街が、人と人の関係が希薄なただの住宅地になっていくような感慨を抱いて、とても寂しい気分になったんですね。

「郊外の住宅地」というと、どんなイメージを抱くでしょうか。僕が生まれ育った宝塚はまさに郊外の住宅地でした。お店といえばチェーン店が多く、そうしたお店はファミリーで食事をするのには便利でも、お客さん同士、あるいはお客さんとお店の方が交流することはなかなか難しいですよね。都会の個人経営のバーやレストランなら、隣に座っている人と話したり、人を紹介しあって交流が生まれたり、ということがよく起きます。僕としては、宝塚という街は人のつながりが限定的で、子育て友だちはできるけどそれ以外の単身者などはご近所で友達ができにくい、交流をするためのきっかけもあまりない場所だと感じたのです。それを変えたい、そう思ったんです。だからまずは自分で住み、交流の〝場〟をつくることからはじめました。

「街が求めているもの」を知る

清荒神は緑の豊かな地域で、谷があり、川があり、風景の変化がとても美しい。街の一角に小さいけれど素敵な物件を見つけたので、十年ほど前に自宅兼仕事場として購入しました。

最初に僕がしたのは「住み開き」です。自宅の一部を開放して、ドリンクや食べ物を用意したり、自作の商品を販売展示するといった趣味の延長のような活動を通して、地域のコミュニケーションの場として公共化することをこう呼びます。きっかけは些細なことでした。清荒神で暮らし始めて、自宅や街の風景をSNSにポストしていたら、興味を持った友人たちが「遊びにいきたい」と連絡をくれるようになったんです。それがだんだんと増えていって、一人ひとり約束をしてお迎えするのが大変になってきたので、いっそ自宅の一部を公共の場にして、定期的にカフェごっこやホームパーティをすることにしました。三ヶ月に一度くらいのペースでそうした催しをしていると、清荒神に初めて来た人のなかには街を好きになる人が出てくる。僕自身がカフェごっこをしているのが呼び水になるのか、「清荒神に移住してお店をやりたい」「この街でイベントをやりたい」という人も現れ始めます。

　先述の通り、当時の清荒神は寂れつつあって、憩いの場になるようなお店もどんどん減っていました。そこでよそ者の若者が新たにお店を始めるにはどうすればいいんだろうと考えるようになりました。僕自身がお店をやってみるのが一番早いのですが、設計事務所の仕事があるので難しい。そこで地域の空き地を使ってイベントを開催することで、この街の人にとってのニーズを知ろうと考えました。

　最初にそのことを考えたのは、同じ清荒神にすむ先輩が二〇一五年ごろから開催していた〝もののひ市〟というマルシェに参加した時でした。清荒神近郊にある飲食店や雑貨屋、パン屋さん、八百屋さんが出店し、それぞれこだわりがあるお店が連なっていて、寂れつつある街でもSNSや口コミを通して、いろんな方が集まってくる。参道の脇にある空き地を会場にしていたので、街の外から訪れた参拝客の方も雰囲気を体感できるイベントでした。清荒神の参道を歩くと、建物と建物の間から見える山の緑が美しいんです。イベントの主催者の先輩はそこまで考えてなかったと思いますが、僕は建築家として清荒神の風景やレトロな風情なんかを紹介すること、どんな人が住んでいるのかを内外の人にプロモーション（伝える）ことでより街が整っていくのではないかと考えました。

　先輩のイベントに刺激を受けて「パン屋さんの日」というのを企画しました。清荒神にはパン屋がありませんでした。だから、関西の人気のあるベーカリー三店舗に協力を仰いで、ポップアップのような形で出店してもらったんです。これは盛況でした。開催するたびに昼には全て売り切れてしまう。地域の人々にパン屋へのニーズがあることが可視化できたのです。

リュックサックマーケットというフリーマーケットを開催したことも大きな学びになりました。このイベントの目的は、売り買いで儲けを出すことよりも、街の人がひとつの場所に集まる機会をつくること。昨今のフリーマーケットというと事前申請や出店料が必要な場合が多いのですが、そういったものは取払いました。リュックサックに自分が売りたいものを詰めて空き地に来てもらう。いつ来て、いつ帰ってもいい。なるべく敷居を低くしました。すると出店者とお客さんという立場の境界がすごくあいまいになるんですね。あちこちで初対面の人々が会話をして、街の問題を解決するためのディスカッションに繋がっていく。すると、近所で暮らしている人が何を求めているのかであったり、自分と同じニーズを持っている人がいるということに気付くことができる。お店がどんどん減っている街だったから、実はそこにたくさんのニーズがあることに住民自身が気付くことができたんです。

そうしたイベントをきっかけに、実際にお店を始める人が現れ始めました。

二〇一八年に、清荒神に住む女性が「カシマシ」という雑貨と本の店をつくるというので、店舗を設計させていただきました。この方はお子さんを授かったのをきっかけにこの街に住み始めたのですが、書店や雑貨屋など、自分が好きなものを扱うお店が地域にないことを不便に感じていました。小さなお子さんを連れて都市部に買い物に行くのも大変なので、いっそ自分でお店をつくってしまおうと。イベントで近所の人と交流したことで皆んなが求めているものを知っていたので、それを指針に本や雑貨をセレクトして、いまでも愛されるお店になっています。

同じ頃に「キキルアック」というコーヒースタンドと「ビフォアダーク」というレザー雑貨

のお店も生まれました。
「キキルアック」を設計するときにお施主さんと決めたコンセプトは「駅前の風景を変化させること」です。清荒神駅の前には図書館とコンサートホール、それに付随した広場があります。高齢の方や子連れの方が主な利用者なのですが、児童書が多い図書館と渋いオペラや中学生の合唱コンクールが開催されるホールは、二十代三十代で子供がいない僕らの世代にはあまり魅力的に映らなかったのです。だから、高齢の方やファミリーはもちろん、若者も楽しめるようなコーヒースタンドを併設しようと考えました。テイクアウトしてもらいやすい店舗のデザインや商品のラインナップにすることで、駅前の空間でコーヒーやベイク、ランチを楽しんだり、おしゃべりしたりしてもらえるような効果を狙っています。スタイリッシュで美味しくて手軽なお店ができたことで、広場の真ん中にあるメタセコイヤの木の下の景色が一変し、ドリンクを飲みながら談笑する人が増え、駅前は多くの人の憩いの場になりました。

コーヒースタンド「キキルアック」の内観。
奥のガラスの壁から清荒神駅前の広場が見える。

レザー雑貨店の「ビフォァアーダーク」も面白い事例です。清荒神自体が元々参拝客を迎えるために発展した経緯があり、週末の参道はいまでも人通りが増えますが、平日はあまり人が多くないんですね。それで商売が成り立つのか心配になるところですが、「ビフォアーダーク」は雑貨の販売に加え、工房を兼ねデザイン製作も同じ店で作業しているので、お客さんが少ない時はずっと作業に専念できるから問題がないのです。

こうしたお店の店主さんのすごいところは、皆さんお話好きで、「週末だけオープンしているこのお店が面白い」とか「来週、こんなイベントをやるんだよ」とか、地域の観光案内所のような役割を果たしているんです。Amazonなどのウェブサイトは「これがおすすめ」と勝手にレコメンドしてきますが、それを人がやっているのです。この三つのお店ができたことで、清荒神という街に「いつ来ても何かしら面白いイベントやお店に出会えるところ」というイメージが生まれ、関西で注目されるようになっていきました。

まちづくりが「自分ごと」になっていく

小さな火種が少しずつ成長して多くの人が暖をとれる炎になるみたいに、どんどん新しい変化が起きていきました。現在の清荒神は次々と新しいお店がオープンして、十年前には空きテナントも多かった参道商店街も空き待ちの状態です、情報に疎かった高齢者の方々も〝清荒神は最近変わってきたらしい〟と話題にしてくれています。その最大の転機は「INCLINE(インクライン)」というシェアオフィス&ギャラリーと「awai KIYOSHIKOJIN」というシェアハウスがオープンしたことだと思います。

二〇二〇年三月に、宝塚出身で市役所に勤めている友人から相談を受けたんです。市の職員さんはたくさん仕事を抱えています。その多くが事務作業で、彼は「この仕事が街を良くすることに寄与しているのだろうか」と悩んでいました。いっそ市役所を辞めて、違う仕事を始めた方が街のためになるんじゃないかと考えていたんですね。公務員は副職が禁止されていますが、大家さんになることはできます。僕は、自分で物件を持ってその場所を人とシェアすることで、マーケットや音楽などイベントを開催することができる。いろんな人に使ってもらうことで清荒神に愛着を持つ人が増え、ゆくゆくは街に良い影響を与えられていいのでは？　と冗談半分で話をしました。そうすると彼は清荒神の参道沿いにある三階建ての店舗兼住居の物件を買ったんです。本当に実行に移すとは！　と驚きました。

彼はこのビルに「INCLINE」と名付けて一階はアーティストや雑貨作家さんのポップアップ・ギャラリーにして、二階はフリーランスで仕事をしている人々が集まれるシェアオフィスに、三階を自分の住居にしました。作品を展示したいアーティストは大勢います。ポップアップだから定期的に展示は入れ替わるのですが、展示中のアーティストによってそれを見にくるお客さんの属性が異なります。さまざまな人にこの街に来るきっかけを得てもらえること、同時に街のプロモーションができることは、街に活気を育くんでいくうえでとても大切です。狙いは功を制し、以前にも増して多くの人々がこの街を訪ねてくれるようになりました。

シェアハウス「awai」は僕が運営しています。コンセプトは「食をテーマとしたシェアハウス」。六人居住できる個室＋ゲストルーム一室、居住者と地域に開いた大きなリビングルームがあり、定期的に様々な趣旨のご飯会を開催しています。先述の通り、清荒神はかまど、すなわち台所の神様を祀っている街です。この街をブランディングしていくうえで、「食の豊かさ」が大切な要素だと考えて、それを実践できる場所を作りたかったのです。また郊外の住宅地である宝塚はファミリー層が多い、住宅といえば戸

シェアオフィス＆ギャラリー「INCLINE」。
この日のギャラリースペースではカフェが開かれていた。

シェアハウス「awai KIYOSHIKOJIN」。
「食」をコンセプトにしており、大型のキッチンが設置されている。

建てか分譲マンションばかりで、独身の若者が住むようなワンルームマンションが少ないというのも気になっていました。やはり街は、老若男女いろいろな世代の人々が暮らしているのが健全ですから、食に興味をもった若い人々が集うシェアハウスというのが街にとって必要なものだと思えたのです。十人くらいで作業ができる大きなキッチンを備えていて、地域の人や知り合った様々な人を招いてパーティーをしたり、あるいはもっと小規模に、シェアハウスの住民が「今晩カレーをつくるよ」といったメッセージをSNSにポストすると、ぞろぞろと人が集まってきたり。味噌作りやキムチ作りなどを大勢で集まってすることもあります。結果的にここが街の台所のような状態になっていて、ご近所づきあいをより深めるための起点になっています。

INCLINEとawaiができたことで街にやってくる人も、ここで店を出したいという人も目に見えて増えました。器《うつわ》屋さん、ピザ屋さん、植物店、イベントスペース、ゲストハウスなどが次々とできていきます。清荒神は商業上の立地が良いとはいえません。しかし、噂を聞きつけて遠方から足を運んでくれる人が増えました。都会を中心に活躍するアーティストやミュージシャンの方々が月に一度くらいのペースでライブやイベントをするようになり、ふらっと訪ねたらどこかで大抵何か面白いことが起きている、という状況になっている。

僕はこの変化を「自分ごとにする人が増えた」と形容しています。初めて来た人があるお店のファンになり、その魅力をまた別の誰かに伝えてくれる。その中からは街を盛り上げるために何らかのアクションをする人が出てくる。互いに触発し合い、街に足りないものを自分でやってみよう、という自発的なチャレンジが自然に発生しているし、住民たちもそれに率先して協力するという風土が生まれました。こうした循環によって不思議な活気のある街になっています。

対談・質疑応答

――小神野（メディア論担当教員）：奥田さんのお話を伺うと、私は自分が暮らす街にほとんど関与していないことに気付かされます。自身が「街の一員である」という意識が薄く、街に寄与しようと考えることも少ない。そう考えたとき、自分は観客のようなものだと感じるのです。清荒神では、観客が演者になることに似た立場の越境が行われている。住民一人ひとりが清荒神のように街にコミットする機運が醸成されれば、きっと街はより楽しい場所になると感じます。

同じ釜の飯を食べる、ということがとても大切だと考えています。例えば、僕が建物をつくるときのこと。新しくお店を始める人は若い人が多いので、あまりお金をかけられません。だから左官（壁にモルタルや漆喰などを塗る作業）や塗装などのみんなでするとと早く楽しくなる作業を、協働施工（ワークショップ）と称して有志の人々と一緒にするんです。

器屋「ミズタマ舎」の協働施工の様子。

「ミズタマ舎」という器屋さんを手がけた際は、施工の様子をインスタグラムのストーリーで公開していました。それに興味を抱いた人たちが「施工を手伝いたい」といって駆けつけてくれたり、差し入れをしてくれたりするようになった。街に必要なお店というものは個人の営利目的で完結するのではなく、「街のみんなが望んでいたお店が来るのだから」と住民各々が協力し、みんなで作っていくものだと思います。思いがけない創造性が生まれるのも醍醐味です。「ミズタマ舎」の施工では、地域に暮らすイラストレーターの方から「手伝えることはないか」と申し出をいただき、施工主さんと相談して、お店の外壁にライブペインティングで絵を描いてもらいました。建築が、ひとつのお祭りのような機能を持つようになった。こうした施工を繰り返していたら、「新しい店が来るらしい。手伝いに行こう」という考え方がカルチャーとして定着していったんです。

　大学の学園祭を思い浮かべてみてください。

学園祭のいいところは、出し物をするときに自分たちで議論し、準備を含めたさまざまな作業を大勢で一緒にできることです。終わってみると、すごく仲良くなっている。これをまちづくりでもしていきたいんです。

左官をするとき、最初はみんな無心で壁を塗っているのですが、慣れてくると雑談が始まります。同じ作業をしていると「仕事は何をしているんですか」とか、「最近面白かったことは？」とか、初対面でも質問しやすい空気が生まれます。そして建物が完成すると、作業に参加した人たちは確かに仲が良くなっているんですよ。お店が増えるごとに地域の人々の結びつきが強まっていく。新しいお店が開店したときには、住民は店主の人柄やポリシーを知っていて、受け入れる素地がすでにできている。

こうして自分の仕事を振り返ると「居場所を育てる」とは、個人とコミュニティにおける相互の働きかけを生み出したり、強めていったりすることなのだと思います。この場合のコミュニティとは、自宅や学校、よく通うお店などの「場」に限らず、同僚や町の自治会、小学校時代の友人、ママ友といった「人間関係」も含みます。自分がコミュニティに何らかの働きかけをすることで、有益な情報が共有されたり、新たな名所が生まれたり。コミュニティがそうして活気づくことによって自身にも何らかの価値が還元されるという循環が生まれること。これが「居場所を育てる」ということであり、その結果として、例えば街のような大きな単位のコミュニティがより良い状態になっていく。

こうした一連のまちづくりは「編集」に通じるところがあると考えています。ここまでお話しした清荒神を例にとると、歴史の古い参拝道（商店街）があり、かまどの神様が祀られていて、ファミリー層が多くて単身者が少なく、自然が豊かである、といった特徴が見出せます。

そのなかには街の強みと弱みが含まれている。それらを観察し、要素を組み合わせたり、新しい要素を足したりすることで価値を生み出していく。そうした意味で、街はメディアのひとつであるとも言えます。

――小神野：清荒神にはたびたび足を運んでいますが、訪ねるたびに新しいお店が増えていたり、イベントが行われていて大勢の人で賑わっていたり、その変化の度合いと活気に驚かされます。初めて清荒神を訪ねたとき、雑誌のようだ、と感じたのを覚えています。お店を訪ねると、店主さんが話しかけてくれて街のことを教えてくれる。イベントやパーティがどこかしらで行われていて、新しい出会いや知識を必ず得ることができる。雑誌にはコラムやニュース、インタビュー、写真といったさまざまなコンテンツがあり、それらが組み合わさることでひとつの価値を生み出しています。この街で会う人やイベントは、まさにそうしたコンテンツに似ている。街はメディアであるという指摘に共感します。ここで建築を手がけ始めた当初から、こうした形を完成像として描いていたのでしょうか。

最初にマスタープランがあったわけではありません。発展のポテンシャルは元々ある街だったので、人が集まって次々とお店を出すようになればいい、という期待はありましたが、一つひとつ出来ることを積み上げていった結果として自然に現在の形になった、というのが正しいと思います。

理想を述べるなら、ある場所に居るすべての人が、その場所の編集に参加するのが良いと思うのです。これは現代の消費カルチャーへのカウンターでもある。一昔前までは、最初から完成されたものを僕たちは与えられて、それを消費することが主流でした。テーマパークや再開発でつくられたショッピングモールはその一例です。問題は、そうした箱物はオープンした時点が完全体であること。世の中のトレンドの変遷が早すぎるので、最初から完成しているものの多くは時間経過とともに摩耗したり、衰退していったりする。

挑戦を許容したり、成長を見守ったりするカルチャーはとても大切です。二〇一九年に清荒神でコーヒー屋さんを始めた二十代の若者のケースを紹介させてください。開店当初、彼らはコーヒーの知識がほとんどなかったんです。しかし、街を好きになり、コーヒーを飲める場所を増やしたいといって一念発起した。正直に述べると、彼らが淹れたコーヒーと飲んだとき、通うことはないだろうと思いました。コーヒー豆は既製品で、技術も拙かったからです。しかし、とても気持ちのいい人たちだから見守りたいと思いました。驚かされたのは、お店を訪ねるたびに彼らは新しいことに挑戦していることです。コーヒー豆を自分たちで時間をかけて焙煎するようになり、コーヒーを淹れる技術もどんどん高まっていった。今では美味しいコーヒーを出す人気店になっています。肝心なのは、彼らの努力はもちろんですが、心配しながらもたびたび店に通う住民が少なくなかったことだと思うのです。そうした人々がいなければ、努

コーヒースタンド「willy」。試行錯誤を繰り返し、現在は人気店になっている。

力が実る前にお店を閉じていたかもしれない。

——小神野：成果物を完成した状態で世に出さなければ、という理念は、確かに負の影響をもたらすこともありますね。例えばソフトウェアは、バグや欠陥があってもまずローンチしてアップデートで改善していくのが現在の主流です。日本のものづくりは丁寧だから、そうした手法を取りづらかったため、ＩＴ産業における成功を遠ざけてしまったという指摘があります。「完成された箱物」というハード的な思想ではなく、未熟さや欠点を寛容に見守るソフト的な思想が求められている時代なのかもしれません。寛容さが希薄な社会は、若い世代の挑戦を阻害してしまう。ただ、一消費者として、不完全なものを提供されることに果たして寛容でいられるのか、自信が持てないのも事実です。私たちは寛容さをどうやって育むべきでしょうか。

コミュニティのスケールは大事な要素だと思います。清荒神は比較的小さなコミュニティで、隣人の顔が見えやすい。だから自分も当事者意識を持ちやすく、新しい才能を育てていこうという意識が生まれるのだと思います。一方で、東京のような大都市の場合、異なる行動や心がけが必要になるはずです。

——小神野：清荒神の人々を眺めていると、「清荒神」というひとつのコミュニティに所属しているわけではなく、ひとつのお店の常連さん、仕事仲間、同じ趣味を持つ友人といった形で、多彩なコミュニティがレイヤー状になっていて、人々はそれらを自由に出入りしながら暮らしているように見えます。豊かな暮らしを営むためには、そうした開放的なコミュニティの多様性と、それらへの出入りを軽やかに行えるカルチャーが重要なのだと感じます。

その通りだと思います。極端な例を述べれば、大学という単一のコミュニティにしか居場所がないとすれば、そこに馴染めなければ行き詰まってしまう。安心して暮らすためにも、自身の知見を広げるためにも、大学の内部にも外部にも自分が居られるコミュニティを複数もつことは大切です。

これは街や国といったさらに大きなコミュニティを豊かにするうえでも意義あることです。清荒神の場合、あるコミュニティで見聞きしたことを別のコミュニティに伝達する、ということが盛んに行われている。コミュニティによってカルチャーや問題意識が異なるので、これが繰り返されることで街全体の知見の総和が高まっていく。いわば、一人ひとりがレコメンドエンジンのように機能しているんです。別の言い方をすれば、この街には個人という小さなメディアがたくさん存在している。そうした個人間で交わされる情報、つまり口コミはとても強力です。僕たちが口コミで情報を伝えるとき、相手にとってそれが有益だと思うからわざわざ行動を起こしている。これは、その個人に対して強力に最適化されたプロモーションなのだと思います。「このことをあの人に教えてあげよう」という善意が背景にあるわけですから。テレビで見聞きするよりよっぽど行動に結びつきやすいし、そうした口コミは人から人へ伝播して繰り返し語られるので持続力がとても高い。

――小神野：このところ、奥田さんは東北や中国地方のローカルな祭りを参与観察していると伺いました。清荒神では、手のひらサイズの祭りがあちこちで発生しているような印象を受けます。その影響なのですが、私が理想とするコミュニティは、祭り、それも場合にもよって数人規模のものが自然発生的にあちこちで生まれ、属性の異なる人々が集合と離散を繰り返して、コミュニティ全体の価値が高められていく形に憧れます。なぜ祭りに注目しているのでしょうか。

お祭りの一般的なイメージは、神輿を担いだり、屋台が軒を連ねていたり、そうした風景が連想されると思います。しかし参与観察の良い点は、見えている以上の意味合いや文脈に気づくことができる点です。例えば、伝統的なお祭りは全てその形式をとっている意味があるのだと気付かされます。

秋田のなまはげはお正月に行われます。怖い仮面を被った人たちが包丁をもって各家庭を訪ね、「悪い子はいねえが」と言って回るお馴染みの行事です。その所作にもやはり意味があり、これは戒めのお祭りなのです。正月の雪深い時期に行われるのは、人々が春を迎える準備を怠けていると不都合が起きるから。寒いからといってずっと囲炉裏にずっとあたっていると「火斑《ひだこ》」という赤いまだら模様が手足にできる、それを剥いじゃうぞ！　という意味で包丁を持っている。仲間内で団結して、厳しい冬の間もちゃんと頑張って、良い春を迎えようという意識を再確認するためのものなのです。

僕が生まれ育った関西ではだんじり祭りが盛んですが、これにはある種の打ち上げのような意味があります。秋に行われるのですが、ちょうど農家が収穫を終えた時期。夏の間、台風が来たり、水が足りなくなったり、大変な思いをして収穫したことをコミュニティ全体で労うんです。

また最近観察して面白かったのは、池田という昔の商業都市の火祭りです。古くは城下町でその後商業都市として栄えた街並みは昔から木造の建物が密集して路地が入り組んでいる。その街中で開催される火祭りは大松明《たいまつ》を持って鐘を鳴らしながら練り歩くのですがあえて細く入り組んだ路地を通る。こうした場所は火事が起きたら被害が広がりやすい場所。そこを通ることで、火事が起きた時に消火活動や避難が円滑にできるように、いわば火災訓練をしているんです。

人は社会的な動物ですから、一人では絶対に生きられない。集団で困難に立ち向かっていかなければならない。祭りとは、そうした集団を構成する人々の関係性を維持したり、課題を共有したりするためのものなんです。また、集団で生きていると、腹がたつ人いたり、一人の方が楽だと思うことがあるけれど、そうした摩擦やストレスを共同で非日常的な体験をすることでリセットする役割もある。つまり、緊張と緩和をもたらす生活の知恵なのです。大学の学園祭にもそうした機能はあると思います。日常生活の不満を発散したり、友人との関係性を調整したり、といった経験に心当たりがあるはずです。

だから、祭りを見ているとそのコミュニティの人々が何を大切にしているのか、何を必要としているのかがわかる。これはまちづくりや地域振興をするうえでも大切な視点だと思います。

——学生質問：今日のお話を聞くと、現在住んでいる人に向けたコミュニティの形成には役立っていると感じましたが、これから外から入ってくる人たちに対して、そのコミュニティに参加してもらうためにはどのような工夫をしていますか。完成されたコミュニティは、内部からは入ってほしくても、外部から参加するには、苦手な人にとってはとてもハードルが高いものだと感じています。

これまでの経験を踏まえて述べると、どんな人でも居心地良く暮らせるコミュニティというのはなかなか実現が難しそうだということです。ある街に固有の雰囲気があるとしたら、それはある程度似た部分を持った人々が集まるからそれが形成されると考えます。清荒神ならば、わいわいとした雰囲気が好きで、未知へ果敢に飛び込めるような人ならば居心地が良いと感じてもらえるはず。もちろん、内向的で人付き合いが得意ではない人でも住民は歓迎するはずです。水が合うと感じれば、ぜひ住んでもらいたいし、自分が求めるものではないと感じたら、去ってもらってかまわない。人には生まれ持った個性があり、それを変えるのは難しいことです。そのため、さまざまなコミュニティをめぐり、自分に合うところを探すことはとても大事だと思います。だからこそ、コミュニティは無数にあることを知っておくべきだし、身軽にひとまず試してみるのがよいと考えています。それでも心地いいコミュニティがなければ自分でつくってみるというのもいいかもしれません、いろんなコミュニティに同時に属するのも大切だと思います。

――学生質問：清荒神の事例では、地域に住まう人々が自らの地域が持つ価値を再発見できたことに加え、個人の持つ資源を持ち、より価値を生むことに対して価値を見出し、好循環を生んでいることが、地域の価値を引き上げているのではないかと考えました。さて、近年では地方移住が流行の兆しを見せていますが、移住者と既存住民との間で軋轢が生まれているという話をよく耳にします。全国各地に数多く住むところがある中で移住の決断をしたことは、その地域に対して少なからず価値を見出していることに他ならず、その価値を活用できないことは非常にもったいないと感じます。一方、地域住民がこれまで大切にしてきた価値が外部からの影響によって壊されるという懸念も理解できます。清荒神では、住み開きというオープンとクローズの中間的なコミュニティから、ソフトに地域に接触できたことで、好循環を生むきっかけになったのではないかと思うのですが、他の地域において従来から認識されている価値と再発見された価値の両立を図り、同様の好循環を目指すためには、どのように双方が触れ合っていくことが大切だと考えているのでしょうか。

これもやはり相性、ペアリングがうまくいくかどうかの問題だと思います。

僕は、地方移住を検討、あるいは実際にした人と話す機会が多々あります。問題だと思うのは、移住先への充分な理解をせずに移住するケース、広い家が安かったなど、物件ファーストで移住するケースです。移住先の人々を知るのはもちろん大切です。気質が合わなければ苦労することになる。しかしもっと大切なのは、自分自身がどのような性格なのかしっかり理解することです。すなわち、地方移住が失敗する場合は、移住先の人々が悪いわけでも、自分自身が悪いわけでもなく、ただペアリングが悪いだけなのだと思うのです。それを解消するためには、やはり観察や参与です。その土地の気質や課題を知る。同時に、自分がその土地に水が合うのか、自分は何をできるのかを考える必要がある。その地域の祭りや行事、清掃とか草むしりとかでもいいので、参加してみると雰囲気がよくわかります。

だから、方法論や制度によって、元から暮らす人々と移住者の軋轢を解消するのは難しいのではないかと思います。

——学生質問：宝塚の街はファミリー層や若い人が多く、元からかなりポテンシャルのある街のように感じました。では、高齢化が進み、労働力のない人口が減少していく地域はどのように発展させていけばよいでしょうか？

発展とは何か、ということを考えてみると得られることがあるかもしれません。例えば清荒神の事例では、移住者が増えているので、わかりやすく発展と呼べる変化がありました。しかし、別の地域で同じようなアプローチで場づくりを行なったとしても、同様の変化が起こるとは限りません。課題もそれに対する解決方法も、集まる人の個性も個別地域によって全く状況が異なります。

　その地域に関わる人の個性と、その地域が求めているものの相性も重要です。丁寧に観察し価値観を変化させて問題を好転させる。それを地域の一人ひとりが試行錯誤するのが結果的に発展につながるのだと思います。

　本来、街はニーズが先に立って成立すべきものです。戦後、都市郊外の鉄道沿線に無数のベッドタウンが生まれましたが、これは増加する人口を受け止めるというニーズの結果としてつくられたものです。しかし現在のまちづくりは、まず「駅前の再開発をします」「それによって来訪者を増やします」というような、手段と目的が逆転している。だから歪みが生じます。高齢化が進む地域を発展させたいと考えたとき、しかし、発展するようなニーズが存在しなければ、街を変えるのは難しいというのが僕の意見です。

結びとして

　主に清荒神をモデルケースとして、地方のコミュニティを成長させるために必要なことを語ってきました。それを一言に集約すると、ボトムアップをどう起こすか？　これに尽きると思います。僕は、ボトムアップを「自分ごとの集積」だと定義します。そのコミュニティで暮らす一人ひとりが「こうしたい」「ああしたい」と切に考える。それを目の当たりにした同じコミュニティのメンバーが「いいじゃん」と呼応する。人々がお互いに応援し合える、許容し合える、その結果として生じた成果を喜び合えるサイクルをどのように創るかが鍵なのだと思うのです。このサイクルにおいて、集団をまとめあげて牽引するようなリーダーや、トップダウンの政策のようなもので示されるロードマップは、たぶん重要ではないんだと思います。清荒神でコーヒー屋さんを始めた若者たちのエピソードを紹介しました。彼らは拙いながらも全力でチャレンジをしていました。だから周囲の人々は彼らを本気で応援しようと思った。こうした応援し合える、許容し合える土壌は、精神的な安心をもたらします。それは誰もがチャレンジャーになれるという風土につながっていく。清荒神の事例は、再現性があります。もちろんこの街と同じアプローチが有効ではないこともあるはずです。でも、住民にとっての「こうしたい」「ああしたい」や「いいじゃん」は場所によって異なるけれど、すべてのコミュニティにそれはあります。自分が暮らす街のことを、自分と生きる隣人たちのことをよく知る、その一歩から、湧き上がるまちづくりは始まるのだと思います。

講義録

二次元から三次元へ
コンテンツをめぐる「聖地巡礼」と地方創生の現在形

ジャーナリスト・河嶌太郎（構成：河嶌太郎、小神野真弘）

アニメやマンガの舞台として描かれた現実の場所へ足を運ぶ――「聖地巡礼」と呼ばれるこの営みは、いまやファンの間で日常的な光景だ。その在り方は多様化しており、コンテンツを制作する企業と地方自治体が連携し、地域振興の柱として「聖地」を活用するケースも近年では目立ってきた。架空の物語と現実の暮らしの境界が融解することで、生み出される「価値」がある。人々はそこに何を見出し、そうした事象の先には何が待つのか。日本各地の「聖地巡礼」の事例を取材し続けてきたジャーナリスト・河嶌太郎が日本大学芸術学部の「メディア論」で語った現状分析は、多くの地方自治体が直面する人口減少や産業の空洞化に対するひとつの解答を示唆するものだ。

河嶌太郎（かわしま・たろう）

プロフィール

一九八四年生まれ。千葉県市川市出身。日本大学法学部政治経済学科卒。早稲田大学大学院政治学研究科修士課程修了。「聖地巡礼」と呼ばれる、アニメなどメディアコンテンツを用いた地域振興事例の研究に携わる。近年は「ヤフーニュースエキスパート」「ITmediaビジネスオンライン」「AERA」などウェブ・雑誌で執筆。共著に「コンテンツツーリズム研究」（福村出版）など。コンテンツビジネスから地域振興、アニメ・ゲームなどのポップカルチャー、ＩＴ、鉄道など幅広いテーマを扱う。

私はジャーナリストとして「聖地巡礼」を専門領域に取材をしています。「聖地巡礼」というのは、アニメやマンガのファンが、その舞台となった実在の土地に足を運ぶことを指します。まずなぜこのテーマを取材しているのか、自己紹介がてらお話しさせてください。

私は日本大学法学部を卒業後、早稲田大学大学院政治学研究科にあるジャーナリズム大学院で学びました。入学直前の二〇〇九年から、過疎化が進んでいる長野県天龍村で、村おこしのボランティアに参加しました。天龍村は基幹産業が失われていて、若者の流入がないため衰退していく一方の現実を目の当たりにしました。ボランティアの一環で「ていざなす」という村の特産品をアピールするＣＭをつくり、「ふるさとＣＭ大賞」に応募しました。「ふるさとＣＭ大賞」は一九九四年にテレビ山口が始めたのが端緒とされていて、現在も日本の各県で行われています。ＣＭ、すなわちコンテンツをつくることで、産業がない地域にも誘客できる。それは私にとって大きな発見でした。ちょうどその頃、「聖地巡礼」がまちおこしの題材に注目され始めていた時期でした。アニメに高い関心があったのもあって、大学院では日本全国の「聖地巡礼」の事例を取材するようになったのです。また、近年は「自分でも『聖地』を生み出したい」という思いから、シナリオの仕事もするようになっています。

二〇一六年には流行語大賞のトップ10に入り、聞き馴染みのある言葉になって久しい「聖地巡礼」ですが、この場合の「聖地」とは何か、というお話から始めたいと思います。

私は「聖地」を「物語が社会性を帯びたもの」と定義しています。アニメが一般的に受容されるようになってから「聖地巡礼」の認知度も上がりましたが、実は「物語の舞台地を訪れたい」という欲求は今に始まったものではありません。例えば千年以上前に書かれた『更級日記』という平安時代の文学にも同様の願望が見出せます。菅原孝標の娘である作者・菅原孝標女は幼少期に上総の国（現在の千葉県）で『源氏物語』を読む機会がありました。『源氏物語』の舞台はご存じのとおり京都ですね。菅原孝標女は光源氏たちが暮らした京都に行きたいと明確に綴っているのです。

「聖地巡礼」の成立

物語の舞台を旅する行為は「コンテンツ・ツーリズム」とも呼ばれます。ただ、この言葉は物語の舞台だけではなく、神社仏閣を巡ったり、城郭を訪ねたりといったものも含まれます。神社仏閣や城郭も「コンテンツ」だと私は捉えています。

そこに何があるのか。換言すれば、人々は何を求めてそこに行くのか、という問いについて考えてみましょう。すると、「歴史」を感じるため、という人が多いのではないでしょうか。歴史はフランス語にすると「histoire」ですが、これには物語という意味もあります。すなわち観光には「物語を旅する」行為が密接に紐づいています。つまり、観光の動機を形成させるためには物語の持つ力を活用することが重要になるわけです。

アニメの舞台を訪ねる現在の「聖地巡礼」が成立する素地は、二十世紀後半になって醸成されていきます。高度経済成長とともに消費文化が芽生え、エンタメの大衆化が起こりました。テレビの普及によって映像作品を家庭で視聴できるようになったのです。映像が人の行動を喚起する力はとても大きい。また、交通網の発達によって遠隔地への旅行のコストが下がったというのも大きな要因でした。とくに戦前において観光は一部のお金持ちだけの娯楽でしたが、こうした変化によって一般の人々でも楽しめるようになったのです。

アニメ作品における「聖地巡礼」の初期の事例としては、一九七〇年代に放送された『アルプスの少女ハイジ』が挙げられます。大学生を中心に、舞台であるスイスへの旅行がブームになったそうです。そして一九九〇年代までに一部の人々の間で愛好されるようになりました。大きな変化があったのは二〇〇〇年代に入ってからのこと。インターネットが一般家庭にも普及した時期にあたります。これは「聖地巡礼」においても革命的な出来事でした。というのも、それまではテレビ放送のアニメで実在の場所と思しき風景を見たとしても、情報を共有するのがとても大変だったのです。現在なら当該のシーンのスクリーンショットを撮り、画像検索をするだけで簡単に情報が集まります。現在からは考えづらいですが、仲間同士で集まって同時に映像を見ない限り、自分が観ているコンテンツを共有することができなかった時代が長らくあったのです。二〇〇〇年代に入るとブログサービスが発展し、個人が気軽に情報発信ができるようになりました。アニメやゲームの背景画像を保存して、「『聖地巡礼』に行ってきました」といって現地の写真とともに報告する人が増え始めました。こうした個々人が自由に情報を発信できる段階を、インターネットの発展史においては「Web 2.0」と呼びますが、まさしくこの段階において「聖地巡礼」は文化として花開いたわけです。

元々は視聴者の個人的趣味だった「聖地巡礼」ですが、現在ではまちおこしや地方創生に結びつけるため、版元や製作会社と自治体が連携して「聖地」を作り出すことを念頭に置いたコンテンツ展開がなされるようになっていますが、そこまで辿り着くには段階がありました。

その始まりは二〇〇七年のアニメ『らき☆すた』です。その前年、二〇〇六年に『涼宮ハルヒの憂鬱』というアニメが大ヒットし、主人公たちが通う高校のモデルとなった学校がある兵庫県西宮市への「聖地巡礼」が話題になりましたが、この段階ではファンが「巡礼」こそしていたものの、当時は地元や版元がそれに乗じる動きには繋がりませんでした。翌年の『らき☆すた』では、舞台のひとつである埼玉県鷲宮町（現・久喜市）にある「鷲宮神社」を中心にファンが訪れるようになります。そこで鷲宮商工会（当時）と版元であるKADOKAWAが連携し、出演声優に神社を参拝してもらうイベントなどを行ったのです。これが版元と地域が協働した初のアニメイベントだといわれています。その後、鷲宮神社の参拝客数も二〇〇七年から二〇〇八年で倍以上増えており、まちおこしとしても大きな成果をあげました。

ここで注目すべきは『らき☆すた』放送当時は、まだ作り手や行政、地域社会が「アニメはまちおこしになる」という認識をもっていなかったことです。まずファンが舞台を特定して、ネットで共有し、たびたび人が訪れることによって自然発生的に「聖地」化されていく、というのが「聖地」誕生の流れでした。しかし、まちおこしになることが認知され始めると、アニメ作品の製作時点で地域とタイアップしようとする機運が生まれていきます。初めから「聖地」を生み出すために舞台設定を考えるようになった作品も生まれるようになりました。

この「タイアップ型」における初期の代表的な作品が二〇〇九年のアニメ映画『サマーウォーズ』だといわれています。長野県上田市が主な舞台ですが、映画公開と同時に「聖地巡礼マップ」が現地の観光案内所などで配布されました。アニメに登場した風景が見られる場所が示されていて、マップを片手に散策すれば「聖地巡礼」できる、という趣旨ですね。

これを皮切りにして二〇一〇年代以降の日本を舞台にしたアニメ作品のうち、地方創生を最初から意識した作品は大半が自治体とのタイアップ型になっています。視聴者の受容の仕方もだいぶ成熟し、現実の街の名前が作中に何度も登場しても、ほとんどのアニメファンは違和感なく受け入れるようになっています。

ただ、物事の成立過程には往々にして付いてまわるものですが、物議を醸した事例もあるので取り上げておきます。二〇一二年一月から九月に放送された『輪廻のラグランジェ』というロボットアニメです。千葉県鴨川市が舞台であり、「鴨川シーワールド」や「魚見塚展望台」などの現地の名所や、「おらが丼」というご当地グルメが作中で描かれました。この作品は製作時点から地域と綿密な打ち合わせをして制作されましたが、各話タイトルに毎話「鴨川」が入っていたり、ご当地グルメが不自然に出てきたりするゴリ押し感が倦厭され、さらに一部の視聴者から「あざとい」「オタなめんな」などといった批判が寄せられ、炎上状態になったのです。その後、地域を前面に出した、後述する茨城県大洗町が舞台の『ガールズ&パンツァー』

や、静岡県沼津市舞台の『ラブライブ！ サンシャイン!!』などの成功により、ファンの側でも受け容れられるようになっていきました。

町人口の八倍の観光客が訪れる事例も

成功事例も紹介します。『輪廻のラグランジェ』と同時期の二〇一二年十月に放送され、現在も新作がつくられているアニメ『ガールズ&パンツァー』です。茨城県大洗町を舞台にしており、地名が実名で登場します。作品自体も大ヒットしましたが、「聖地巡礼」の規模も記録的なものでした。毎年十一月に「大洗あんこう祭り」という催しがあり、アニメが放送されると来訪者が急増し、二〇一六年は約十三万人が訪れました。当時の大洗町の人口は約一万七〇〇〇人で、実に町の人口の八倍になります。この年のあんこう祭りは私も現地で目の当たりにしましたが、駐車場の空きがなく車が停められないなど、街の収容可能人数を明らかに超えており、今で言うオーバーツーリズムの状態に近かったように思います。

こうしたイベントがなくとも、恒常的に来訪者を楽しませる施策も随所に見られ、コンテンツを用いた地方創生の事例として非常に参考にされています。『ガールズ&パンツァー』は「戦車道」という架空のスポーツの部活が盛んに行われているという設定で、主人公が通う高校以外にも「戦車道」部があるライバル校が数多く存在します。登場人物がとても多い作品ですが、各高校に所属するキャラクターを一人ひとり丁寧に描いているのが魅力でもあります。キャラクターの数は総勢五十名以上に上ります。大洗町の町おこしでは、この五十名以上のキャラクターの等身大パネルを有志の飲食店や商店などに設置しました。それぞれのパネルが設置されているお店は、そのキャラクターのファンが集う憩いの場となっています。また、スタンプラ

2016年の「大洗あんこう祭り」の様子。地元の名物「みつ団子」を提供する店の前には『ガールズ＆パンツァー』の「五十鈴華」というキャラのパネルが飾られている。
（写真／河嶌太郎）

リーのように全てのパネルを回るファンも大勢いて、街を訪れた人々の回遊を促す仕掛けとしても機能しています。

他に象徴的な成功例として、静岡県沼津市を前面に押し出した二〇一六年の『ラブライブ！サンシャイン!!』、佐賀県唐津市などを舞台とした二〇一八年の『ゾンビランドサガ』があります。鴨川市の失敗例こそありましたが、『ガールズ＆パンツァー』と『ラブライブ！サンシャイン!!』のような成功事例が蓄積してきたことで、舞台を聖地としてプロモーションすることを念頭に置いた作品づくりはアニメ製作におけるひとつのスタンダードになっています。

多様化する「聖地」の「見せ方」

ここまで言及した『ガールズ＆パンツァー』、『ラブライブ！サンシャイン!!』、『ゾンビランドサガ』は、作品の性質として地方創生をとて

佐賀県唐津市ふるさと会館アルピノに設置された『ゾンビランドサガ』のコーナー。（写真／河嶌太郎）

も強く打ち出した事例です。一方で近年の傾向としては、舞台となる「聖地」の見せ方や扱い方の多様化が挙げられます。二〇二三年に放送されたふたつのアニメ作品を取り上げ、どのような傾向があるのか考えてみたいと思います。

ひとつは『BanG Dream! It's MyGO!!!!!』です。「BanG Dream!」（バンドリ！）という二〇一五年から株式会社ブシロードが展開しているマンガや小説、ゲーム、アニメから成るメディアミックスプロジェクトの最新作にあたります。池袋や早稲田周辺を舞台に、バンド活動をする女子高校生たちの成長を描いています。作中でサンシャインシティや池袋駅など実在の場所が登場するのですが、「聖地」としてのプロモーションは小規模なものでした。アニメ放送中は池袋の四、五箇所に等身大パネルが設置されていましたが、それくらいのもので、池袋をあげて町おこしに結びつけるという展開にはなっていません。元々認知度の高い街はアニメでプロ

『BanG Dream! It's MyGO!!!!!』作中に登場する「スペイン階段」。
（写真／河嶌太郎）

モーションをする必要性が薄いこともあり、東京や大阪などの都市部を舞台にしたアニメはこうした傾向がよくみられます。

この作品で注目すべきは、キャラクターたちが活動する池袋の実在の場所を非常に精密描いていることです。例えば、サンシャインシティの正面からワールドインポートマートに繋がる「スペイン階段」では、第二話で主人公の愛音が一人の主人公、燈をバンドに誘う場面など、印象的な場面で描かれています。実際に足を運んで作中の風景と比べてみると、実に丁寧に再現されているのがわかります。

現地に訪れることよって「聖地巡礼」をするファンは、作中では描かれなかった情報を得ることができ、キャラクターの心情やその人格をより深く想像できる余地が生まれます。これは「メタ情報」とも呼ばれ、聖地巡礼の原義的な「面白さ」でもあります。「スペイン階段」のシーンでは、愛音と燈が階段に腰掛けてカメラ側を向いて話すわけですが、現地に行くと、そのときの彼女たちが眺めていた風景が見られます。ファンの心理としては「この二人はあの看板を眺めながら話をしていたのか、結構高いところまで上ってきたのか」などと作中で描き切れていない体験をするわけです。作劇やキャラ造形に深みやリアリティを付与できることが、現実の場所を舞台にする意義のひとつといえます。

一方、同じく二〇二三年に放送された『幻日のヨハネ －SUNSHINE in the MIRROR－』は対照的な作品と言えます。『ラブライブ！ サンシャイン!!』の派生作品で、この作品も静岡県沼津市と密接な関係があります。魔法が存在するファンタジー風の異世界で、都会で歌手になる夢に敗れた主人公が故郷である「ヌマヅ」に戻り、地元で自分の居場所を見つけていくという物語です。ファンタジー風にアレンジされていますが、沼津に実在するお店や風景が作中のあちこちで描かれています。

沼津では二〇一六年からずっと『ラブライブ！ サンシャイン!!』に関連した町おこしが行われていて、『幻日のヨハネ』放送の際も地方創生を前面に打ち出したイベントが数多く展開されています。等身大パネルの設置やキャストによるライブ、さらに目を引いたのはＪＲ東海とのコラボによる沼津駅の装飾や特別車両の運行です。ＪＲ東海は伝統的にアニメコンテンツとのコラボに消極的だったのですが、コロナ禍を経て大きく方向転換しました。新幹線のビジネス利用が減ったため、観光利用にその代替需要を見込んだためです。これは「聖地巡礼」で自治体が賑わう事例が既にあふれていたため、後発企業でも自信を持ってアニメコンテンツとのコラボに踏み切れたのでしょう。

沼津市は二〇二三年に市制百周年を迎え、同年七月に行われた記念イベントには『ラブライブ！ サンシャイン!!』のキャストなども登壇。

沼津市の頼重秀一市長はこのイベントで「『ラブライブ！　サンシャイン!!』と共にある沼津市といっても過言ではない」と述べました。沼津市長がこう述べたのは、『ラブライブ！　サンシャイン!!』が市の持続可能性に寄与している背景もあります。

現実に溢れでる物語
あるいは二次元と三次元の境界の喪失

『ラブライブ！　サンシャイン!!』の放送開始から三年後の二〇一九年、沼津市は三十七年ぶりに転入超過、つまり移住者によって人口が増えました。人口減少が日本中で問題視されている現状では珍しいことです。沼津市も例に漏れず人口減が続いていた中、『ラブライブ！　サンシャイン!!』のファンが移住するケースが数多く報告されています。住民票の転入届を受理する際にその理由は集計されないため、正確な数を出すのは難しいのですが、移住者同士の交流会の規模から推測すると少なくとも百名以上が移住したと考えられています。

今後は、「聖地」に移住する動きは加速すると考えます。コロナ禍を経たことで週五日の出社を義務付けない会社が増えています。週に一、二日の出社ならば、生活費の高い都心ではなく暮らしやすい地方に居を構え、新幹線などで通勤するというライフスタイルを選べる人が増えています。沼津市は市だけでなく、先住者のファン主導による移住支援が進んでおり、『ラブライブ！　サンシャイン!!』と沼津市の関係性を見ていると、今後も移住者が増え続けるような新たな好循環が生まれているように感じます。

『ラブライブ！　サンシャイン!!』のキャストはAqoursという音楽グループとしても活動していて、二〇一八年にはＮＨＫ紅白歌合戦に出演するほどの人気を博しています。この

沼津市長とともに同市のイベントに登壇する、Aqours のメンバー（写真／河嶌太郎）

Aqoursのメンバー達は二〇一七年から「燦々ぬまづ大使」という沼津市の観光大使に任命されており、地域と密着な関係性を築き上げています。花火大会をはじめ市のイベントでは、九人いるメンバーの誰かが出席することが多いですし、プライベートでも沼津を訪れ、現地のお店や住民と交流しているメンバーもいます。アニメ作品に登場しない商店やスポットであっても、メンバーたちがその場所の感想をＳＮＳに投稿することで、大勢のファンが新たな「聖地」に足を運ぶなど、インフルエンサーのような役割も果たしています。

また、『幻日のヨハネ』に登場する「ヌマヅ駅」は、現実の沼津駅とは異なる姿で描かれています。「ヌマヅ駅」を通る線路が高架になっているのです。ここに製作陣の沼津愛が表れていると話題になりました。現実の沼津市は、在来線の線路によって街が南北で分断されているのが長年の課題とされており、二〇二二年に

ツキ寫眞館のモデルとなった「つじ写真館」。作品ファンの憩いの場にもなっている。
（写真／河嶌太郎）

やっと高架化に向けて計画が進み始めました。つまり、「ヌマヅ駅」は沼津の未来の姿を描いており、街の人の夢が体現されている異世界空間でもあるわけです。ちょっとした遊び心ですが、現地に対する本当の関心がなければできないことでしょう。

　もうひとつ、アニメの製作陣がいかに地域と密に交流しているかを示すのが、『幻日のヨハネ』に登場する「ツキ寫眞《しゃしん》館」にまつわるエピソードです。作中でツキ寫眞館が出た際、ミニブタを抱いた店のキャラクターが描かれました。ツキ寫眞館のモデルは沼津市中心部にある「つじ写真館」で、この写真館では「さくらちゃん」というミニブタをペットとして飼っていました。地域の人々から愛されていたのですが、さくらちゃんは二〇二二年に亡くなってしまいます。しかし、つじ写真館と親交があった製作陣の意向で、『幻日のヨハネ』の世界に蘇ったのです。

『ラブライブ！ サンシャイン!!』関係者も本気で沼津を応援しようとしているのが伝わるからこそ、作品に触発されて現地を訪れたファン達もこの街に愛着を持つことができるのだと思います。昨今はアニメ放送時に話題を集めても、放送終了とともに忘れ去られてしまう作品が少なくありません。しかし、「聖地巡礼」によってファンが作品世界の奥行きを日々拡張することで、作品の寿命も自ずと伸びます。こうした構図を俯瞰すると、地域に暮らす人々、ファン、クリエイターが立場を超えて協働し、「沼津」という街の新たなコミュニティの可能性を生み出していると言えます。架空の物語と現実の物語の境界が融解することで、アニメという二次元の媒体が三次元というリアルへと越境し、コミュニティの持続可能性にも繋がっている。『ラブライブ！ サンシャイン!!』と沼津市の事例は、新しいエンターテイメントの形を示唆するものかもしれません。

学生との質疑応答

──「聖地巡礼」が生じることを念頭にアニメの製作が行われるケースが多い、とのお話で、「聖地巡礼」における良い側面を聞くことができましたが、弊害や課題はあるのでしょうか。

本来は観光地ではない場所に突如大勢の人が来訪するということが起きうるので、過剰な混雑が生じるケースが散見されます。観光地ではないということは駐車場が少なかったり、トイレやゴミ箱が整備されていなかったりする場合が珍しくありません。特に海外からの観光客増は喫緊の課題と言えます。最近注目されている事例は、アニメ『SLAM DUNK』にまつわるものです。江ノ島電鉄の「鎌倉高校前駅」前にある踏切が作中で印象的に描かれるのですが、近年海外のファンが詰めかけて地域住民から苦情があがっています。観光地の収容人数を超える客が訪れて、体験価値や環境が損なわれることを「オーバーツーリズム」と呼びますが、アニメ「聖地巡礼」はこれが生じやすい傾向にあります。

ファンの人がどこまでその地域を訪れ続けるのかは一過性の要因も大きいので、インフラを整備してまで受け入れ体制をつくるのは現実的ではありません。ここは先ほども言及した『ラブライブ！ サンシャイン!!』と沼津市の状況が参考になると思います。スタンプラリーによって、作中に登場していない店舗や施設でもファンが交流できる場所を増やしたり、派生作品が制作されると新たな舞台が創出されるので、数ヶ所に観光客が集中することなく、ほどよく人が分散しているように見えます。

――「聖地巡礼」をすることで、作中では描かれない情報、例えば登場人物が眺めていた風景や移動する際の距離感などを追体験することができる、というお話が印象的でした。現在のアニメは、そうした楽しみ方ができるように意識して作品をつくっているのでしょうか。

どこまで舞台を克明に描くかは、作品によって異なります。「聖地」としての盛り上がることを狙っている作品もあれば、単に背景として描いている作品もあります。しかし、近年つくられるアニメの傾向としては、現実世界を舞台にした作品であれば、舞台地もリアルに描くものが増えています。背景だけでなく、その位置関係もリアルにしている作品もあります。こうした作品であれば例えばキャラクターがA地点からB地点に移動した際、その移動ルートを推測することができます。また現地でも実際にそこを歩きながら作中で描かれなかった心の動きなどに思いを馳せることができるようになります。これが「聖地巡礼」の醍醐味のひとつだと思います。ただ、作り手側としては、実在の土地を舞台にしたり、風景を正確に描いたりするのは、写真から背景を起こすことで創作のコストを減らす意味合いが大きいです。背景をゼロベースで創作しようとすると単純に大変なので、現実の風景から起こす方が楽というわけです。

ただ、これはアニメだからであって、作品のメディア形態によっても変わってくるものでもあります。小説ならば、背景を記述しなくても作品として成立します。ところがマンガやアニメの場合はそうはいきません。また、創作する上では物語を展開する場所をなるべく具体的にイメージ出来ていた方が、キャラクターを動かすための切り口が増えるので、これも現実を土台にするメリットのひとつと言えそうです。

一方で、その物語で提示したいメッセージが明確ならば、必ずしも実在の舞台に頼る必要はありません。メッセージを伝えるための一要素として作品世界を構築するので、実在の舞台を意識しすぎることは制約をもたらすこともあります。こうした演繹的なアプローチをとる作家の代表例が宮崎駿監督でしょう。ジブリ作品の舞台は、確かにモデルとされる地名が視聴者から指摘されることもありますが、複数の場所を組み合わせて宮崎駿独自の世界を構築しています。しかし、これは自身で物語も絵も描ける宮崎駿監督だからできることでもあります。

アニメやゲームだけでなく、近年では、一部のマンガでは創作の分業化が進んでいます。顕著な例が、韓国式のウェブトゥーン（スマートフォンでの縦読みに適したコマ割りや演出がなされたマンガ）です。旧来のマンガ作品は作家が単身で作品の大部分を作っていました。アシスタントは使いますが、作家がその作業を監督します。ところがウェブトゥーンの場合、脚本、ネーム、キャラデザイン、線画、着彩、仕上げなどそれぞれの工程の担当者がおり、十人弱程度のチームで作ることが一般的です。非常に効率的に作品を完成させることができますが、問題はここまで分業が進むとスタッフ間が作品のカラーや世界観を共有しづらくなってしまうことです。そんなとき、現実に存在する街などを参考にすると、意識統一がしやすいというのもあると思います。

結びとして

「聖地巡礼」の事例と、その活用の形のひとつとしての地方創生についてお話をしてきました。近年、アニメやゲーム、マンガなどのコンテンツに地方自治体がかける期待は小さくありません。地域を活性化するために物語の需要は高まっている。しかし、なぜ物語が必要とされるのか、最後にその背景を語っておきたいと思います。

根底にあるのはやはり国内産業の衰退だと考えています。戦後の高度経済成長期のように人口が増え続けている社会では、工場誘致といった方法によって雇用が増え、利益も上がる好循環を生み出していました。バブル期まで日本はそのような状態でした。しかし、少子高齢化に伴う生産人口の減少や地方からの若者の流出が現在問題視されています。地方の産業は縮小し、働き口が少ないがゆえにさらに若者達は都会を目指す悪循環が生まれています。

こうしたなか伸び続けているのが観光産業ですが、これも工場などの産業誘致というハードなやり方が通用しなくなったからこそ、観光というソフトなやり方にすがっている構図があります。お話ししたJR東海のビジネス需要減による事業転換が好例と言えるでしょう。そして観光産業にすがるとしても、観光名所や名産品がその地域にあることが前提となります。そうした中、何もない状態からその土地に多くの人を惹きつける観光資源を創出できる可能性、言わば観光を産業誘致できる可能性があるのが物語なのです。

　物語がもつ力は強力です。人の人生を変えてしまうこともある。アニメを視聴して沼津市に移住する事例は象徴的ですし、海外の方が日本のコンテンツが好きだからと日本国籍を取得するケースも珍しくありません。芸術学部で学ぶ方々のなかには物語を紡いでいきたいという方も少なくないと思います。そのクリエイティビティに一縷の希望をかける人々が大勢います。皆さんが人を、地域を、社会を変える物語を生み出すことを心から願っています。

講義録

人と人を「混ぜる」
二十一世紀の「面白い」を創出するために

大阪・関西万博催事検討会議共同座長
大﨑　洋（構成：小神野真弘）

ダウンタウンを見出し、吉本興業ホールディングス株式会社、ひいては日本のお笑い界の発展を牽引し続けてきた大﨑洋。関西から全国へ、そして世界へと「越境」と「挑戦」を繰り返した同氏がいま夢見るのは、「すべての垣根がない世界」だ。大阪・関西万博催事検討会議の共同座長としてどのような未来を構想するのか、そして、あらゆる人が世代や職業、身体的特徴などを越え、共生できる「居場所」を創出するために見据えるべきものとは。二〇二三年一月、日本大学芸術学部江古田キャンパスで行われた講義を記録する。

大﨑　洋（おおさき・ひろし）

プロフィール

一九七八年吉本興業（現・吉本興業ホールディングス株式会社）に入社、お笑いコンビ「ダウンタウン」の初代マネージャーを務める。二〇〇九年代表取締役社長就任、二〇一九年代表取締役会長就任。二〇二三年の取締役退任後、日本国際博覧会協会の『大阪・関西万博催事検討会議』の共同座長に就任。内閣官房まち・ひと・しごと創生本部事務局委員。内閣府知的財産戦略本部構想委員会委員。好きなものは銭湯と豆腐とアジアのちょっと怪しげな街の雑踏。苦手なものはお化け。著書に『居場所。ひとりぼっちの自分を好きになる12の「しないこと」』（二〇二三年、サンマーク出版）、共著に『吉本興業の約束　エンタメの未来戦略』（二〇二〇年、文春新書）など。

僕はいま七十歳で、実は五十年ぶりに江古田に来ました。大阪の堺市にある泉北高等学校に通っていたんですが、東京に行きたいなと思って、日本大学芸術学部を受験したんです。試験科目が英語と国語の二教科だったから「得だ」と思ったんですね。ものの見事に滑りました。一浪してもう一度受験しましたが、やっぱり滑った。パチンコや麻雀ばかりしていたからかもしれません。そんな滑ってばかりの僕なので、大した話はできないと思いますが、頑張って喋ろうと思います。

まず僕のこれまでについて話していきます。僕の話はあちらこちらに飛ぶとよく言われるので、うまく皆さんの頭の中で編集してください。

振り返ると、よくもまあそんなリスキーな生き方をしてきたものだと思います。中学校と高校の六年間はほとんど勉強をしませんでした。高校三年生のときに漢和辞典の引き方も知らなかったほどです。高校をなんとか卒業できたけれども、ただのラッキーですね。日藝を受験して浪人したあと、関西大学に入学しました。ここでもほとんど授業に出なかった。大学を卒業した頃、ちょうどオイルショックで日本は不況でした。仕事を見つけるのにみんなが苦労していた。そんな世相のおりに僕は吉本興業に入社するのだけど、お笑いや芸能、エンターテイメントが取り立てて好きだったわけではないんです。就職の募集がないかと、なんとなく吉本興業に電話をした。就職したいと伝えていろいろ話していると、電話口の総務の人が「何か質問はありますか」と尋ねるので、休みはどれくらいあるか、と聞いたのを覚えています。確か自分で仕事を調整して、奇数月は七回、偶数月は八回まで休みが取れるという仕組みだった。ならば一ヶ月に三週間働いて一週間休めるな、と思って面接を受けたんです。スーツを着なくてよいというのにも惹かれた。なぜか採用されました。でも、入社してから三年くらいは一日も休みがとれなかった。「働き方改革」のような考え方が影も形もない時代があったんですよ。

睡眠時間は平均二〜三時間、仕事だけのフラフラの毎日でした。入社して少し経ったとき、ふと我に返って「これはまずい」と思ったんですね。この生活が定年まで何十年も続くのか、一度きりしかない自分の人生なのにお爺ちゃんになるまで自分の意志で休みもとれないのか、そんな馬鹿なことはないだろう。

もう辞めてしまおうかなと思いました。しかし周りを見渡すと、自分の親父も、親戚の叔父ちゃんも、近所のお爺ちゃんも皆んな一生懸命働いてます。とりあえず続けてみることにして、気がつけば四十五年ほど勤めていました。吉本興業を辞めたら、どこかに旅に出てぶらぶらしようとずっと思っていたんですけどね、なぜか二〇二五年に行われる大阪・関西万博の催事検討会議共同座長というのを拝命したので、吉本を辞めた次の日からまた働いてます。

吉本興業で何をしていたのかにも少し触れます。二〇〇九年に社長になって最初にした仕事は、吉本興業を非上場にすることでした。それまで東京と大阪の証券取引所一部に上場していたのですが、簡単に言ってしまうと、上場企業には色んな制約があって自由に仕事ができないんです。企業としての業績を四半期や半年ごとに達成しなければならないから、どうしても目先のことばかり追いかけてしまう。これからの時代は、もっと数年後、数十年後を見据えた中期・長期スパンの仕事をする必要があると考えて、上場を取りやめたんです。また、社長になったからには企業理念のようなものも言わなければならないので、これからの吉本興業のキーワードとして「デジタル・アジア・地方」を掲げました。それらを形にするために、デジタルのプラットフォームをつくったり、出版部門やレコード会社をつくったりしました。その後、二〇一九年に会長になり、二〇二三年にその職を退任して今に至ります。

僕が吉本興業に入ってから現在に至るまで、世間はだいぶ変わりました。芸人という言葉がありますね。松本人志くんたちの頑張りですっかり馴染みのあるものになったけれども、昔は違った。

大昔、中世の頃ですね、河川のほとりには、差別をされて住むところがない人たちが暮らしていたそうです。そこには三つの職業がありました。男を売る「ヤクザ者」、女を売る「売春婦」、芸を売る「芸人」。この三つです。だからこれらの職業は元々同じルーツなのですね。

中世の芸人たちは、ほったて小屋をこさえて芸をしていたのでしょう。見物人が増えてきたら小屋を大きくしたり、屋根をつけたりして、やがて河原から陸地に上陸していったのだと思います。その後も看板をつけたり、受付をつくったり、時代の流れとともにだんだんと立派な劇場が生まれていく。披露される芸も、歌舞伎や文楽、落語、漫才といったふうに芸能と呼ばれるものへと発展していきます。

中世から近代にかけての長らくの間、人々にとってメディアとは、最初は河原から始まった小屋だったんです。もちろん江戸時代には瓦版という新聞もあったし、人々の井戸端会議もメディアと呼べます。でも、芸を見られる唯一のメディアは小屋だった。二十世紀に入ると僕たちを取り巻くメディア環境は劇的に変わっていきますね。ラジオ、映画、テレビ、インターネット、SNS、AR／VR、Web3、メタバースと次から次へと新たなメディアが生まれた。この変化はまだまだ続くでしょう。変化に合わせて、芸、つまりコンテンツも変わっていく必要がある。河原の小屋で披露された演目も、ネットフリックスで配信される番組も、その時代のメディア環境に適応した結果としてその形をとっているわけです。では、次のコンテンツの形をどうやって予測したり、あるいは生み出したりすることができるのか。ヒントになるかどうかはわからないけれど、僕がダウンタウンの二人と出会ったときの話をしたいと思います。

「アンチ吉本・アンチ花月」を掲げて

僕が松本人志くんと浜田雅功くんに出会ったとき、彼らは高校を出たばかりの十八歳でした。当時の吉本は、大阪の難波に「なんば花月」、梅田に「うめだ花月」、京都に「京都花月」という劇場をもっていた。どれも千人弱のお客さんが入れる大きなハコです。僕は松本くんと浜田くんのために「心斎橋筋2丁目劇場」というハコをつくりました。客席は百十四席。花月劇場と比べるとちっちゃな小屋です。

劇場と一括りにいっても、その規模によってメディアとしての性質が異なります。千人弱の劇場だと、芸人は全身を使って表現しないとメッセージがお客さんに伝わらない。でも、百十四席となると違うのです。例えば目の動きだけ、表情の微妙な変化だけで伝えられることがある。実際、いまこの教室には百人くらいの学生さんがいますが、君たちと僕の間で同じ空気を共有することができますね。当時の僕は、規模が大きな劇場では難しいことです。当時の僕は、もっと微妙なニュアンスや心情の変化を伝えられるメディアがなければ吉本興業がダメになってしまうと考えていたんです。心斎橋筋2丁目劇場で芸を磨くことで、松本くんと浜田くん以外にも今田耕司くん、東野幸治くん、木村祐一くんなど現在のお笑いを引っ張ってくれている人々が頭角を現していきました。

この頃の僕は、仕事をするときのキーワードを一つだけ決めていました。「アンチ吉本・アンチ花月」です。花月劇場のような大きなハコで漫才を見せるのが当時の吉本のスタンダードでしたが、「心斎橋筋2丁目劇場では漫才以外をやってほしい」と芸人たちに言っていました。結果として次の世代を担うスターが生まれたのは、もちろん彼らに才能があったからです。ただ僕自身にも、時代やメディアの変化を予想するのは難しいけれど、芸人と観客と裏方が空気を共有できる規模の劇場をつくることで何かが変わるのではないか、という予感はあったのです。

一九六〇年代に世界的にブームとなったマーシャル・マクルーハンというメディア研究者がいます。彼の主張によると、人の機能を拡張する全てのものがメディアだといいます。例えば電話は人の聴覚や発声機能を拡張するメディア、自動車は人間の移動能力を拡張するメディアです。さらにマクルーハンは「クールなメディア」と「ホットなメディア」という区分を提唱しています。彼曰く、クールなメディアの例はテレビと電話であり、「情報の精細度」が低い。一方、ホットなメディアの例はラジオと映画で、

「情報の精細度」が高いといいます。こうした定義だけだとわかりづらいですね。皆さんは一九三八年にアメリカで起きたラジオが原因のパニック騒動を知っていますか。H・G・ウェルズ原作のSF小説『宇宙戦争』を、オーソン・ウェルズという俳優がラジオドラマとして放送したところ、それを聴いた人々は本当に宇宙人が攻めてきたと信じてパニックになったといわれています。つまり、ラジオというメディアはテレビよりも個人のハートに届く力を持っている。ここで肝心なのはそれぞれの時代における主要なメディアには独自の性質が存在するということ。そしてその性質を分析し、メディアの違いを理解したうえでコンテンツをつくることは現在でも大切だということです。

そして、もう一つ皆さんに期待したいことがあります。ゼロからイチを生み出すことに挑戦してほしいのです。

すでに在るものを発展させる、つまり一を二や十にすることは多くの人ができるけれど、ゼロからイチを生み出すのは困難だとよく言いますね。「アンチ吉本・アンチ花月」を掲げて心斎橋筋2丁目劇場を切り盛りした経験からわかったことがひとつあります。ゼロからイチを生むには、既存の物事を徹底的に否定してみるのが大切だということです。花月という大きな劇場を否定して、従来の漫才を否定して、そのように全てを否定し続けていると、どうしても否定できない物事が見つかります。それは残せばいい。しかしそうやって否定し続けてみるとだいたいのものは手元から消えてしまうので、自分が考え出したものでその穴を埋めるしかない。これが僕の考える、ゼロがイチになる瞬間です。

試しに、人をゼロから考えてみましょう。あえて漠然とした質問をしますが、人がこれから進化していくとしたら、どんなふうになるのが一番良いでしょうか。例えば、頭は必要だと思いますか。必要だとすると、どういう形でどこにくっついているのが良いのでしょう。腕はどうか。いま僕たちの腕は二本だけど、もっと多かったらどうだろう。目、鼻、口は？

　こうして自由に考えていくと人に不可欠な条件が見えてきます。もしかすると人類を進歩させるような画期的な視点も見つかるかもしれない。君たち若い世代には、ぜひこのように自由な考え方で物事に対峙してもらいたいのです。そして日藝ももちろんメディアですし、場所もメディアであり、この学校の魅力は自由であることだと思うからです。もちろん日々の暮らしのなかで不自由だと思うことがたくさんあるだろうけど、僕のようなジジイからすれば皆んな自由で、可能性に溢れている。いまのうちから、全てのものを否定して、ゼロからイチを生むことを考えてみてほしいです。社会人になるとそんな時間をとることも出来なくなるかもしれないから。

あらゆる人々が「混ざる」場所
大阪・関西万博への想い

　一九七〇年に開催された大阪万博は、日本で初めての国際博覧会でした。当時、僕は高校二年生。世間には、敗戦から立ち直り、奇跡の経済成長を遂げた日本を、世界中の人に見てもらいたいという気概が溢れていました。それから約半世紀が経った二〇二五年に大阪・関西万博が開催されるわけですが、今の日本はどのようなメッセージを世界に発信するべきか、万博の仕事に関わるようになってからずっとそれを考えています。

　日本は「社会課題先進国」です。少子高齢化を筆頭に、解決すべきさまざまな課題が山積している。これは僕が一人で勝手に思っていることですが、そうした社会課題を世界に向けて発信する万博にしたいんです。現在は順調に発展している国々も、やがては日本で起きている社会課題に直面する日が来ます。だからこそこの万博で、世界中の英知を集めて一つひとつの課題を解決していくための切り口を探りたい。社会課題に取り組むというのは、とても大変で重苦しいことです。でも、仲間でつらい山道を歩くとき、みんなで歌ったり、励ましあったりして乗り越えますよね。社会課題は絶対に取り組まなければならないことだからこそ、みんなで力を合わせて、楽しんでやっていこうじゃないか、そんな姿勢を示す万博を夢見ています。

現在の社会課題は、僕たちのような上の世代が「見て見ぬ振りをしてきたもの」だと思います。僕が皆さんと同じくらいの年齢の頃は、昨日より今日、今日より明日の方がもっと楽しいことがあるのだと、多くの人が信じていました。皆さんはバブルの時代はもちろん知らないし、日本が右肩下がりと言われる時代に生まれ、ずっとそうした状況が続いている。楽観的になるのは難しいと思うけれど、いまの状況は君たちの責任ではありません。僕の父や祖父の世代は、敗戦から経済復興を遂げて、世界に名だたる日本をもう一度再興したいという思いで一生懸命働きましたが、急激な成長のなかでいろいろな歪みも作ってしまった。今の若い人が直面している困難の多くは、そうした負の部分から生じているものです。だから僕たちの世代は、これまで見落としてきたこと、あるいは見て見ぬ振りをしてきたことに、この万博で向き合いたい。願わくは、若い人たちの力も借りながら盛り上げていきたい。そんな気持ちで準備を進めています。

大阪・関西万博では、吉本興業のパビリオンとして「よしもと warai myraii館」をつくろうと思っています。直径二十メートルくらいの球体と、その横に広場をつくります。そして縁日に屋台が連なるようなイメージで、さまざまな展示やコンテンツを発信していきたい。多様な背景を持った人、認知症の人や障害がある人、大人、子供……、そうした人々が笑い合って交流している場所がいい。

日本は、二〇二五年の時点で約六百七十五万人の認知症の高齢者を擁することになるそうです[i]。世界全体では二〇五〇年には認知症の高齢者が一億人を超えるともいわれます[ii]。

こんな風景はどうでしょう。認知症のご夫婦がお店にやってきてカレーライスを二つ注文する。店員さんが「お待たせしました」と料理を持ってきたら、それがキツネうどんだったり、ラーメンだったりする。その店員さんも認知症なのですね。でも、誰も怒らずに笑っている。人と人の違いに寛容になって認め合える。

僕ももうすぐ認知症になると思うし、十年後、二十年後には隣人の誰かしらが認知症という世界が現実になるんです。認知症はあくまで一例だけれども、吉本のパビリオンを、そうした近未来の社会のあり方を体感して、考えていく場にしたい。

そういえば先日、ゲーム関連事業の株式会社デジタルハーツの宮澤栄一くんと万博について話をしました。彼が言うには「引きこもりの若者が監督やチームリーダーになって、お爺ちゃんやお婆ちゃんにゲームを教えて、eスポーツの大会を開くのはどうか。そして、お爺ちゃんやお婆ちゃんはそうした若者に生活習慣や社会性を教える、という交流を生み出せないか」と言っていた。すごくいいアイデアだと思いました。

若者はお年寄りにゲームを教える。お年寄りは若者に昔ながらのことを教える。みんなで一生懸命試合をして、泣いたり笑ったりする。高齢者向けの介護施設と幼稚園や保育園を一緒の敷地につくるのを幼老複合施設と呼ぶのですが、お年寄りは子供たちの元気な声を聞くとすごく元気をもらえるのですね。違う背景を持っている人々が出会い、混ざることで何かが生まれる。この「混ざる」という考え方はこれからの社会を構想するためのカギになると思います。

クリエイティブな発想や発見も、人が混ざり合うことで生まれます。いい例が、大阪芸術大学です。僕もたびたび講演や撮影で足を運ぶのですがね、この学校は食堂がひとつしかないんです。十五の学科で学ぶ学生たちがそこで一緒にご飯を食べることになる。結果として「今後コンサートをプロデュースするから、あなたはデザインをしてくれないか」といった交流が生まれて、目を引くようなアイデアがどんどん出てくる。大分県にある立命館アジア太平洋大学も面白いですね。別府市の山の中にキャンパスがあります。世界中の数十ヵ国から留学生を受け入れていて、一年生はみんな寮生活をする。やっぱりここでも人と人が混ざることで、稀有な学びが得られる環境になっている。大阪・関西万博でもこの「混ざる」というキーワードは大切にしていきたいと思います。

自分だけの「居場所」を見つけるために

万博について考えていると、自然と人がどのように共生していくべきか、改めて考える必要があると思うようになりました。まさかもう無いだろうと考えていた戦争や紛争が起きた。新種の感染症があっという間に世界を包み込んでしまった。日本ならば、いつ大規模な震災が起きるかもわからない。結局のところ、二十世紀の人々の多くは地球上すべての生命や自然をコントロールできると思っていたわけですが、それは思い上がりであったことに気付かされたわけです。人は地球に生かされている生き物のひとつに過ぎない。経済成長には限界があり、次の世代に歪みを残してしまうならば、物質的な豊かさではない幸福の形を考えることが大切なのだと思うんですよ。

とはいえ、少し心配なこともあります。このところ三十代から四十代の友人と交流を持つことがある。彼らの多くがＩＴの会社を立ち上げた富裕層で、もちろん子供がいて、すごく愛情をかけて大切に育てているのですね。ある時、そんな友人の一人から田植えに誘われました。田んぼに行ってみると、いくつもの家族が参加していて、子供が二十人以上いた。親御さんたちとしては教育の一環として田植えを体験させたかったのでしょう。しかし、田んぼに入った子供はたったの三人だったのです。泥が「汚い」といってみんな嫌がっていた。親御さんたちがどうするかというと素直に受け入れて、子供達についた泥を一生懸命拭いてやるのです。

今や土は汚いものなのだ、ということに驚きました。一方で地方に足を伸ばすと、お爺さんが畑の横でサツマイモか何かを洗っていたり、お母さんが子供達と公園で泥んこになって花壇に花を植えたりする様子が、当たり前のように目に留まります。いろいろな世代の人々が土や自然と生きる日常がそこにあるわけです。片や汚いもの、片や暮らしをともにするもの。自然との関わり方として、いまの若い世代の人々がどちらに向かうのか、関心があります。

僕が尊敬している人物で、清水義次さんという方がいます。地方創生の仕事をもう何十年もなさっているお爺ちゃんなのですが、数年前に彼がぽつりと言ったことがいまだに記憶に残っています。「大崎さん、これからの子供や若い人たちの教育は、主要五教科はオンラインにして、授業時間全体の二割で学ぶくらいがいいと思う。残りの八割の時間で、技術家庭・体育・音楽・美術の技能四教科を学んで、さらに自然のなかで倫理や道徳を学ぶことができると良い。子供たちの生きる力を養うんだ」というのです。経済成長の限界や、さまざまな社会課題、そして自然と人との関係など、頭のなかで考えていたいくつものテーマが繋がった感覚があって、とても腑に落ちたのですね。

そうした体験を踏まえて僕が辿り着いた結論

は、資本主義の物差しでは測れない自分だけの価値基準を持つべきだということです。二〇二三年に『居場所』という本を出しました。吉本興業を辞めてしまったせいか、自分の居場所とはなんだろうと最近よく考えるようになりました。地理的なものかもしれないし、精神的なものかもしれない、しかしいずれにしても自分、ひいては人々にとっての居場所とはどういうものであるべきなのだろうと。

資本主義の物差しのなかでは、競争に勝ち続けなければ自分の居場所を守れません。自分だけの、ちっぽけなものでもいいから新しい物差しを見つけて、自分だけの土俵を作ろうと思っています。つまり、今を生きる僕たちにとって大切なのは、自分なりの物差しを見つけ出すためのすごくミクロな目線と、地球という巨大なシステムのなかで生き物としてどうやって適応するかを考えるマクロの目線、この二つをどう持つかということです。ミクロとマクロを何度も行き来する必要がある。森を見て、木を見て、枝を見て、また森を見て、葉っぱの裏側を見て、森が広がる山全体を見て、というように。自分自身を見つめるときも同じことをしてほしい。日本大学芸術学部にいる自分、そのなかのゼミで学ぶ自分、日本大学全体における自分、日本の大学全体における自分、あるいは世界中の大学全体における自分。そうやって自分を見つめていると、世界が確かに広がっていく。僕自身、吉本興業のなかで挑戦しては失敗し、次は大阪の芸能会社という括りで挑戦しては失敗し、東京へ、アジアへ、と世界を広げていけたのは、そうした物事の見方をしていたからかもしれない。

こうした経験をお話しすると、どうしてそんなにチャレンジができたのかと尋ねられることがあります。正直に言うと、チャレンジ精神というのは嫌いなんです。チャレンジというのは往々にして競争と切り離せないもので、僕はそういう人に勝った、負けたというのがとても嫌だった。それをしなくて済む場所がいいと思って、逃げてぼーっと生きていたんです。吉本興業に入ってみると周りはみんな優秀で、僕の業績はいつもビリ。いわゆる窓際族でした。そんなときに松本くんや浜田くんに出会ったんです。優秀な人たちは、売れている芸人のマネージャーになります。僕は落ちこぼれだったから、志願をしてなんの実績もない松本くんと浜田くんの担当になった。当時の彼らは、それはもうガラが悪い、暗い、汚い、三重苦みたいな人たちでした。僕が優秀だったら彼らと仕事をすることはなかったのだと考えると、幸運だったともいえる。

出会って間もない頃、二人は「大﨑さん、僕たち面白いと思います?」と尋ねてきました。彼らは面白かった。世界一面白かった。でもまったく陽の目を浴びていなかった。二人は、僕みたいな出来の悪い奴に頼ってくれた。逃げ続けていた僕だから、人に頼られたことなんてそんなにないわけです。だから「三人で頑張るか」と一念発起することができた。つまり、チャレンジ精神があったわけではなくて、人に頼られたのか嬉しくて頑張ろうと思った、それだけなんです。

僕の人生は、失敗しては行動してというのの繰り返しだったけれど、振り返ってみるとたくさんの幸せな出会いがあった。奥さん、友達、松本くんや浜田くんもそうだし、いつも明るい明石家さんまくんもいた。学生の皆さんに伝えたいのは、必ず、みんな一人ひとりに幸せな出会いがあるってことです。セレンディピティ(編注:思いもよらなかった偶然がもたらす幸運)というやつです。そうした出会いも、自分の居場所をつくることにきっと寄与してくれます。だから、道の端っこをうつむいて歩くんじゃなくて、道の真ん中を顔を上げて歩いてもらいたい。下り坂であろうが上り坂であろうが、堂々と自分の一回かぎりの人生を生きてもらいたいと思います。

自分が海岸にいるのを想像してください。視線をあげてみると大きな海があります。それは社会という海です。いま大学で学んでいる皆さんは、「クロールはこうするんです」とか「息継ぎのコツはこういうものです」とか、その海を泳いで行くための方法をプールのなかで習っているのに似ている。もうすぐ海で泳ぎ始めます。プールで習ったことがなかなかできないと感じるはずです。だって波があるし、水は塩辛いし、急に足がつかないくらい深くなることもある。そんなとき海岸から見ている人から「あいつ溺れているだけ違うか?」と笑われることもあるでしょう。でも、一生懸命泳いでいるんです。自分のスタイルで無我夢中で泳いで、思い切り手を動かして、足を動かして、息継ぎして、進めばいいんです。そうやって人生の荒波を泳ぎ切ってほしいと思います。クロード・レヴィ＝ストロースの『野生の思考』という本には、未開人と呼ばれた人たちの伝統的な考え方と、文明社会の科学的な思考に上等も下等もない、と書いてあります。僕はそれを、どんな時代になっても人には変わらないことがあるんだと解釈してます。それを大事にしましょう。それが普遍というものだし、人を愛するということだし、地球を愛するということなんです。

参考文献

i　厚生労働科学研究成果データベース『日本における認知症の高齢者人口の将来推計に関する研究』

ii　ＷＨＯ報告書『認知症：公衆衛生上に重要課題（二〇一二年）』

学生作品　小説

レラ

Yue Yukcho

——愛は私たちを引き裂く——

恋愛は、妄想から始まる。元恋人が私の全く別の場所で知り合った友達と、出会い系アプリでマッチングしていたことを知った時、妄想をやめた。あのアプリの名前を題名にし、もし何かの賞を引っかかったら、あの子はびっくりするだろうなと考えつつも、私なんかに感情が起伏したりしないよという気持ちで書いていた。ジェンダーとメタ・ナラティブの見方でも読み解けるように工夫したが、願うことは、すべてタイトルにある。

#ThisisHongKongLiterature

1

いつも、話したいことは後から話せるようになる。

話せるようになる頃には、もうそこには誰もいなくて、インスタのリールみたいに、脳裏によろめいていく。ずっと何かに間に合わない。ずっとその何かに侵蝕されている。

家族、大学受験、サークル、初めての恋人、すべてが押し付けられているように、自分の思い通りにならない。

人生で初めての、初めての小さな反抗心ができたのは、異国に留学し始めてからかもしれない。

自分で決めて、自分で調べて、親を説得するまで、日本でパティシエの専門学校に行きたい。

恋人に会いに行きたい。

一人で旅に出たい。


私は紺色のスーツケースを持って、台湾桃園空港で、姉と親と犬の福を順番にハグしたあと、搭乗口に向かった。

数時間、時差があるから、一時間のタイムスリップをして、別の世界にでもきたような気分だった。

羽田空港の検疫から出ると、私の愛おしい人がすぐ私の目の前で待っていた。白いTシャツを着た細い、長身の男、こういう男の子を日本語で表現する時は「ガリガリ」という言葉を使うらしい。

本当は、がりがりくんは全然タイプではなかった。台湾の男女のモテ方は日本と全然違う。どちらかというと、筋肉とマッスルを讃える国だ。もう少し厚みのある胸の方が安心を感じる。


こんなつまらないこと考えていてもしょうがないし、この人がいいってもう決めているし、後悔はしない。そう。そもそも私は後悔しないために辻と付き合った。

彼の車で外の景色をひたすら眺める。車内は嗅いだことがない匂いがする。木の香水を薄めた時の匂いとちょっと似ている。新鮮と言っていいかはわからない。初めて日本で会う恋人、はじめての匂い、そして初めての風景。紙箱に入っているような、捨て猫みたいな気分になっている。

それが理由かもしれない。

日本語で彼に話しかけるか、国語（台湾華語または台湾の中国語）で彼に話しかけるか、一瞬迷っていた。会ったときは、日本語で挨拶していたけど、それからは、彼が国語で私にずっと話していた。

「怎麼不說話了（なんで黙っているの？）」

「沒有，就時差有點累呢（ちょっと時差ボケで疲れているだけだよ）」

「あと十五分くらいで、イーティンの契約しているシェアハウスに着くよ」

「うん！　さっき、管理会社の、山田さんから、連絡がきました。十五分後着くって送った」

金町に着いたのは、まだ午後の三時くらい、鍵を管理会社からもらって、荷物を中に入れたあと、辻と百円ショップとか、スーパーとか色々確認することになった。駅の方向にあるスーパーとCanDoに二人で向かった。駅に行く道の間、たまたま八百屋さんを発見した。辻に行ってみたいと国語で言い、寄って行った。大学で二年間も習った日本語を使って、「あ」、「ま」、「お」、「う」という四つの、苺パックに巻かれたプラスチック紙に印刷されたひらがなを、ゆっくりと、読み上げた。辻の顔に向けて、あっている？　と聞くような目線をやった。椅子に座っている八百屋さんのおじいちゃんに苺パックを渡したら、なにか知らない日本語が返ってきた。無意識に「ありガとうございます」と言い、何を言っているんだと思いながら、にこにこ笑っているおじいちゃんの店から逃げ出したい気持ちになった。ちょっと離れたら、辻に、「剛在那個阿伯在說什麼？（おじちゃんなんて言っていたの）」と聞いたら、「私も聞き取れなかったよ！　何を言っていたんだろうね！」と返してきた。日本人もわからない訛りがあるんだと思い、辻の笑っている顔を見ながら私もにっこりと笑った。

午後の駅は閑静としていて、ちょうどいい日光が駅前に満遍なく降り注いでいる。街の空気に埃がない。ビジネスカジュアルの人と私服の人がいいバランスで混ざり合って、綺麗な街だと思った。

「今日は外食する？」

「外食？」

「在外面吃的意思喔（外で食べるという意味だよ）」

「あ、なるほど、でも今日は自分で作りたい。シェアハウスのキッチン使ってみたい」

「イーティンは料理作るのが好きなんだよね」

「そんなことない！」

もうちょっと自分の気持ちを話したかったけど、ビニール袋の中に入っている全然ブランド名がわからない調味料みたいにわからなくなって、外食でもいいかなと考えを改めた。でも、やはり家で作りたいと考えをもう一回改めた。

夕方くらいになると、街にもう少し人の気配がするようになった。シェアハウスに戻る時、ネパール系か、インド系の人が共通のドアの外で、たむろっていて、ちょっと怖くなって、彼の手を繋ごうとしていた。ドアに近づいたら、吸い殻があちこち散らかって、こう言う雰囲気なんだな、と思いながら、二階に上がった。二階にたどりつくと、すぐ目の前に、ご飯を作っている中華系っぽい女の人がいて、笑顔で「こんばんは」と私たちに挨拶してきた。

「こんばんハ、新しく引っ越してきたリンです」

「こんバンは！　你是台湾人吧？（台湾の人ですか？）」

「是的。（そうです）」

互いの訛りから、一瞬で相手の出身を理解した。

「我平时晚上一般都很晚才回来，不过你见到有什么不懂的就告诉我吧。这里只有我一个中国人。其他的都是越南还有印度之类的呢」

「謝謝你！請問你是中國哪裡的呢？」

「福建」

福建省から来たのを聞いた時、ほんの少しだけ感情の揺れがあった。それは親近感とかではなく、侵食されそうな、自意識過剰的に機能した何かだった。一瞬、家族の顔が脳裏に浮かんだ。

女の人は成増のある日本語学校に通っていて、既に六ヶ月もここにいた。普段は学校以外、バイト三昧で、夜だけリビングに顔を出す。彼氏は隣にいるから、長話はできない。ルルはキッチンをよく使う人だから、これからいっぱい話すことになると思いながら、彼氏と一旦部屋に戻った。

ドアーを締めたら、辻はすぐ、

「ここのトイレ、一つしかないね。男も住んでるのに……」と心配そうな口調で、私に話した。

「大丈夫、私トイレ使ったことないから！」

「なにそれ！　さっき使ってたじゃん」辻はクスッと笑った。

「そんなことないよ〜」と言って、彼の瞳を見つめた。感じたのは、部屋のサイズだ。彼の呼吸を感じるくらい狭い。ベッドだけで、この空間の七割が占領されている。私と辻はまだシーツに覆われていないベッドに座っていて、そのまま接吻した。一瞬だけだったけど、一日の疲れがリセットされるくらい良いキスだった。

私は両手を彼の首の後ろに回し、脚も彼の腰を絡めた。まったくえっちな感じではなく、むしろ、コアラみたいな感じで、かわいく。とても長い数秒間が経ったあと、彼の手が私の胸を触りはじめた。

「したいの？」

「うん、したい」

「まだ、カバー、もかけていない。ご飯も食べていない」

「どうせ汚れちゃうじゃん？　ご飯は後でいいんじゃない？」

私は頭を傾けながら、彼の手を軽く振り払った。「私の手料理、いまは食べたくない、ってこと？」

するとは辻はすぐ笑顔で「じゃあご飯先に食べよう」と言ってくれた。

「じゃあキッチン使うね」

さっき部屋の冷蔵庫に入れておいた牛スネ肉、だいこん、にんじん、玉ねぎ、ネギ、生姜を取り出し、シェアハウスに備え付けのボックスに入れて、キッチンエリアに向かう。「紅焼牛肉麺」を作ります。まずは何だっけ。あ、生姜スライスを入れるね。あ、油が先か。そして、玉ねぎも投入し、キャラメル色を目指す。しばらくすると、思ったより玉ねぎの水分が多くて、中途半端な焼き具合になった。まあいいか、とりあえず次はスネ肉を炒めよう。鍋が小さかったから、うまく肉の身を箸で掴み、焼肉みたいに赤いところを油に当てる。鍋がいっぱいいっぱいで、肉はうまく火が通らない。スーパーで買った李錦記（香港のキッコーマン）の豆板醤を台湾本場料理に、もうぐちゃぐちゃに入れる。そして調味料コーナーに並んでいる料理酒ではなく、あえて酒の棚から選んで買った山田錦を入れた。一瞬で溢れ出す香りとともに、ここから挽回できる気がした。上り調子だから、乱切りした大根と人参をも入れて、キッコーマンの醤油とイタリア産のトマトソースも入れた。最後に、長ネギと中国産の八角と花椒を具だけで満タンになった鍋に入れて、蓋を閉めた。数秒経ってから、気づいたことがあった。水を入れ忘れていた。バタバタして、蓋をあけたら、イタリア産のトマトソースがちょっと焦げ気味で、スルー、水で誤魔化そうとした。麺はできれば、台湾の麺を使いたいけど、予想通りスーパーにはなかったから、讃岐うどんのパックを買った。もう一つのＩＨを使って、硬めまで茹でて、お椀に入れた。ちなみに、お椀は百円ショップのやつ。

台湾で、料理をしたことはなかった。今、鍋から漂ってきた匂いは、故郷のものなのか。私にはわからなかった。一応台湾人の私が作っているから、本場って言えるかな。すぐにこれは愚問だということがわかった。ママの味と全然違った。豆板醤のパンチが弱い、全体的に味が薄い。でもここで塩を入れたら何となくやばいかもと思って、蓋をもう一度閉じた。

イタリアのトマトソース、香港の豆板醤、台湾の料理人（私）、中国のスパイス、日本のうどんと野菜、あとオーストラリアの牛スネ肉。ママだったら、全部違うっていうでしょう。でも今はこれでいいと思う。これはきっと美味しいと思う。

この夜ごはんで、彼が「美味しい！」と、ママが絶対言ってくれなかったことを、言ってくれた。日本人だから台湾料理を知らないんじゃなくて、辻は本当に美味しいと思っていると思う。この安心感溢れたひと時を経て、彼の敷いてくれたベッドカバーで深く優しい眠りに落ちた。

＊

夢の中、私はある子と話していた。

「最近、よく寝られるようになったよ」となぜか私は嘘をついて、彼女は「ここ最近で一番嬉しいことだわ」と私に話した。夢は長かったはずなのに、彼女の言葉だけは鮮明に覚えている。脳内の映像が九年前のあの時に戻り、二人で、誰もいない教室で、誕生日祝いのいちごのショートケーキを食べた。

2

　夢のことはどうしても明晰に回想することができない。辻はもう金町から千葉にある会社へ出勤した。パジャマだけがハンガーに掛かっている。学校が始まるまで、まだ一週間もある。ＬＩＮＥに、メッセージがいっぱいたまっている。主に家族のグループからのメッセージ。風景写真とか撮ってきてとか、無事に入居したかとか、本当はすぐ返さなければならないけど、辻がいたから、一日携帯を見ていなかった。

「ママがめちゃ心配していたよ、無事に着陸したら、連絡ぐらいはください」姉が家族ラインで言ってきた。「ごめん、ごめん、ちょっと色々あってさ、これから区役所に行って、色々登録しなきゃいけないし、銀行の口座もまだ作ってないよ」「彼氏さんは一緒に行くよね」「そのぐらいは自分でできるよ！　来週から学校だから、なんとかなるよ」「学校の先生はそういう支援するの？」「わからないけど、心配しないで！福ちゃんは元気？」「心配しないで、最近結構食べてるよ」「ならよかった」

　歩きながら、家族と電話していた。話しながら、いつの間にか、すごく綺麗な公園にたどり着いた。まだ冬になっていない季節で、緑が生い茂っている。ハトが群れていて、湖の隣を散歩している。心を打たれたような、自然の恵みが流れてくる感じだ。もう電話はしたくないなという気持ちが迫り上がってきて、「また電話するよ」と切った。

　でも、電話を切ったら、ちょっと、寂しくなってしまった。なんでと思いながら、目の前の風景を写真に撮って、ＬＩＮＥグループに送った。すぐ、パパが「いいね」という絵文字を送ってきた。美しすぎるという返事も、ママとお姉ちゃんからきた。辻にも、同じ写真を送って、この人も、すぐ見てくれたらいいなと思ったけど、さすがにそんなことは起こらなかった。

　携帯をしまって、ちょっと辛くなってきて、けれど目の前のハトを見ると、少し癒された。すごく広い公園で、カップルと釣り人がちらちら見える、私だけが理由もなく、ここで散歩している。この日本語を喋らなくていい時間を過ごしていると、日本語を流暢に喋れるような気がしてきた。台湾から来た私なら、日本人じゃないということはバレない。喋らなければ。薄い箱に自分を入れたような気分になった。私は君のことが見えない。君も私のことは見えない。でも、ちゃんと、おなじ季節の温度を感じ、そして、おんなじ雲の下にいる。ちなみに、今日はワニみたいな雲だ。

今まで積み重なってきた心の傷を癒してくれる、この公園のことが好き。目の前の茂っている樹をハグしたい気分になってきた。無数の樹木が目の前にあって、もはや一つの小さな森林に見えてくる。楽しい。もう一枚写真を撮るかと思って、カメラを開いたら、自分の顔が画面に映った。

「綺麗だね」辻の返信が画面の一番上にポップアウトしてきた。

3

シェアハウスの人たちは、日本語があんまりできない。ほとんどの人は文法も発音もめちゃくちゃだから、話しにくい。むしろ、ちょっと怖いと感じるくらい。出身不明の人たちは普通にあんまりみたことないから怖い。でも、家賃四万だから経済的に助かる。日本語ができないふりをして（実際もそうだけど）、挨拶を省いて、すぐ部屋に戻った。しばらくして、なぜか壁の向こうから知らない言語の声が透けてくる。耳栓でも買わないとダメだな。本当、早く学校が始まるといいね。ちょっと部屋選びはしくじった気もしつつ、枕を顔に乗せて寝落ちした。

次の朝に起きたら、知らない女の子が私の隣で寝ていた。私はすぐ絶叫した。体が硬直状態になり、「なになになに」と内心で叫んでいた。次の瞬間は通報しようと思ったけど、日本語で状況説明できるだろうかと思って、電話をかけることすらできなかった。さっきの絶叫のせいか、ドアをノックしながら、「大丈夫ですか」と女の人が尋ねてくる。知らない人の声だから、「すみません、大丈夫です！」と返事をした。本当は大丈夫じゃないのに、なんで大丈夫なんか言っただろう。ドアを開いて、「すみません、なんか知らない人が部屋にいる」と言い直した。その女の人が私の部屋を覗くと、「ああ、酔っていて、部屋を間違えたんだろうな」と言いながら、部屋の中に入ってきて、不法侵入した女の人を起こそうとした。

彼女が起きたら、「なに？ 私の部屋じゃない」と寝言を言いながら、出ていった。勝手に入ってきた女の人は、「ごめんね、気にしないで」と言って、不法侵入の女の後をついて、外に出た。

ごめんねってなんだ。ごめんって言えばいいのに、「ね」っていらなくない？ 一体それはなんなのだ。さっき罵れたらよかったのに、すごく後悔している。いつも、いつも、その場で、話したいことを話せなくて、今こうやって、一人になって、脳裏でバトルシーンを想像する。管理会社に連絡したいけど、さっきの二人の名前はわからないし、できることがない。ちょうど、厨房にナイフがあったから、殺そうかなと思って、妄想し始めた。そう思いながら、今夜はメンチカツを食べるかと決めて、スーパーに行った。

レジの店員の日本語は聞き取れないから、とりあえずなんでも「はい、はい」と言って、なぜかドライアイスももらった。無意識にドライアイスを入れたビニール袋を結んだら、なぜが膨らみ始めた。これどうなるのと思いながら、袋がどんどん大きくなってきた。それを持ったまま、立ち往生している私の前に、レラの手が現れた。その手はドライアイスの入ったビニール袋を奪い取って、そして、彼女の手先で爆発した。店の床に散りばめられたドライアイスは客の視線を奪う。慌てて困惑する私は一言も言えず、彼女の淡々とした「すみません」という言葉に、自分が存在していないような心地になった。その後すぐ、店員も箒を持って、やってきた。レラが謝りの頷きをしたあと、すぐさまわたしの腕を組んで、スーパーの外に行った。

変わらなかった。いつもの強気で、いつもの可愛らしさ、いや、むしろ、もっと綺麗になったかもしれない。一瞬身体中に電気が走ったような状態となって、やや肌寒い秋に、全身がピリピリと発熱する。組まれた手が半脱力になり、私の時間もその硬直とともに固まった。

「ドライアイスってあんな風に爆発するものなのか！」それがレラの、数年ぶりに再会してはじめての言葉だった。レラも、ビニール袋を結んだら、爆発しちゃうということを知らなかったのか。なのに、なんの躊躇いもなく、王子様みたいに私を助けた。感電しそうな気持ちを抑えながら、「そもそもなぜここにいるの」とレラに尋ねた。

「たぶん、私たち、同じ仲介さんに依頼したんだと思うよ」

「それってレラも同じシェアハウスに住んでるってことなの？」

　私はできるだけ、ニュートラルなトーンを作って、少し固くなった首を傾けながら、レラの目をみた。グリッターアイシャドウがかかって、キラキラしている。

「そうだったと思うよ。先週鍵を返した。大学院にもうちょっと近いところに住みたいからね。でも、イーティンもここに住むってわかっていたら、引越しはしなかったよ」

　まるで、私と一緒にいたいみたいな言い方だね。それは本当だろうか。レラの言葉が信じられなくて、沈んだ顔になった。

「あのさ、買ったアイス一緒を食べない？　ドライアイスなくなったしね」

「うん、一回家に戻らないと」

「いいよ。一緒に行こう」

　嬉しいけど、それでいいのかと思う。私が迷っている間、レラはもう前を歩いている。その後ろ姿を見て、思わず着いて行こうと思ってしまった。

　それと同時に「早く着いてこいよ。アイスが溶けちゃうじゃん」と、昔の恋人がもう一度、私に振り向いてくれた。

4

　リビングに座っているレラは「私たちって、何年会っていなかったんだっけ？」と話しかけてきた。四年か、五年か、はっきりした日数は覚えていない。こういうときは、ちゃんと正確に何日何分何秒とか言えたら、ロマンチックだよな。でも、私は、彼女の誕生日すら忘れた。もし覚えていたら、もっと辛いから、心の防壁みたいなものが働いて、忘れちゃった。でも、今は、それを思い出せない自分を、とても怖いと思う。色々忘れて、レラに嫌われるかも。無言の瞬間が空気を重くした。「五年だな。高校卒業して、日本語学校一年ちょい、プラス学士課程四年だよね」

レラが言った数字は、私の心に届かなかった。今こうやって、一緒にご飯を食べている時点で、悲しいことは浮かび上がらない。

雨とか、夜とか、断片的な映像は確かに脳裏に蘇った。しかし、目の前の恋焦がれた存在は、私のほとんどを奪った。

「ごめんね」

何に対してごめんねって言ったのかわからないけど、思わず「いいよ」と言ってしまった。

「本当?」

「うん」と言いながら、アイスを取り出した。レラはラムレーズンのアイスを見つめて、驚いた。「これ、吐瀉物みたいで気持ち悪いと思っていなかったっけ」

それに答えることなく、私は彼女の隣に座って、アイスを開いた。「食べる? これ好きでしょ」ラム酒の香りが小さいリビングに広がる。レラの顔は異様に近い。食べるか、食べないか、という返事を待つ間、私は彼女の目をずっと見つめてもいいと思った。

「ごめん、なんか、あの時、なにも言わずにいなくなって」

「私、ラムレーズンが好きになったよ、レラがいなくなってからたまに食べてた!」

言えた。ずっと話したかった言葉を。

嫌いな食べ物を恋しく味わう。それが唯一の、あなたを覚える方法。ボーとしているレラの前で、アイスを掬って食べて、次の唇を閉ざした瞬間に、そっとくちづけされた。すると、ラム酒の残り香が少し持って行かれた。

反射的に「嫌だ」とレラを叱った。あれ、なんでやめてって言うの。彼氏がいるから? 辻の顔が脳裏に浮かんだ。明日になったら彼といつ別れるかを考える。たぶん。だが今この瞬間、恋人がいるということはバレなければいいのだ。それだけ考えればいいのだ。

「ごめん」

「ううん」

空気は静まり返った。場を和ませたいと思って、「アイス溶けちゃうよ、そんなに食べたいなら食べなー」と揶揄《からか》った。

「うん！」

　レラがアイス食べているうちに、私は料理を作り始めた。泊まらせなきゃ、終電がなくなるまで、時間を潰さないと。目の前のキュウリを見て、切り始めた。いち、に、さん、わざと人差し指を切って、喉の奥を使って、控えめな低い声で、「あー」と叫んだ。

「大丈夫？」

「ちょっと切っちゃった」

「このシェアハウス、救急箱ないからな、薬局行くわ、ちょっと待って」と言い残して、どこにあるかも把握していない薬局に走っていった。

　ティッシュで傷口を押さえながら、軽く厨房を片付けた。そのあと、自分の部屋に戻って、レラのため、鍵はかけなかった。

　一人になったら、これはもう浮気じゃないかと考え込んだ。もう、浮気しちゃったか。なんかちょっと申し訳ない気持ちにもなってきた。私って何をやっているんだ。あと一時間経ったら、終電も無くなるんだろうな。戻ってきたらレラを駅まで送っていこう。

　しかし戻ってこない。ちょっと遅くないかと思った時、携帯から激しく「地震です、地震です」という警報が鳴り出した。東京はそんなに揺れないと聞いたのだか。外に逃げたいほどの揺れだった。指からはもうそんなに血が出なくなった。数枚のティシュを持って、ロビーのドアを開いたら、レラが私の名前を呼んだ。

　オートロックのパスワードを教え忘れたんだった。だから、ずっと外にいたのか。「早く中に入って」と言って、二人で部屋に戻った。バンドエイドを貼った後、袋からからあげクンと色々他のものが出てきた。

「これも、さっきのアイス私が食べちゃったから、ショートケーキ買ってきたよ」

　レラはあの時のショートケーキを買ってきてくれた。急に、色々込み上げて泣いてしまった。昔の恋人は、まだ、昔のままで、嬉しかった。

「メイク崩れた」

「それでも綺麗だよ」それを聞いて、口角が微かに上がってしまった。今この瞬間、あなたに抱きしめられたい。でも、さっき一回断ったから、さすがに、寄ってこないか。「まだ、飲み切っていない梅酒があるけど、飲む？」それはレラに対する質問だけど、返答を待たずに冷蔵庫に向かった。梅酒の紙パックと今日買ったいちごを取り出してきた。割り箸で、梅酒に入れたいちごを潰しながら、「綺麗でしょ」とレラに話しかけた。「本当、いちご好きだね」「っていうかこの時間まだ電車ある？　どこに住んでるの？」「目白だよ」「それはどこ？」「めっちゃ静かな場所、ほぼ何もないところだよ。電車はもうないかな、なんかネットカフェとか探すよ」レラは携帯でネットカフェを探し始めた。「やっぱり、一晩泊まらせてもらってもいい？　多分、この辺り安く泊まれるところはなさそう、明日起きたら、なんか食べに行こう。私の奢りで。床で寝るよ」

「うん、いいよ」

5

彼女が床に横になってから三十秒くらいが経った。「ベッドで寝ない？　床冷たくない？」レラは何も言わないまま、ベッドの中に入ってきた。彼女に背を向けて、「おやすみ」と言って、目を閉じて、数字を数え始めた。いち、に、さん。さんでレラがさわってきた。体を動かして、その手を追い払おうとした。


「背中向けられて寂しいよ。イーティン、やっぱりイーティンのこと好きだよ」

「え」と言ったけど、何度も待ち望んでいた言葉だった。

「本当？」私は震えた声で、聞き返した。

「ものすごく後悔してた。あの時、あんなひどいことを言うべきではなかった、何度も思った、ごめん」それを聞いて、涙がもう一回出てきた。涙をレラに見せたいから、顔の向きを変えた。

「どうしたの」レラは指で私の目元を拭いた。そして、今度は掌に変えて、優しく私の顔に乗せていた。

6

次の朝がやってきた。部屋には、誰もいない。梅酒の飲み残しと弁当箱が散乱している。ベッドから降りてきて、全身鏡に映っている自分をみて、思わず、「ブス」だなと思った。理由はわからないけど、彼女は消えた。消えたと気づいた瞬間、背骨が氷柱になったように、冷たかった。携帯を開いたら、辻からのメッセージが一通。「なんで」「なんで」と辻に聞きたいけど、聞く立場ではなかった。好きな人ともう一回会えたし、それでいいか。辻のメッセージを返したら、来週学校付近でご飯することになった。別れ話は、積もる感情が多すぎて、どこから話せば、どこまで話せばいいか、わからない。辻に昨日の夜の話しても、「女とふたりで寝た」と言っても、たぶん「なにそれ」と返してくる。それが全部言い訳に聞こえちゃうのもわかる。わかるけど、今は別れたくない。別れたくなくなった。

なんで、昨日たまたまスーパーで会えたんだろう。運命的だったのに、終わり方が安っぽい女みたいになっているね。急に悟ったような、醒めたような、一瞬振り切れた気持ちになった。もう一度、失恋して、もう一度、鬱になって、あの時みたいに辛くなる必要はある？　ないと思う。なんかかっこいい結論出たな。私ってちょっとでも大人になったかな。それで、またご飯を作った。あの子、どこに住んでいるんでしたっけ。名前はなんだっけ。昨日のことを含めても全部忘れちゃった。

「好きな作家は誰ですか」

「むらかみはるきです」

「へえ、私も好きです」

「そうですか？　何が一番好きですか」

「海辺のカフカです」女の人は笑いながら、私の質問に答えた。

「では、本日はこれで終わりです」

「はい！　ありがとうございました」と私は教室から出て行った。

左に曲がったら、ラウンジだった。話している人はほとんど台湾人しかいない。思わなかったね。こんなにも台湾人がいっぱいいたなんて思わなかった。茫然としているうちに、さっき隣に座っていた二十代ちょいの男の子が私に手を振ってくれた。もう一人の男の子が彼の隣に座っていて私にちょっと会釈した。

それを見て、私も手を振って、近寄って行った。

「さっき難しかったね。プレースメントテスト」と隣に座っていた男の子が私に話した。

「そうですね。難しかったね」

「え、台中人ですか」と彼が聞いてきた。

「そうそう」私は笑ってしまった。

「今日はもう4人目だよ」とその隣の男の子が話しかけた。

「え、そんなに？　みなさんも台中から？」

「そうだよ」と二人が話した。

「ごめんね。私あんまり、どの地方から来た人か区別するのが苦手だから」

「ははは」と二人ともはちゃめちゃに笑った。

「LINE交換します？　同期のグループ作ったよ」

「ぜひぜひ」

　無口の方は、カンテイさん。いっぱい笑ってしゃべる方は、テンユウさん。驚いたことに、グループにはもういっぱい人が入っている。

「なんでもうこんなに入っているの？」

「あ、同じ日本語学校の仲介だから、出発前にすでに交換した人もいるよ」

「なるほど」

　カンテイさんは急に手を振りはじめた。私は視線を後方のほうに移すと、私たちより、ちょっと幼く見える子が、微笑みながら近づいてきた。

「はじめまして！」と彼は中国語で、挨拶をした。不思議な子で、初見なのに、全然はじめての感じがしない。彼は「さっき会いましたよね」とカンテイさんの方に話しかけた。

「さっき入学案内で資料を配っていたから、先生じゃないかと勘違いしてた！　ははは」

「へー、そうなの！」

　彼が少し照れたような顔になって、「いえいえ、三ヶ月ほど早く入学しただけだよ。学生寮に住んでいるから、先生たちにいつもいろんなこと頼まれる」

「あ、自己紹介が遅れてすみません！　マーヴィンと言います！　香港から来ました」と言いながら彼の顔に笑みが溢れた。

「え、香港人なのに、なんで国語こんなにできるの？台湾人かと思った」テンユウさんが咄嗟に尋ねた。私も同じ疑問を抱いていた。

「終極一班（台湾中二病ドラマの頂点）を子供の時から見て、戦力指数（戦闘能力を測る専門用語）を修行しながら、国語も覚えたよ！」彼がまた笑いながら、質問に答えた。可愛い返し方だと思った。子供の頃、クラスの男子たちが結構そのドラマにハマっていて、フライパンを武器とする主人公の真似をして、クラスでフライパンが大量発生したエピソードを思い出して、クスッと笑ってしまった。ツボった私に気づいて、彼も一瞬口角を上げた。

よく笑う子だなと思って、彼が「みなさん、一緒に住んでいるんですか」と聞くと「いえいえ、全員今日はじめて会いました」とテンユウさんも笑いながら話した。

しばらく会話を続けていると、マーヴィンは大学受験のために日本に来たとわかった。六月にはすでに来ていて、学校の速習クラスに通っているらしい。テンユウとカンテイは私と同じ、すでに台湾で大学を卒業している。ただ一つ違ったのが、二人とも、就職しに来たということだった。四年前、レラも、東京にある日本語学校で、この子みたいに、勉強していたのか。

しばらくして、テーブルに台湾人が六人も増えた。それで、みんなで一緒にご飯を食べに行かないかという話になった。

「台湾人じゃないけど、私も行っていいの？」とマーヴィンが弱々しい声で、話し出した。

「もちろんいいよ」と何人かが口を揃えて答えた。

そのあとすぐ、みんなが一緒に学校を出て、食事どころを探し始めた。茅場町は商業ビルがたくさんある駅で、わりと道は広い。でも十人以上入れるところを探すのが難しい。ちょっと歩いたら、ケンタッキーを見つけた。割と空いている感じで、注文しようとしたら、意外と難しかった。十人くらいの外国人が広くない空間に詰め込まれる。たぶん、全員日本語が苦手だし、ゆっくりメニューを見て、決めるような店でもないから、すごく気まずい雰囲気になった。おそらくその気まずさに耐えきれずに、名前もまだわからない女子の二人が一言もかけず、出て行った。その後ろ姿に、排他的なオーラが纏う。嫌われたなって思いつつ、眉間を寄せた。

「なんか思ったより狭いね。今何人？　八人だから、たぶん居酒屋とか入れると思うよ」と言った人がいて、その変な雰囲気から、逃げ出す理由ができたような気がして、黙って、ケンタッキーから全員で出た。すっかり、夜になってしまった。

テンユウとカンテイが前を歩いていて、ある居酒屋の看板の前で立ち止まった。

「ここ個室はあるって書いてあるね、多分ここでいいじゃない？」

他のみんなは少し考えているような顔になって、「うん、いいと思う」と言いながら、入って行った。意外にちゃんとした個室があった。ちょうど八人が入れる掘りごたつ。そこから、新しいカオスが始まった。八人で二つのメニュー表しかなくて、初対面で意見をまとめるのが難しかった。唐揚げ欲しい人って何人いた？　まずは飲み物からでしょ。

色々ツッコみたくて、四人ひと組で別々に注文することになった。するとすぐ、一番端っこに座っているマーヴィンが、急に呼び出しのベルを押した。

「ご注文お伺いします」

「生ビール一つ、レモンサワー一つ、ウーロン茶一つ、あとシークワーサー、飲み物は以上で、食事の方もお願いしていいですか？」

「はい！　どうぞ！」

「唐揚げ五ピースの方で、枝豆一で、ピーマンと厚揚げ、これも一で、あと、卵焼きで！」

ものすごく自然な注文だった。なんで、日本語学校みたいなところにいるのかと思うくらい不思議な子。私も頑張らないとと思って、意見をまとめて、無事に注文した。飲み物がすぐ到着して、みんなが乾杯して、自己紹介をし始めた。

「私の名前はアニーです。アは安という字で、ニーは妮です」

「え、かっこいい」と私は言った。アニーは、台中の人で、正統派の美人、元々キャビンアテンダントで、元同僚のシウさんと一緒にワーキングホリデー経由できた。二人とも、美人で、でもなんだか、アニーの方が、すごく輝いている。光と影のような二人組だねと思って、私の番になった。

「ソンイーティンです！　一番普通のイとティンです！」

「え、それなんのイとティンなの」とマーヴィンが突っ込んできた。私もみんなも笑ってしまった。そっか。ここに香港人が一人いるんだ。彼の国語がうますぎたから、忘れちゃった。

「心に台の怡で、女に亭の婷だよ！」と言って、彼のお陰で、空気がたいぶ和らいだ。それから、何人も自己紹介して、もう一人だけすごく印象に残ったことを言った人がいた。

「ちょっと家族の事情があって、日本に来ました」と淡々と一言を言い放ったユウテイさん。なんか神秘的だな。私は家族と合わなかったから、ある意味日本に逃げてきた。もしかして、私と一緒かも。マーヴィンはもうすっかり愛されキャラになって、いろんな人と話している。

「カンテイさん、唐揚げ食べないの？」とマーヴィンがカンテイに聞いた。

「ちょっと宗教的な理由で、食べられないよ」

「へー、一貫道？」

「なんでわかるんだ！」

「友達がそこに入ってるから、なんとなく当ててみた」

「へー」

酒のせいかどうかはわからないけど、「もう台湾に帰りたいわ」と言い出した子がいた。みんなの視線は一気に彼女に集まる。私は「なんで」という顔をしながら、まだ二週間くらいしか経っていないでしょうと心で呟いた。

「なんか街の空気が、抑圧的すぎない？　食べ物は焼き鳥とか、寿司とか、弁当とか、めっちゃ飽きない？」

多分、この子は日本に旅行者として何度も来たことがあるのだと思う。旅行だから、美味しくて高いものばっかり食べていたんだろう、でも、住むとなるとそうはいかなくなって、舌が肥えているから、そりゃ何を食べても美味しくないと思うよな。あとは街の空気か、たしかに学校周辺はすごく商業ビルが多いけど、金町はすごく好き。日本は引きこもりとか、自殺とか、抑圧とか、そういうことは有名だけど、自分の家よりは息苦しくないと思うな。彼女の言葉によって、その場に困惑の空気が醸し出されてきた。彼女の声は次の話題に埋もれて、夕日と共に沈んで行った。

それから、記念写真を撮って、みんなそれぞれ解散した。なんとなく、もうこんな大勢で集まることはもうないだろう。家に戻る際、マーヴィンやカンテイ、ユウテイ、アニーの顔が脳裏に浮かべた。

7

学校の外で、辻が待ってくれている。会っていない時は、彼氏のことをすっかり忘れちゃっていたのに、会ったらすごく楽しい。

「教科書見せて！　ちょっと気になる」

「オッケー、ちょっと待ってね」と話したあと、バッグから『みんなの日本語』を取り出した。

「へー、なんかこれ見たことある」

「『水曜日マイクさんと京都に行きました』、こんなの勉強になるの？　やば」

「まあ、仕方ないよ。流暢に話せないから、一番下のクラスに入った」

「どういう基準で分けてるの、こういう本を一年勉強してもさ、上手になる気がしないよね」

「たしかに、学校の先生はちょっと、私たちのことを赤ちゃんみたいに扱っている節がある」

「それ、赤ちゃん扱いじゃなくて、バカにしてるだけだと思うよ。イーティンはもっとできるのに、もっと難しい、本当に使える日本語を学んだ方がいい」

「ありがとう」

なんか、辛いね。幼児園の頃に、すでにできていた漢字をもう一回勉強するようなことをしていて、漢字テストも受けないといけなくて、つまらないなとは思った。

「そもそも、漢字圏の人と漢字圏じゃない人を分けて教材を作らないと、こんなのに使われて、材料の木が可哀想」

辻の中国語はものすごくうまい。ほどんと訛りが感知できなくて、「なんで」と聞いたら、絶対音感と口腔筋の柔軟性は全てを決めるらしい。第二言語は選ばれし人間じゃない限り、真の意味での会得は不可能だと、いつも中国語で喋っている。一度「真の意味とは何、選ばれし人間とは何」と尋ねたことがあって、その時の彼の答えは、今も覚えている。「ネイティブスピーカーは、その言語の環境が与えられている。それはただ会話のチャンスだけではない。むしろ、今の時代はネイティブスピーカーと話したいならパソコン一台あればできること。しかし問題は、そういう世の中になったとしても、後天的なマルチリンガルはあんまり大量発生することはない。それはなぜだと思う？」

「わからない」

「理由は色々あるけど、一つ目は、強制力がないということが一番だよ。もっと詳しく説明すると、色々と違う形式の書き物を読んでいないからだよ」

「うん？　どういうこと？」

「例えば、どんなに読書嫌いなネイティブでも、学校で先生たちからいろんなテキストを読むことが強いられる。本人は読書嫌いとか、教科書嫌いとか言うかもしれないけど、実は十二年間の教育で、相当な読書量をこなしている。それは第二言語学習者たちにとって、恐ろしい量だと言っても、過言ではない。外国人に本を読んだ方がいいという人はいっぱいいるけど、それを実行する教育機関はあんまりない。難しいから、金儲けにならないから、わざと遠回りする道を示しているのよ。そういうバカ高い英会話教室はまさにそうだと思う」

「それちょっと難しいね。なんで遠回りするの？」

「なんだろう。根本的な問題に戻るけど、そもそも国語の授業を嫌いな日本人は一定数いる。それは、そういう自分の母語もちゃんとわかっていない日本人はいっぱいいるってことだよ。母語もちゃんとできない人が第二言語を習得できると思う？　そんなのファンタジーだよ。国語嫌いな人がすごく多いから、合わせているのかもしれないね。イーティンの質問に戻るけど、真の意味とは、ネイティブより上手いことです」

「え、それありえるの？」と私は困惑した。

「うん、ネイティブと同じになることは不可能だよ。でも超えることはできます。例えば、イーティンは台湾で生まれて、いろんな文化的体験を赤ちゃんの頃から経験して、その経験は、私がどうしても手に入れられないものだよ。それがない限り、ネイティブと同じになることはありえない。けど、普通のネイティブよりもっと本を読んで、言葉と表現を覚えるとか、自分の文化の特質を中国語の中に持ち込んで、クリエイティブな、芸術性を感じる話し方を作ったりすることはできるじゃない？　面白いとか、知的だなとか、思わせられたらさ、そういう口下手なネイティブより上手いってことになるよ。もちろん、流暢に喋れるというのも絶対条件。では、どうやってこのようなレベルに到達するか知りたいでしょう」

「うんうん」

「それはね、テレビなんか見ないで、本をもっと読んでくださいって親から言われたことある？」

「あ、あるね」

「それだよ。簡単な本から難しい本まで全部読めばいいよ。そのうちに、ネイティブよりは幅広い表現力が身に付いちゃうし、聞き取れる表現も増えるよ。なぜなら、読めないものは聞き取れないから。でもね、人というのは、色んなタイプがいる。またイーティンの質問に戻るけど、選ばれし人間とは、本に抵抗のない人たちだよ。本嫌いだったら、テレビと映画みたいな短いものからしか吸収しないから、中途半端になっちゃう」

「なるほど、私は国語あんまり上手じゃないから、どうしよう」

「わからないな、別に上手にならなきゃということもないから」

こんなことがあった。元々出版社志望の彼が、今銀行で勤めているのは、就活中にエントリーシートの書き方が激しすぎたからだった。自由に自分のことをアピールしてくださいという質問に対して、漢文で哲学的な文章を書くとか、その出版社の気になった本とその理由という質問に対して、「売れ行きがいちばんになった単語帳は大嫌いです。言葉の多様性を殺して、長期的に言語学習者のポテンシャルを殺しています。日本中に毒をばら撒かないでほしいです」とか、書いたらさすがに落ちるよ。我を貫いた結果、能力があるのに、行きたいところに行けなかった。すごく面白いけどな、特にペラペラな中国語で説明している時点で、不思議な気持ちになる。

彼はまだ、私の教科書をこまめに読んでいる。

「なんか、こういう教科書の一番いけないところは、人間をバカにしているということだね」

「なに？」私は笑いながら彼に聞いた。

「簡単すぎるよ。もし普通の日本人が、この本の例文を日常会話で使ったら、知的障害者か、笑いを取ろうとしているか、二択だよ」

それ聞いて笑ったけど、なんか自分は今すごく危うい立場にあるとも思った。もっと頑張らないと、と思った。

　レストランから出て、彼が急に「イーティンって服のセンスが、私のおばあちゃんみたい」と言い出してきた。なにそれ、私はダサいって言われているのかと思って、「え、そうなの」と言った。その夜はこのことしか考えられなかった。褒められているのかもしれないと自分に暗示をかけて眠りに落ちた。夢で、レストランで注文したものを、全部彼が食べちゃって、それで大喧嘩した。

8

　アニーが「おかしい人」とマーヴィンに面とむかって言ったことがあった。その後ろについているシウが、マーヴィンに「ごめんね」みたいな顔をしながら、アニーの後について行った。具体的な話はわからないけど、マーヴィンは恋に落ちたらしい。その相手がマーヴィンより最低でも三十歳年上のおばあちゃんらしい。しかも、学校の先生だ。テンユウとカンテイは面白がっていたけど、それを聞いてちょっと引いた人も一定数はいるらしい。

「なんか本当にビビった。マーヴィンは新宿でママ活をやってたっぽいよ」とユウテイが学校のラウンジでこのことを話した。

「なにそれ。学校の先生なの？」と私が聞いた。

「いや、別の人だよ。でも、学校の先生とさ、学校付近の公園のベンチで座っているところも、誰かに目撃されてるよ」

「うわ、というか外国人ってママ活やっていいの？」とテンユウが言った。その時、マーヴィンが急にラウンジにやってきた。

「ユウテイさん！　昨日新宿で会ったね。友達と一緒だったから声をかけなかったんだけど」とマーヴィンがまた気さくな口調で話かけてきた。

「そうなの？　なんかマーヴィンって学校のあの名前なんだっけ、先生のことがいつも好き好きって言っているから、浮気してるじゃないかと思ったよ」

「上田先生」と彼がものすごく本気な目で、私たちのことを見てきた。

「これはラウンジで話していいことじゃないから、でも私は本気だからね、慰謝料は払えるからね」と彼が言った。

「すごいね」とユウテイが笑った。

「尊敬できる先生って好きになるものだよ」

「うん？」

「だって、いろいろ知っていて、私たちの求めている知識を持っていて、そうなったら、もう普通の目で見られなくない？　だから、生徒と教師の恋は不可避なのよ、歳なんか関係ない。あと聞いて、今日の授業で、上田先生に褒められたよ。彼女が作った例文の話だけど、難病に罹った婚約者と山に一緒に行って療養するみたいな例文があったけど、彼女がその例文を書いた後に、私はなにを言ったと思う？」

「知らない」とテンユウが興味なさそうな声で話した。

「『風立ちぬ』、堀辰雄」

「なにそれ？」

「そういう本があるってこと、先生はその本のあらすじを例文にしたってこと」

「で、先生はなんて言った？」

「笑いながら、さすがマーヴィンって言ったよ、これが恋じゃなかったら、なんだと思う？　あの空間で、僕と先生だけがわかるコミュニーケーションがあった。少なくとも、僕はすごくドキドキした。先生もきっと、私ほど強烈じゃなかったかもしれないけど、同じ気持ちになったはず」

　それを聞いて、少し納得した気がした。そういえば、なんで辻と付き合ったんだろう。辻と知り合ったきっかけはある言語交換のアプリだった。アプリで知り合ったとか、今時はもう珍しくないけど、でも毎回友人や家族から聞かれるたびに、ちょっと言い難い。まあそのうち別れるだろうという心の声が聞こえてくる。

　私が敏感すぎたのかもしれない。こういうアプリは、一見出会い目的じゃなくて、勉強というコンセプトで、Tinder よりは安心できるから、むしろ恋に落ちやすいというところがある。Tinder の男はいきなり飲みの誘いがくるから、下心がバレバレだから、警戒しやすい。でも、真面目そうなアプリほど、やばいやつがいると最近は思った。あの時の辻は、すでに中国語ペラペラだったのに、なんで私みたいな日本語も上手じゃない人と付き合ったのか。それが未だに解明できない。でも、正直、そんなに気にしていない。なんか、この人がいないと一人で海外にいるのがすごく不安だった。本当はそんなに私のことが好きじゃないかもしれないと考えるだけで、怖くなる。たぶん、大丈夫だと思う。こっちだって、ある種、日本人だから付き合ったし。いや、そんなことない。そんなことない。それもあるかもしれないけど、なんだか、レラに振られた後、愛してくれた人だから。突然、なんとも言えない気持ちになってしまった。

目の前のマーヴィンが幸せそうに上田先生の話を無限にしている。可愛いな、歳は三十くらい離れているけど、これは純愛だと思った。私も、もし、五十歳になったとき、あんなにかわいい二十代の男子から、こう思われていたら、絶対はちゃめちゃ嬉しい。

「上田先生、上田先生、上田先生！」マーヴィンが私たちしかいないラウンジで、発情し始めた。

それを見て、「もう帰るわよ」とテンユウとユウテイが言った。

「ごめん、ごめん」

そして、彼はまた笑った。

それから、学校のピクニックで、テンユウが中国語のわかる上田先生を指しながら、「マーヴィン、あなたの上田先生だよ」とみんなの前に大声でいじってきて、それからマーヴィンが一気に冷めたらしい。先生とデートしたとか、付き合っているとか、あれは全部ただの噂だった。

9

いつのまにか、旧正月になっていた。グループに「もう新年すぎちゃったけど、よかったら私の住んでいるシェアハウスにみなさんできませんか？　遅めのお祝いをしない？」と送った。カンテイはアニーとシウたちと旅行に行っているから、その三人はパスした。マーヴィンも、個人チャットで、「ごめん、ちょっと色々あって来られない」

その夜、テンユウとユウテイのほかに、ユウテイの連れが三人来た。ハクという昔から友達、最近知り合ったという台湾の女の子二人だ。私がおでんと他の料理を作っているうちに、ユウテイが持ってきたニンテンドースイッチでみんなが遊び始めた。

「イーティンごめん、先にゲーム始めちゃって、食べ終えたら、ちょっと約束があって、すぐ行かなくちゃ」

「大丈夫だよ」

「ゲーム機はここに置いとくから、後でハクが持って帰るよ」

「また彼女の家に行くんでしょ」とハクが突っ込んできた。

「そうだよ」

去年の十二月頃から、ユウテイはいつも同じクラスの中国人の女子と二人で会って、その後すぐ付き合っているっぽい雰囲気だった。なんで二人は付き合えたのかなと思った。政治的な話となっても大丈夫なのかなって思ってた。でも、楽しそうだから、多分大丈夫かな。誰もなにも言わなかったけど、そういうなんとなく微妙な空気感がしばらく漂っていた。その二人の間には、なにがあったか、わからないけど、一応私たちの中で、ハク以外は大学時代に「ひまわり運動」を体感していた世代だった。別にそれで中国人と距離をとったほうがいいというわけでもないけど、いや、多分本音はすごく距離をとって欲しかった。

「これ二人を見ていると、なんかもう統一されそうだわ」とハクが半分冗談、半分本気な顔で、ユウテイに話した。ユウテイは黙っていたが、テンユウがクスッと笑って「まあ、彼女さんめっちゃ綺麗だから、もうこれは仕方ないよね」

「ひまわり運動」の頃、パパと姉がいっぱい喧嘩していた。パパは「あいつらは全員ムショに行かせなきゃ、警察が優しすぎる」と言っていて、姉がめっちゃ怒って、大喧嘩した。その後の家の空気がそれ以前よりもっと悪くなって、こんな家は出てやるとその頃から思い始めた。なんで言えばいいんだろう。中国からの圧力は子供の頃から、一切感ずることができなかった。むしろ、家族のしがらみが強すぎて、私という存在はその中に内包されるばかりで、社会的な出来事に共感できるほどまだ外部と繋がれていなかった。しかしあの家から脱出できたいま、ユウテイの恋愛事情を見ると、本当に違和感しかなかった。自分の家では、政治的な話でめちゃくちゃ揉めていたのに、あの中国の子とは揉めないのか。すごいなと思った。

誰も、彼女の話を深追いしなかった。

「できたよ」

「これなに、めっちゃ美味しい！」

「どれどれ、私も試してみたい」

「本当だ」

「これははんぺんっていうんだよ」と言った後に、私の意識がテンユウの携帯に奪われた。こいつ、食事しながら、Tinderをやってるわ。彼の指は無限に右にフリックしている。まるで、誰でもいいみたいに。みんなの視線を感じたかのように、テンユウは「友達を作りたいだけだよ、なんか、友達作るのって難しくない？　三ヶ月も経ったけどさ、日本人の友達まだいないんだよね」

「そうなの？　タリーズでアルバイトしているんだけど、まだ日本人の友達ひとりもできていないよね」と最近知り合ったばかりのカノちゃんが強めなトーンで、テンユウに話した。

「私はさ、もう二十九歳なんだから、アルバイトを始めたくても、恥ずかしくてできないんだよね。でも確かに、体の関係だけ求める人が多いわ。特に大阪人、一番オープン」

「この間、大阪に行ってたのってっそういうこと？」とハクが聞いてきた。

「いやいやいや、ただ男友達と会っただけだよ」

確か、Instagramに大阪に行ったストーリーは載せていた。クラブとか、男友達とか、確か、それっぽい写真はあった。あの時の二、三枚の写真と今、出会い系アプリをやっている彼をみて、なんだか、この人男もいけるんじゃないかと直感的に思った。なんかキモかった。私も、女も、男も、恋愛対象としてはみられるけど、ゲイと男のバイはなぜかすごく嫌い。今すぐこの人に帰って欲しいと思った。

気を紛らわせようとして、料理の写真をグループに送った。マーヴィンがすぐ返信してきた。「えええ、美味しそう！　めっちゃ食べたい」と返してきた。数秒後、またもう一件送ってきて、「彼女できた」と彼が言ってきた。「ババアとかじゃないよな」とテンユウが辛辣につっこんでいた。

10

「はんぺんってなんなの？」とマーヴィンが三月中旬の中目黒で、あの居酒屋の外のメニューを指しながら、聞いてきた。ユウテイとハクは、ただただ沈黙していた。

「うちに来てないんだから、知らないでしょう。なんなんだろうね」と私は彼を揶揄った。

「え、教えてよ」

「教えない」

「じゃあ、わかった。来週とか時間ある？　この間ちょっと色々あったから、来られなくてごめんね。来週なら行ける」

私は少し戸惑ったが、まあこの子彼女いるから、別に大丈夫かなと思った。

「えっと、ちなみに、パイナップルケーキはもらった？」

「もらっていないけど、なに？」

「旧正月一回台湾に戻ったから、お土産として持ってきたけど、そろそろ賞味期限が切れちゃいそうで、明日なら、来れる？　パイナップルケーキ持って帰ってよ」

「いいの？　明日は全然予定ない」

「じゃあ、明日午後三時くらいに金町まできてもらってもいい？」

「オッケー！　ありがとう！」

目黒川の桜は咲き始めている。彼が急に、「私って、木と喋れるんだよ、実は」

「なに、喋ってたの？」と半分本気で彼に聞いた。ユウテイは完全に、マーヴィンまたイカれてるよみたいなことを言って、笑ってきた。その笑いを無視したように、「なんか木って、猫とか、犬とか、たくさんの人間から、話しかけられないよね、だから、寂しいんだよ。喋り始めたらさ、とまらない。小桜ちゃんにだけこんにちはって言ったのに、ほぼ後ろにいる全員が応答してきて、ちょっと困ったな」

「本当に、声が、聞こえているの？」

「うん、そうだよ、スイッチオンにすれば」

「え、じゃあ人の本音とかも？」

「それはできるけど、覗きは良くないからね」

木は寂しいというくだりは、すごく説得力があった。

愛玩動物という言葉は存在するけど、愛玩植物は聞かないよな。たとえ、毎日丁寧に盆栽とかを手入れしても、それをハグしたりはしない、それとお話をしたりすることもない。たぶん。

私たちは、少し、ユウテイとハクの前を歩いている。今なら聞けるかもしれないと思って、「なんで、自分より三十以上も年上の女の人に惹かれていたの？」

「あ、上田先生のこと？　もうあれは終わった恋だよ」

「だから、なんで？」

「私も、わからない。でも、顔が赤くなるとか、心がふわふわしたりとか、胸がキュッと締められるような感覚は、確かにあったよ。上田先生は中国語もわかるから、テンユウが『あなたの上田先生だよ』と言って、僕の好きが先生にも気づかれちゃうかもと思って、それは迷惑じゃないかと思って、一気に冷めていった」

「テンユウってバカだよね。あの人よくないよ。出会い系アプリで、いっぱいセフレとか探しているらしい」と私はちょっと蔑んだ声で言った。

「へー、そうなの。出会い系アプリは使ったことないな」

いい子だな。

11

二週間前から彼氏と喧嘩している。旧正月で食べ過ぎたのは本当だけど、台湾から戻ってきて、初めての言葉が「太った」ってひどくないか。その場ですぐ、「あなたには関係ない！」と言えた私がえらいけど、「私の彼女だから、関係あるよ」という一言に呆れてしまった。なんか、辛い。そこからはちょっと緊張感を残しつつ、無視したけど、なぜか「これからは、週に一回じゃなくて、二週間に一回会うのでもいい？」という話になっていた。そのことをＬＩＮＥで話された時、ものすごくショックだった。なんで、なんで、なんで、毎週、彼氏と会う時間をずっと楽しみにしていたのに、二週間一回になるなんて、嫌だ。それなら、なんかもういいわという気もした。

12

マーヴィンから、「あと十五分で駅につくよ」というＬＩＮＥが来た。私は、パイナップルケーキをティッシュで包んで、駅に迎えに行った。

「ねー、言っていたパイナップルケーキだよ」とティッシュを開いた。

彼がすごく驚いた顔をして、「このまま？　今食べるの？」と笑いながら、駅前でこぼれないように、一口で飲み込んだ。すると、彼が「今日お家にお邪魔するから、ショットケーキ買ってきたよ」と言った。

彼は私の好きなやつを買ってきた。キハチのショートケーキを。

「言っていたっけ？　これ好きって」

「言ってたよ、この間、偶然前を通ったじゃん」

些細なことを覚えてくれていて、すごく感動した。

ふと涙がこぼれ落ちてきた。

「なんで、なんで？　どうした？」

きっと、やばい女だなって思われている。

「なんか、彼氏から別れようみたいなこと言われていて、急に辛くなっちゃった」

「え、大丈夫だよ、私がいるから」

「彼女いるじゃん、そんなことを言ったら怒られちゃうよ」

「そんなの関係ないじゃん、なんかイーティンが悲しんでいる時はそばに居たいよ」

「え、嬉しいこと言ってくれるね」

「ショートケーキは溶けちゃいそうだから、一瞬冷蔵庫借りてもいいかな」と彼が言って、私はシェアハウスまで、彼と一緒に戻った。

ドアを開いた瞬間、彼が「お邪魔します」と言った。

「ここに入れて、ちょっと一緒に買い物に行こう、それとも行きたいところある？」

「イーティンの行きたいところ、全部行きたい」

ちょっとドキドキした。彼は口説くつもりで言ってきたわけじゃないのはわかるけど、いや、本当に口説いていないのかな。まあ、とりあえず、公園に行って、歩きながらでも、話そう。

「さっきの八百屋のおじいちゃん何言っていた？　聞き取れなかった」

「うん、私はもう気にしてないよ。毎回笑顔にすれば、穏やかな雰囲気で帰れる」

「そうか、いちごを買ってくれてありがとうね」と彼が気さくに笑った。

「いえ、そんなことないよ、夜何を食べたい？」

「ドミノ・ピザが食べたいな」

「本当にピザじゃないとダメ？　なんか作ってあげたい」

「え」

「え」

「いいの？」

「なんでダメなの？　食材とか昨日もう買ったよ」

「ありがとう！」

「なんかここら辺、すごく綺麗な公園があるんだけど、行きたい？」

「もちろん！」

公園に行く途中、彼氏のことを彼に話した。

「確かに、良くないね。イーティンは太っていないし、別に太ってももっと綺麗になるだけだからね」

「ありがとう、今はね、だから、一応冷戦してる感じ、昨日からずっと彼から連絡が来てないよ」

「体重の話で、喧嘩したの？　謝ればいいのに、なんでこんな感じになっちゃうんだろう」

「それだけじゃないの、元々週一で会ってるけど、彼が忙しいから、月二で会わないかって聞かれたの」

「うん、なんかそれわかるかも。私の昔の恋人はね、私が一日連絡を取らなかっただけで、めっちゃ落ち込んでた」

「そか。そういえば、今の彼女さんは日本人？」

「いや、それがね。まだ、付き合っていないよ」

「どういうこと？」

「高校生の頃の、元カノだった。最近また電話し始めた。なんか嬉しくて、みんなに話したかった。でも、元カノと今連絡いっぱい取ってるって言ったら変だよね」

「そうか、でもマーヴィンは元々変だから、大丈夫だよ」

「何それ！」

公園についた。彼がすぐ「なにこれ、綺麗すぎないか！」と言った。ハトたちが群れていて、湖の隣を散歩している。釣り人も二、三人くらいいた。

「綺麗でしょ、絶対好きだと思った」

「すごいな、今までで一番綺麗な公園かも」

私も同じことを思っていた。この時間は、カップルも多かった。でも、カップルじゃなくても、ここで一緒にいたら、ドキドキするだろうなと。密かにずっと「浮気公園」だと思っていた。

彼が、飲み物を買ってきてもいいかと聞いて、自販機に走って行った。すると、お茶とお水を買ってきて、「どっちがいい？」と私に聞いた。

「いいの？　お茶もらっていい？」

「いいよ」

私は携帯を取り出して、飲み物と自分の手を撮った。マーヴィンのラインに送った。

「彼氏さん、連絡きた？」

「まだ。たぶん仕事中かな」

「そのうちくるよ」

「なんていうか。本当はああいう胸がない人はタイプじゃなかった」私はこの一言を喋って、マーヴィンの肩に目を移した。

「本当は、あなたみたいな、肩幅が広い方がいいと思っている。でも、理想は理想であって、実際付き合ったら全然違うかもしれないよね」

彼はただニヤニヤしていた。すると、彼が「あっちの森みたいなところに行ってみたい」と話した。他愛のない話をしながら、木がたくさん生えている区域に向かって行った。

「楽しいな」と私が目の前の木をハグした。彼がそれを見て、照れている笑顔を見せてくれた。

「木なんかハグして、私変な人って思われちゃう」と自分のことを揶揄した。

「大丈夫、誰も見てないから、あと木は嬉しいと思うよ」

それを聞いて、あの日この子が木は寂しい植物だと言っていたことを思い出した。

「ちなみに、木と話せるって本当なの？」

「うん、本当だよ。さっきの木は美人にハグされてめっちゃ喜んでるよ」

「なにそれ、本当？」と私は笑いながら木を離した。

「あ、怒られたわ。お前が余計なことを言うから、離れちゃったって」

無意識に唇を噛みながら、内心ですごく笑った。もう少し森の奥に進むと、人の気配が完全になくなった。空も一気に暗くなってしまった。

「あれ、めっちゃ暗くなった。どうやって出るかわかる?」とマーヴィンが私に聞いてきた。

「携帯の電池さっき切れちゃったから、マーヴィンのGoogleマップで調べて、出口探そう」

「わかった、いいよ」

そうしている間に、あたりは漆黒といえるほどの暗さになってしまった。私は、彼の腕を強く組んで、闇の中でグーグル先生と一緒に歩いている。すごくドキドキした。腕を組むだけなら、平気でしょうと思いながら。

グーグル先生はいつも、鋭い知性で、誤った道を私たちに示し出す。でも、今回はいいよ。今まで通りのグーグル先生でいいと思った。少し時間がかかったが、さっきの湖っぽいところが見えた。

「あ、そこ、いつもお昼寝していたベンチだ」

「まじで、公園で寝るの?」と彼は笑った。

浮気していないのに、浮気したみたいな時間だった。いつもより感覚が鋭くて、脳が少しピリピリしているような気持ちだった。

「すごく気持ちいいんだよ、ありがとう」と言いながら、彼の腕を離した。

「いえいえ」と彼がまだ照れた表情を見せてくれた。

その後、私たちはシェアハウスのリビングに戻り、「ゆっくりして」と私に言って、さっきの余韻が残ったまま、ご飯を作り始めた。

お昼から玉ねぎと、漬け込んだオーストラリア産のステーキを取り出し、焼き始める。この若干薄いステーキは、直感的に弱火で三十秒に一回ひっくり返す。同時に玉ねぎを別のフライパンに投入。玉ねぎのメイラード反応を目指すなら、もうずっと弱火でじっくり焼くしかない。肉汁が少し出てきたら、一瞬中火に変え、片面に焼き色をつける。ステーキがいい感じに出来上がって、用意されたプレートにのせ、肉汁と醤油と少しのワインを玉ねぎの方に入れ、中火で加熱し、水分をできるだけぬく。トロトロのソースをディップ皿に入れ、レモン汁で薄める。

「いきなりステーキです!」と私は彼に言った。

彼はまったくツッコんでこなくて、ただステーキを見て、すごく嬉しそうな顔をしていた。

「ブロッコリーを茹でるね、あとパスタも、先に食べて！」

「待つよ」

「冷めるでしょ」と言いながら、梅酒を取り出した。

「飲む？」

「あ、ちょっとお酒が飲めなくて」

「そうなの？」と梅酒を彼のコップに注ぎながら、笑いながら彼の目を見つめていた。

　すると、彼が笑いを我慢しているかのように、小腹を少し震わせていた。

「わかった。少しだけ舐めます」

　それから、皿を洗いながら、ブロッコリーとパスタを一緒に茹でていた。

　ステーキを口にした彼が、美味しいと言ってくれた。

「いえいえ、ただのスーパーのステーキだよ。パスタのほうが美味しいと思うよ」と言った直後、褐色になった玉ねぎをウィンナーとピーマンと共に炒める。ある程度香りが立つと、食材をフライパンの上に寄せ、トマトピューレを少し炒めてからパスタも入れ、味を調和させる。

　最後に、ブラックペッパーをかけ、濃厚なトマトパスタが出来上がった。

「大丈夫？　少なくない？」

「大丈夫だよ。イーティンは食べないの？」

「私は、ステーキ一口でいいよ、太ったし」

「そんなことない」

「ケーキもあるから大丈夫！　それよりさ、この梅酒、イチゴ入れたらすごいよ」と言って、さっき買ったばっかりのいちごを三個入れた。

「綺麗でしょ」

「うん」と言いながら、彼は少し視線を逸らした。

「彼氏から連絡きた？」

「まだだね。でも、ちょっとどうでも良くなってきた」

「そうか。彼氏ってどんな人なの？　ガリガリくん以外」

「かわいそうな人」

「どう言うこと？」

「彼の元カノはね、ひどかったらしいよ。男と二人きりカラオケに行ったらしくて、で、彼がカラオケまで追っていて、ドアを開いたら、その女が『ただの友達だよ』って言った」

マーヴィンがちょっと苦笑いして「そうか、なんかもし彼氏さんがここに突撃してきたら、なんて言えばいいんだろうと思って、ちょっと気まずくなった」と話した。

「ただの友達だよって言えばいいよ」と私はちょっと意地の悪い笑顔を見せながら、イチゴ梅酒にちょっと口をつけた。

彼がまた苦笑いして、「そか。そのあとは？」

「そのあとは、元カノさんとその友達を車で目的地まで送ったよ」

「え、なんで」

「友達だから、じゃないかな」と話した。

そのあと、彼が皿洗いしてくれて、皿に私の大好きなショットケーキをのせてくれた。

13

「撮った写真、ちゃんとラインに保存しなきゃ。無くなっちゃうから」

「うん、する」

「終電いつなんだっけ？」

「あと三十分、もう帰るかな」

「泊まる？　彼氏のパジャマ貸してあげるよ」

彼は少し沈黙して、「よくないよ」と言った。

「ハク、マーヴィンより年下の子？　結構外で泊まったりするよ」と私は言った。いいって言ってほしい。

「もうちょっと話そう。終電まで残って、それから帰るよ」

「私の部屋じゃなくて、リビングで寝るってことよ」と言って、私は一気に梅酒を飲み干した。で、その次の瞬間、ここにきて初めての日に会った中国のお姉さんが帰ってきた。彼女がびっくりしたような顔で、私たちのことを見て、部屋に戻った。

「カンテイって最近見ないな」

「それがね、アニーたちとずっと旅行してるよ」

「シウさんも？」

「そう、民泊で、あの二人のために、ご飯作ったり、荷物持ったりして、本当可哀想。あんなことしても、絶対付き合えないのに」

「どっち、アニーなの？　シウなの？」

「そりゃあ、アニーだよ、シウも美人だけど、アニーには敵わないから。あの美貌だから、みんな甘やかしすぎた」

「シウもアニーのこと好きそう」

「わかる」

「じゃあ、そろそろ駅に行くよ」

「駅まで送る」

「え、嬉しい、ありがとう」

14

「さっきの中国の人、彼氏と一緒に日本に来たけど、他にも彼氏がいるらしい」

「まじ？」

「うん、そういうの本当良くないなと思って、でもあの人は、それが普通のことだと思ってるから、怖いな」

「なんかうん。なんとも言えない感じ。そういう世界は全然わからないから」

いつの間にか、駅に着いちゃった。私は完全に酔っ払っていて、手にしていた携帯を改札前の床に落としてしまった。すると彼はすぐ拾ってくれた。画面が一瞬点灯して、メッセージ通知が一件見えた。辻からだった。

「よかったね。彼氏の返事が来て」と彼が微笑んだ。

「さっきからずっと知ってたけど、すぐには返事したくなかったから、見てなかった」

「そうか」

「酔っ払っててごめんね。気をつけて帰ってね」

「うん！」と言って彼が駅に入った。すると、一回顔を振り向けて、私に手を振った。

そのあと、マーヴィンからＬＩＮＥがきた。

「今日はありがとう。ご飯作ってくれてありがとう。はじめて日本で手料理を食べたから、すごく楽しかった、春休み終わったら、また学校でね」と来た。

そか。私はまだ、日本で誰かの手料理を食べたことがないな。

一人の、夜道は寂しかった。

15

マーヴィンの様子がおかしくなったのは、六月の頃だ。

「彼女が殴られた」と私のLINEに送られてきた。

正直、返事は困った。あの夜に分かったことは、マーヴィンは別に私のことが好きでも、なんでもない。あれほど、露骨な表現を使った自分にも、一瞬だけみじめな気持ちになった。普段みたいに、すぐ返事せず、とりあえず放置した。

しばらく経ったら、彼が送信を取り消した。

次の日、彼は学校に来なかった。

その次の日も、来なかった。


さすがに、ちょっと普通じゃないから、「どうしたの」と彼に連絡した。

「ごめんね、なんかちょっと色々あって」

「何があったの？」

「彼女と別れた。今ちょっと電話できる？　イーティンと話したい」

「ちょっとならいいよ」

電話が繋がるまで、すごく奇妙な気分だった。少し笑いたい気分だ。でも、少しずつ弟のように見えてきたマーヴィンの話をちゃんと聞きたい。

彼が「もしもし、聞こえてる？」とカスカスな声で、聞いてきた。

「声大丈夫？　叫んでたの？」

「うん」と彼が少し泣きそうな声で、話した。

「どうしたの？」

「言えない」

私は沈黙した。

「言いたくないんじゃなくて、本当に言えない」

なんとなく分かった私は、「いいよ、話したいことだけ話せばいいよ」

「もうエラと会えないんだ。最初は彼女の友達が私に電話をかけてきた。めちゃくちゃ罵ってきて、彼の元カレも、電話をかけてきて、私のことを罵ってた。昨日の朝、エラから別れを告げられた」

「どうしてこんなことになったの？　あの時聞いていた話だと、彼女の方から好きって言ってきたんじゃないの？」

「そうだけど」

「だから、好きって言ったのも向こうだし、振ったのも彼女だし、全部彼女が決めていて、おかしいのそっちでしょ。もう考えない方がいいよ。あの子はあなたに良くない」

「ううん、エラは何も悪くないんだ」

すごく無力だった。もうちょっと話したら、「ありがとう」と言われて、電話が切れた。その電話がきっかけで、マーヴィンのことは完全に友達としてしか見られなくなった。めんどくさいわ。

16

めんどくさいけど、あの夜のことはなかなか忘れられない。水元公園はもうしばらく行っていない。あそこの風景を思い出すだけで、浮気をしているような気持ちが蘇る。あの記憶がたまによぎる状態で、調理学校の説明会に行った。

隣に座っている子が私に話しかけた。受付にいた時、訛りで同じ台湾から来たということがバレたらしい。

「へー、日本の家に調理室があったの？」

「うんうん、パパが料理を練習するための専用の部屋を作ってくれたよ」

「ええ、いいな、私日本に来てから、まだ家でケーキを焼いたことがないよ」

「それは仕方ないさ、道具揃えるのがすごく難しいよね、場所もなかなかないし、入学したら、いっぱい焼こうね」とちょっと大人びた彼女が笑顔で話した。

彼女との出会いがきっかけで、私は恋愛しかしていなくて、ちゃんと自分のことに集中していない九ヶ月だったと気づき、もうちょっと頑張らなきゃと思って、日本語の勉強のYouTube動画を開いた。

17

八月に入って、ユウテイは就活を辞めて、彼女と中国大陸に行く約束をした。カンテイとテンユウはこれから台湾に戻ることになった。私は、パティシエの専門学校の合格通知書をもらった。しかしあんまり実感がなくて、まだまだ混乱の中にある私は、来年からこの心を乱される場所から離れるのかと思い、すごく不安になった。メッセージをもらったのは、その日の午後四時。

「福ちゃんが死んだよ」と姉からラインが来た。

「どういうこと、この間までは大丈夫だったんじゃないの？」

「あなたが心配性で、メンタル弱いってみんな知ってるから、受験期間って知ってるから、あえて教えなかったんだよ」

強い怒りを感じた。でも、言葉が出てこない。言葉が出てこないということすら言葉にできない。

「いつ死んだの」

「二ヶ月前の話だよ、あの時は、イーティンが受験準備に一番力を入れていた時でしょ」

「そか、一回台湾に戻るよ」

「戻っても何もないよ。パパは海洋散骨がいいって言って、そしたら日本海まで、福ちゃんが流れていけるから、きっとイーティンの合格も、福ちゃんのおかげだよ」

もう何を言えばいいのか。わからないくらい悲しかった。ただ一人の本当の家族が死んだ。

カンテイがアニーに振られてから、いつも午前の授業が終わったあとは、ラウンジのテーブルで一緒に勉強している。彼は「なんであの子は愛してくれないんだろう」というオーラを少しだけ出し続けている。彼の話を聞くのに、ちょっと疲れ始めていて、両手と足腰を伸ばした。私の胸あたりに一瞬、彼の視線を感じた。

「どうしたの？」と気づいていないふりをして、カンテイに聞いた。

「大きなーと思って……」と彼が小さい声で、テーブルの方を見て、呟いた。

「でも見たことないでしょ」と私はすぐ彼に尋ねた。

「え、見て、いいの？」

「冗談、ごめんね」とカンテイが話した。

「いいよ」

そのあとは、短いけど、すごく長く感じる沈黙が訪れた。

「私だって、冗談だよ」と彼に笑った。

＊

「つけないままで、しよーか」とちょっと弱々しい口調で言った。

「いいの？」

「うん」

しばらくしてから、「中はダメだよ」とものすごく軽い声で、彼に話した。

その日の夜は、カンテイではなく、彼氏と泣きながら一緒にいた。福ちゃんのことを話したら、彼が、長くハグしてくれた。

18

三人でしたくなる時がある。知らない人とするんじゃなくて、深く互いのことを理解して、絆を感じられる三人がいい。あの夜は、辻がすごく愛してくれた。でも、それでも、足りないな、もっと欲しいな、という気持ちになった。しかし、彼はこれ以上の愛が与えられるとは思わないし、無理してほしくもなかった。あの夜、レラの顔が何度も浮かび上がって、勝手にレラとしてるんだと想像していた。行為の半分くらい、目を閉じていた。

そのあと、彼から、勢いか、本気かはわからないけど、「専門学校を卒業したら、結婚しよう」と言われた。レラの顔が、また浮かび上がってきた。その後、私は「ありがとう」と言いながら、いつものように、コアラみたいに彼をハグした。

とても静かな夜だった。

19

十一月に入って、街は少しずつライトアップし始めた。日本のクリスマスは早いなと思いながら、久々にユウテイから連絡が来た。

「えっと、イーティン、いろいろと事情ができて、十二月に退学して、中国に行くことになった。よかったら、来週の金曜日、うちで鍋食べませんか？　スープパックがいっぱいで、みんなと会いたいな」と彼が送ってきた。

「あと誰がくるの？」

「マーヴィン、カンテイ、ハク、ハクの韓国人の彼女、私の彼女もいる。あとイーティンくるなら、カノさんもくる感じ」

「行きたい！　何時ですか？」

「五時集合で、みんなで一緒にゲームしよう」

「たのしみ！」と送って、携帯の画面を閉じた。

20

「ミンジョンと別れたい、なんか今週の土曜日に、みんなにミンジョンを紹介したら、関係性がもっと深くなっちゃうから、別れることが難しくなるかもしれないと思って、それがストレスで、もう土曜日が来る前に彼女に言ってしまおうかな」とハクがラウンジで私とユウテイに話した。

「何があったの？」とユウテイが聞いた。

「私、彼女いたことないからさ、告白されて、すごく嬉しかったよ。でも、本当は他の好きな人がいる。最初はその人が、別に私に興味ないじゃないかなと思って、落ち込んでいたけど、そんな時に、ミンジョンが好きって言ってくれて、すごくドキドキして付き合った」

「でも今は？」とユウテイがさらに質問した。

「すごくミンジョンに申し訳ない気持ちだけど、やっぱり別れたい。あの大好きな子に告白したい。本当に好きな人と付き合いたい。この半年は辛かった。ミンジョンと付き合ってるのに、他の女のことしか考えてなかった」

「そこまで言うなら別れた方がいいよ」

「なんか、彼女は今大学の出願で忙しいから、そのあと言おうかなと思って、受験に支障が出たら、申し訳ないから」

「今すぐ言うのよ。申し訳ないと思うなら、早く言うのよ」とユウテイが話した。

「なんで」とハクが聞いた。

「なんでって聞かれても、もう自分の気持ちに気づいた以上、早く伝えるべきだよ。受験だの、出願だの、そんなのどうでもよくない？　お前は今ミンジョンさんのことを騙してるみたいじゃん。彼氏になりたくないって気付いたのにさ、彼氏として彼女のそばにいるってひどくない？　彼女のために、いろいろ決める資格、今のお前にあるか？　そんなの絶対、優しさじゃないよ」

　なんかわかっちゃったかもしれない。ユウテイはただちょっと遊びたくて、中国人と付き合ったんじゃない。本当の愛って感じだわ。愛って政治と関係ないのかもしれないね。

「じゃあ、どこまで言うの？　他の人好きになっちゃったとか、最初から、恋人の好きじゃないとか言うの？」

「それはしらねぇ」とユウテイが言った。

「難しいよね、もう一緒に住んでるでしょう」と私が話した。

「うん」

「ちなみに、好きな子ってどんな子？」と私が聞いた。

「韓国と日本のハーフの子、いわば帰国子女だよ。でも日本語はそんなにできる感じじゃない」

「へー、ひなちゃんのことでしょう」

「知ってるの？」

「有名人、有名人、日本人が日本語学校にくるなんて、めずらしすぎるよ」

「なんで好きになったの？」

「なんか、実は私は、アメリカの国籍を持っているのよ。二重国籍ってこと。それで、子供の時から、いっぱい葛藤してた。私は何者なんだと。ひなさんは、来月、二十歳になる。日本のルールだと、二十歳になったときに片方の国籍を選ばないといけない。片方の国籍を捨てなければならない彼女はきっと私なんかより、もっと辛かったと思う。そんな彼女のそばに、私は恋人として、支えてあげたい」

「へー、実際は話してるの？」とユウテイが聞いた。

「いや、同じクラスだけど、ミンジョンと付き合ってから、なんかわかんないけど、彼女にブロックされた」

「もう無理ゲーじゃん」と笑ったユウテイは、彼の腕を軽く叩いた。

21

ユウテイの部屋で、マーヴィンが入ったばっかりの私に言った。「イーティン、この人は最近付き合いはじめた人で、彼女も台湾人だから、みなさんに紹介したいと思う」

何も頭に入ってこなかった。目の前に映っていたのは、ショートヘアからロングヘアになった彼女だった。レラだった。

「初めまして、李レラです」と私に挨拶した。

初めましてとはなんだ。その一言に深く傷ついた。なんで私を傷つけてまで、他の人を愛するんだと思って、込み上げてきそうな涙を我慢しながら、私も「初めまして」と言った。

部屋を見ると、ハクだけがいなかった。そか。そういうことか。もう何を考えているのかもわからないし、何を言った方がいいのもわからなくなった。ただ、今はすごく辻に会いたい気持ちになった。話したいことだけを話そう。他人の考えなんて、その人にしかわからないんだ。私は、自分のことだけを考えていればいいよ。

「ユウテイ、ごめんね。ちょっと電話しないといけないことがある」

「いいよ」とユウテイが言った。

辻にかけて、スピーカーモードにした。

「つーちゃん、私浮気したの」といってユウテイの目を見つめた。

部屋は静まり返った。

「うん?」

「その人も台湾の人で、かっこよくて、大好きで、毎日考えて、すごく辛かった。今日はたぶん、最後に会う日になると思う。何も残せないだろうなってわかってるけど、なんか残したくて。本当にごめん」とユウテイの顔を見つめながら、涙がこぼれ落ちてきた。レラのことは絶対見ないと決めたけど、どんな顔をしているんだろうか。

「ちょっと一回会って話そう」と辻が言った。

「ほんとごめん、しばらく連絡しないかも」と話して、電話を切った。そして涙目でユウテイの纏う空気を凝視しながら、「大好きだった」と言い放った。

22

「どういうことすぎる。お前のこと友達としてしか思ってないし、嘘つくのやめてもらっていい? 怖すぎだろ」とユウテイがちょっとキレ気味で話した。それを聞いたマーヴィンとカンテイは、深い沈黙に落ちた。

「今すぐ出ていってください」とユウテイの彼女もすごく怒った感じで話した。

「いや、なんで嘘つくの、みんな、まさか信じるんじゃないよね」

「イーティン、一緒に帰ろう」とカンテイが促した。

「まじかよ」とユウテイが言った。

「うん、もう家、に帰りたいね」

片足を玄関の外に踏み出した時も、君が後ろから抱きしめてくれることを妄想していた。

私なりに、すごく頑張った。大好きだ。大好きじゃなくなるまで、ずっと大好きで居たい。

23

そのあと、私は台湾に戻った。ユウテイは中国に行けたかどうかはわからない。インスタはたしかブロックされた。マーヴィンからは異常な量のDMが送られてきて、見るのが怖い。ハクは未だに彼女と別れることができず、いつか殺されそうになると思う。私は、家の近くの心療内科に通い始めた。

先生はおばあちゃんで、犬とか猫とかも通うような、不思議なところだった。彼女はいつも、ニコニコして、私の話を聞いてくれた。

「福が死んで、すごく辛かった。最後に会えなくて、すごく罪悪感を覚えてる、なんかその後、何もかも、なくなったらいいなと思って」

「ペットはね、死んだ後に、レインボーブリッジというところに行けるよ、そこで楽しく遊んでいるよ。福は今絶対幸せだと思うよ。ただイーティンのことは多分たまに、覗いていると心配になるでしょうね」

「心配になるの?」

「もちろんよ。あなたと同じくらいの熱量で、福ちゃんも福ちゃんなりに、あなたのことを好いているのよ」

「そか」

「先生、私、先生に話したいことがある」

「なあに?」

「いつもすごく不安で、緊張していて、誰かに見られているような、とりあえず、すごく不安で」

「うんうん、それはどうしてだと思う?」

「私はよくない人間だから」

「どうしてそう思うの?」

「女として生まれたからじゃないかな」と急に涙が我

慢できなくなった。

「そかそか」

「ママが、次女が次男ならよかったって、なんで二人目も女の子なのって言ってた」

「そのあと、私はすごく悪いことをしてしまった、いろんな人を裏切った」

「すごく好きな女の子がいた。あの子は私の唯一の心の支えだった。私の世界にいる人は彼女しかいなかった。たとえ、彼女が結婚しても、誰かと付き合っても、私のことは一番で唯一愛してる人だと思ってた。でも、全然違った。それに気付いていたから、何度も死にたかった」

「どんな子だったの?」

「可愛くて、賢くて、私に優しくて、でもこの前、会った時、すごく怖かった」

「全然違ったから、私の大好きなあの子はどこに行ったんだろうなと思って」

「それで、すごくひどいことをした。一生、許されない、ひどいことをした」

「今も死にたいの?」

「うん」

「ここの犬と猫はイーティンのことが必要だから、アルバイトに来ない? それだと死にたいと考える余裕もなくなるよ」

その言葉を聞いて、頭にかかっていたモヤが少し晴れた。

「あと、怖いって思うのが、よくわかる。ドキドキした?」

「いや、それほどでもなかったかな」

「それはすごくいいことよ」と先生が話した。

24

クリニックでアルバイトをしながら、病人として通うようになって、もう三ヶ月も経った。本来、入学する予定だったパティシエ学校も、学費を納める期限が過ぎてしまった。白紙となった合格通知を静かにゴミ箱に入れた。過去と決別する気持ちになって、家の付近の公園へ散歩に行った。春だから、緑は多かった。でも、日本の樹木のように、整った感じではなかった。乱雑としていて、故郷ならではの安心感を感じる。私は、あの地に何を残したのかということを考え始めた。

　急に、小桜ちゃんのことが脳裏に浮かんだ。中目黒の、マーヴィンと話をしたあの木。今はまたきれいなピンク色の花を咲かせているのか。私のことはまだ覚えているだろうか。あ、先生から、変に感傷的にならないでって言われていたから、これ以上考えるのはやめよう。目の前の緑を見て、美しい生命力を心で感じる。元気になりたい。でも、やっぱり、マーヴィンの言ったように、木は寂しいだろうな。

「やっぱり、すごく難しい。変に色々考えないようにしているけど、そうなっちゃう時がある」

「イーティン、心の問題は一朝一夕にはいかないよ、明るい気持ちの積み重ねは、他のことと同じで、時間が必要だよ」

「うん、頑張る」

「もう頑張っているから、頑張らなくていいよ」

「ありがとう」

25

　夏に入って、パン屋のアルバイトを見つけた。その店の店長は日本人女性で、フランスの調理学校を卒業して、なぜか台湾で、小さなパン屋を立ち上げた。驚いたことに、何を聞いても、丁寧に教えてくれる人で、飲食店でありがちな圧迫感はなかった。毎日、色々な勉強ができて、大好きなパン作りをできるのがすごく嬉しかった。

　この話を先生にしたら、「よかったじゃない」とすごく喜んでくれた。「店長のこと、ちょっと好きになりそうかも」とちょっと照れた表情で先生に話したら、すぐ「またか」みたいな表情にされた。

「イーティン、自分のセクシュアリティーについてさ、考えたことはある？」

「女の子で、女の子が好きな人はいっぱい見てきたけど、あなたはそれっぽくないよ」

「そうなの」

「ちなみに、診療時間だけではなく、イーティンをアルバイトとして雇って、ここに居させる理由はわかる？」

　私はあいまいに首を傾げた。すると、先生が「あなたは愛されていないからだよ。特にお母さんの方から。

誰もあなたのこと、ちゃんと愛する方法がわからないから、ここにもっと居てほしかったよ」

「あなたみたいな子は、愛に飢えているだけじゃなくて、愛を貪ることになるよ」

「だから、すぐ魅力的な存在を好きになっちゃう」

それを聞いていて、すごく恥ずかしくなった。恥ずかしいけど、嬉しかった。

「イーティンはすぐ他人のいいところを見つけちゃうけど、自分の本当に欲しいものを考えなきゃ、じゃないと、また、メンタルを壊しちゃうよ」

「うん」

「ちなみに、日本は好きだった？」

「難しいね」

「今もパンと洋菓子作りを勉強してるでしょ？」

「もう一回夢にチャレンジした方がいいかもよ」

私は少し首を傾げて、困惑した顔で先生のことを見た。

「留学は間違いではなかったと思うよ」

「一回失敗したからといって、それを全否定するのはよくないよ」

「今度は、店長さんに色々聞いてみて、来年はフランスで、ワーキングホリデーを体験してみないか？　今のイーティンなら、きっと仕事は探せるよ」

心の底にあった願望が射抜かれたように、楽しみな気持ちに笑顔が触発され、私だけの世界を探しに行きたい気持ちが溢れてきた。

「ワーキングホリデーに受かる前に、親に相談しないでね」と先生が笑って、注意してくれた。

「はい！」

26

新しい冬になって、あの夜のことをまた考えてしまう。レラの顔は、以前ほど思い出さなくなってきた。あんなに好きだったのに。本当に好きだったのかと思うくらい面影が薄かった。色々あったな、彼女の言った言葉が、このちょっと肌寒い夜に、もう一回思い浮かんだ。

「これから、誰と付き合っても、結局、一番特別な人が占拠した心の隙間は決して他の人には埋められない」という。悲しいな、重いな、と思う。でも、私はもう叫んだりはしないよ。

　辻からのメッセージを全部、見ないようにしている。半年くらい前から、彼はメッセージを送ってこなかった。たまに、こっちから連絡したい気持ちになったりもしていたけど、必死に我慢した。うん、ありがとう。

27

　今日も、公園でお昼寝をしている。このあとは先生に会いに行く。

　私はすごく元気になった。でも、寂しい夜はまだ、いっぱいあるし、たまに崩れそうな気持ちにもなる。必死に倒れないように、丁寧に歩んでいる。

「うん。まず申請通過おめでとう。冷静になって家族にちゃんと報告して、もう口喧嘩にはならないようにしてね」

「うん、それは大丈夫な気がする。ちゃんと話せると思う。ただ、ちょっと怖くなってきた」

「どうして？」

「日本に行く時、日本人の彼氏がいたから」

「じゃあ今回は行ってから、彼氏できちゃうパターンだね！」

「いい出会いは欲しいな」

「で、なんか話したいことがあるでしょ」

「うん。なんか私はすごく愛されていないって先生が言っていたじゃないですか」

「うん。そうね」

「じゃあ、これから、付き合うとしたら、最初からめっちゃ愛してくれる人を選ぶのか、それとも、相手のことを応援できるほど私が強くなって、そういう支え合うことができるパートナーを探した方がいいの？」

「それは後者だと思うよ」

「赤ちゃんがお母さんに喚いたりするみたいな感情はね、終わらないからね」

「あと、もう二十年以上生きているあなたなら、わかることだと思うよ。別に一番、親しい家族でも、一番親しい友人でも、あなたのことを理解しているわけではないから。それを受け入れるんだ。受け入れられたら、大人になるよ」

「なんかこの話聞いて、ちょっと大人になったかも」

「ならよかった！　でも、ゆっくりでいいから」と先生が笑って言った。

28

五年後、私は「レラ」という店を夫のピエールと一緒に、立ち上げた。美味しいショートケーキとラムレーズンのアイスを販売しているベーカリーだ。なぜ、「レラ」という名前にしたかと彼に聞かれたとき、学生時代の唯一の親友だと答えた。でももう会えない人になったと彼に言うと、彼はものすごく優しい眼差しで私を見つめて、これから生まれる娘の名前もそれにしようと提案した。

江古田文学 115号

令和6年3月25日発行　vol.43 no.3 2024

第二十二回江古田文学賞発表

第二十二回江古田文学賞通過作品

選評　青木敬士／多岐祐介／谷村順一／楊逸

●佳作　ガイコツとひまわり　嶋田　薫

第三回 江古田文学賞 高校生部門発表

選評　上田　薫／ソコロワ山下聖美／山下洪文

受賞作　夕焼に沈める　鹿祭福歩

●佳作　ひかってくれる　未来

●佳作　愛　愛川來海

●佳作　敵も味方も良い音が聞こえる　須賀ひなた

令和五年度卒業論文・作品から

小説　針を持ってる私たち　八木夏美

学生投稿

詩　忘却の忘却　平野　大

小説　銀朱を羨む　小林きら璃

評論　自転車と意志－のむらなお『からっぽ』について－　佐藤述人

小説　スウィート・オレンジ　幅　観月

詩篇

中田凱也／田口愛理／島畑まこと／古川慧成／舟橋令偉／宮澤なずな／猪又奈津美／熊本礼雄／中村寛人／山本りさ／本多瑞希／鷹林涼子／土屋允／村山結彩／潮屋伶／浅子陽菜／秋山実夢／梅元ゆうか／宮尾香凜／松川未悠／松崎太亮／堀綾乃／竹田有美香／野口那穂／中山歩笑／有川綾音／小堀満帆／黒住葵／高杉葵／齋藤碧／中久喜葵衣／高木元／櫻糀瑚子／小路日向／佐藤晴香／亀井玲太／島﨑希生／太田和孝／岩本里菜／浦川大輝／市来陽／岩﨑優奈／樫原りさ／桑田日向子／水戸まどか／阿部優希／桑島花佳／山田教太／村上空駿／山内琉大／柳生潤葉／藤吉直樹／山﨑菜南／米山真由／坂井悠姫／黒井花音

表紙画　福島唯史《エクスのマルシェ》2023年　油彩・カンヴァス　80.3×116.7㎝

江古田文学会　〒176-8525　東京都練馬区旭丘2-42-1　日本大学芸術学部文芸学科内
電話：03-5995-8255／FAX：03-5995-8257

学生作品　短歌

にたとこさがし

山根麻耶

やさしさでくれた嘘にはやさしさに気づかぬふりをして返す嘘

ひとはすぐ名前をつける　知らぬうち犬が結婚していたりする

車窓より駆ける多摩川つり革と香りが舞ってきみだと思った

私って生まれたときから私なの　いくつまでなら夭折になれる？

まっすぐな線路を歩く十七時カバもあくびができないたそがれ

思い出は色褪せる、っていうのだけれど、だんだ、ん、濃く、なって、ゆくよ

「あれからさ、」会えなくなってすごく過去　夢ではあなたの声を聴けたの

ねえ、先生。やさしさがエゴイズムになってしまうのは、どこからですか。

ごめんねが口癖になる　妬みとか怒りとかわからなくてごめんね

「なんだっけ、なんかいおうとしたけれど」「いいよ、きみがいてくれたらいいよ」

雨の降らない朝に傘をさしたから私のぜんぶいちごだいふく

手をひろげ書店と本の綱渡り　活字の街に住んでるあの子

あのさ、きみ。世界と自分、ぶっ壊しちゃいたいと感じるのはどっち?

制服で何度も飛んでみたかったプラットホームにドアがついたよ

がらんどう　ほんとうだけを演じててにんげんにすらなれぬ生活

偶像をひとつちょうだい　私だけいつも鏡が必要なんだ

むなしさに幼児退行布団にてちいさく口ずさむシャボン玉

本棚からバットの箱が落ちてゆく吸った言葉はあなたのお告げ

「絶望をぬぐうだれかの存在が自ら死なないひとを生むのよ」

深呼吸　祈りで埋まる空白は万年筆より愛みちみちて

書くことでしか救われない　難産のすえにあふれでるさけびたちよ

生きていればなんでもいい　積読は短夜伸ばして東京タワー

赤ちゃんも蟬もなきかた忘れても空に向かってブランコを漕ぐ

鳩だけがお客さんなの草のうえハーモニカ吹く午後のひの風

もうひとりじゃない　雑踏にまぎれたらだいじょうぶだよ新宿散歩

人生はまだはじまったばかりだね　ぽぽぽ歩道に蒲公英咲いた

「あ、笑った」つられて上がる口角の素直ないまを抱きしめていたい

幼さを束ねて音符の種をまく日々は二十二歳のバラード

さみしさを埋める砂場があるのならいっしょにお城をつくって崩そう

無意識に境界線を定めては私とあなたのにたとこさがし

学生作品　ルポ

死とともに生きる

伊藤絵梨

はじめに

昨年、私と母にとって大切な人が亡くなった。虚血性心不全による突然死だった。血は繋がっていなくとも、常に私たちのことを支えてくれていた、心優しい人だった。

三月。午後十一時半。連絡がつかないことを不審に思った母とともに、彼の家へと向かった時のあの胸騒ぎ。リビングの中央にうつ伏せで倒れていた、息をしていない彼。狼狽えながら彼の元へと駆け寄り、大声で何度も名前を呼び続ける母の後ろ姿。駆けつけた救急隊員の、もう手遅れだと察した表情。青いビニールシートに包まれた彼が、警察署へと運ばれていく光景を、私はただただ見守ることしかできなかった。一年以上経った今でも、あの日のことは驚くほど鮮明に、瞼の裏に焼き付いている。二十年間の人生で初めて、人の死を肌で感じた瞬間だった。

遺体が警察署へ運ばれる前、彼と向き合う時間を作ってもらうことができた。彼の頬に触れ、額に触れ、手を握る。温かみはどこにもなかった。が、発見時、苦悶の表情を浮かべていたように見えた彼は、どことなく力の抜けた穏やかな顔つきに変わっていた。

「見つけてくれたことに安心したのかもしれませんね。たぶん、この方はまだここにいると思いますよ」

近くで見守ってくれていた警察官の方が、そうぽつりと呟く。確信のない言葉も、その時の私は信じて疑わなかった。どんなに不確かなことでもいい。とにかく自分では扱いきれないこの行き場のない感情を、少しでも整理したかった。

その後、第一発見者として事情聴取を受け、帰路についたのは明け方だった。私と母は、互いに言葉を交わすことすらしなかった。しずかに、時間だけが過ぎていく。昨日まで確かにあった私たちの日常は、もう跡形もなく消え去った。


あの日から、私は死についてよく考えるようになった。それまで、殺人事件や事故、または著名人が病気で亡くなったといった報道に触れても、死というものをどこか他人事のように捉えていた。死は、誰にでも起きることであるのに。死別という喪失体験を通して、自分がいかに死という現実から目を背けていたのか痛感した。自分、そして大切な人が、明日も無事に生きているとは限らない。これは決して脅しではなくて、死は私たちのすぐ近くにある。

本作では自身の死別体験を軸とし、喪失を抱える者の想いやグリーフケアなど、あらゆる観点から喪失、そして死について考えを深めていく。本文を読んでいただいている方々の中には、喪失を抱え、今もなお苦しみながら、悩みながら生きている方がいるかもしれない。これからの生き方の道しるべを、そして可能性を、少しでも示すことができれば幸いである。一方で、喪失体験をしたことがないという方には、このような世界もあるのだな、といった感覚で読んでほしい。ここでは、あくまで私を含めた喪失を抱える者への理解を求めているのではなく、存在を知ってほしいと思う。そして、遠いようで近い死というものへの意識を、改めて持つきっかけにしてもらいたい。

第一章　私が見た世界

非日常の始まり

　彼が亡くなってから一週間ほど経った頃、通夜と告別式が執り行われた。棺の中の彼は、まるで眠っているようだった。もしかしたら、声を掛ければ起きるかもしれない。そんな非現実的な期待を抱いてしまった私は、こっそりと名前を呼んでみたり、話しかけてみたりした。当然、反応はない。彼が死んだという現実を頭のどこかでは分かっているはずなのに、頑なに認めようとしない自分がいた。

「これが最後のお別れになります」

　葬儀場のスタッフの言葉が耳に届く。火葬の時間がやってきた。彼とともに過ごす時間も、もうすぐ終わりを迎えようとしている。私と母は棺に近づき、彼が好きだった桜の花と、昨夜したためた手紙を二枚、彼の足元にそっと供えた。手紙には、これまでの感謝と今抱いている自分の心情、そして今後のことについて書き記した。

　霊柩車によって、棺が火葬場へと運び込まれる。そこには、私たちと同様に身近な人を亡くした人々が、各々異なる表情を浮かべて立ち尽くしていた。静かに涙を流しながら納骨袋を抱える人。怒りを滲ませたような表情をして、火葬場を離れていく人。ショックからか目の焦点が合わないまま、ふらふらと歩いている人。喪失を抱える人の様が、そこには点在していた。

　火葬炉に彼の棺が入っていく。本当にこれが最後の別れになるのだと、私は疲弊した頭でぼんやりと考えていた。もう二度と、どこに行っても会えない。絶望だった。ガチャン、と重たい音がして、扉が閉められる。

「もう嫌、嫌だ。どうして……！」

　それまでどうにか正気を保っていた母が、泣き叫びながら崩れ落ちた。今まで見たことがないほど、我を忘れて泣いていた。隣にいた私はとっさに肩を抱くも、どう言葉を掛ければよいのか、自分のすべきことが何ひとつ分からなかった。母が落ち着くまで、背中をさすることしかできないまま、時間が過ぎていった。

葬儀は、故人との別れを惜しむ機会が与えられる大切な場だ。しかし、身近な人の死というものを、形式的に再認識させられる場でもあった。棺の中で眠る彼を見るたびに、現実を突きつけられる。まだ彼の死を受容できていなかった私にとって、それはあまりにも残酷で、苦しかった。

形あるものの存在

告別式で、私は骨壺というものを初めて抱えた。ずっしりとした重さを感じる。こんなにも小さな壺に彼が収まっていることに戸惑いを隠せず、徐々に虚しさが込み上げてきた。しかし、同時に彼の一部が確かに手元にあることに、ただならぬ安心感を覚えてもいた。姿は違えど、物体として、物理的に彼を感じられる。心にあった空虚感が、少しずつ満たされていくような感覚があった。

骨壺に入っていた遺骨は分骨され、私たちの手元には膝部分の骨が分けられた。手のひらに収まるほどの大きさで、ハンカチで包んだだけでぽろぽろと崩れてしまう。そんなにも脆くなった彼の骨を、母は布の上からそっと撫でた。

「この足でたくさん歩いてたんだよね。一緒に帰れるの嬉しいね」

その言葉に、涙がこみ上げてくる。彼が生きていた証を、形として持ち帰ることができることは、私にとってこの日一番の幸せだった。

私たちはハンカチにくるまれた彼の骨を両手で包み込むようにして持ち、少し遠回りをして、葬儀場からの帰り道を歩いた。

遺骨は、今でも私の心の拠り所になっている。粉骨した骨を入れて持ち歩くことができる遺骨ペンダントというものを購入し、外出する際には必ず身に着けている。そうしていると、彼が近くにいてくれているような気がして、心強さを感じるのだ。また、数えられる程度ではあるが遺品も手元に残し、今も共に生活している。葬儀直後の遺品整理は、心の底から苦しい時間だった。できることなら彼が生きていた証拠である遺品はすべて手元に残しておきたいが、自宅のスペースにも限界がある為、それは難しい。しかし、捨ててしまえば彼の気配が感じられなくなるかもしれない。彼の温もりが手元から離れていく恐怖心がどうしても拭えず、整理が進まない期間がしばらく続いた。

私が遺品といった形あるものに執着していたのは、葬儀を終えてもなお、彼の死を受容できていなかったからだろう。彼が着ていた服や使用していた家具に触れている時だけは、彼の温もりを感じられた。束の間とはいえ、彼の死という現実から逃れることができていたのである。

偶然性への信念

私は喪失を経て、ことあるごとに彼という存在が近くにいると感じるようになった。たまたま通りかかった車のナンバーが彼の誕生日や命日と一致していると、彼が隣にいて、私と一緒に歩いているのかもしれないと思ったり、街中でどこからともなく線香の匂いがすると、彼が何かを伝えようとしているのではないかと思ったり。ひどい時には、ひらひらと飛んできた蝶々やてんとう虫までもが彼なのではないかと考えたほどだ。何もかもが彼からのメッセージに見え、読み取ろうとしてしまう。彼の死という現実を頭では理解しているものの、彼が姿かたちを変えて近くにいるのではないかと、直感的に思い込んでいた。そう思っていると、心が楽だった。

おそらく、私は以前よりも、偶然性のある見えないものを信じるようになったのだと思う。それまでは、逆に目に見えるものだけを信じて生きていた。テレビ番組で、亡くなった人が匂いや音などでメッセージを伝えているといった映像を見ても、まぐれだろうと軽率に考えていた。しかし、いざ自分が喪失体験の当事者という立場になった今は、真実に近い映像だったのかもしれないという考えを、自身の希望も込めて抱いている。

思い返せば、私が初めて偶然性のある見えないものに縋るようになったのは、彼を亡くした翌日に起きた出来事がきっかけだった。

彼の遺体が警察署へと運び込まれ、自宅へと戻った後。私と母は一睡もできぬまま、朝を迎えた。しん、と静まり返った部屋に二人。互いに言葉を交わすこともせず、座り込む。気づけば、時計の針は十一時を指していた。その時、母がおもむろに立ち上がった。

「身体がもたないし、流石に寝ようか」

私は、母の言葉に同意した。正直、睡眠を取ろうという気分ではなかったが、私たちが体調を崩して倒れてしまっては元も子もない。葬儀や遺品整理などといった今後の予定を完遂する為にも、とりあえず今は寝ることが最善の行為であるという考えに落ち着いた。

そして、私たちがようやく寝床につこうとしたその時だった。どこからともなく、にんにくの匂いが鼻を抜けた。私と同じく、母もその匂いを感じ取ったようだった。母は神妙な顔つきをしながら、私に問いかける。

「にんにくの匂いしてるよね？」

「してる。にんにくなんて最近使ったっけ？」

「ううん、使ってない」

家中をひと通り確認したものの、匂いの出どころすら分からない。そうしている間にも、にんにくの匂いはどんどんと濃くなっていった。これまで、こんなにも何かしらの匂いが充満したことは一度もなかった為、不思議で仕方なかった。にんにくの濃い匂いに鼻が若干慣れてきた頃、母が何かを思い出したかのように口を開いた。

「彼、にんにく好きだったな」

その言葉が意味することとは何か。私は直感的に思った。彼が会いにきてくれたのかもしれない、と。次の瞬間に母と目が合うも、互いに言葉を発することはなかった。

これが、たまたま漂ってきた匂いという偶然性のある見えないものに初めて縋った日だった。私はこの出来事をきっかけに、偶然性のあるものと彼を関連づけるようになったのである。もし、喪失体験をしていない自分がこのような出来事に遭遇したら、どこかの家でにんにくを用いた料理を作っているのかもしれないとでも思っただろう。喪失体験をした身、ましてや彼の死を肌で感じた直後であったからこそ、にんにくが好きだった彼と匂いを直感的に結びつけ、彼が会いにきてくれているサインだと信じ込んだのだと思う。

彼を亡くした後から、私は彼が出てくる夢を頻繁に見るようになった。今までは、そのような夢を見たことがなかったため、いつでも思い出せるよう、内容をその都度メモしていた。彼と母と私の三人で車に乗って買い物に出かけていたり、いびきをかきながら寝ている彼を私と母で見守っていたりと、何気ない日常の一コマがほとんどだった。まるで思い出を一つずつ振り返っているような、そんな夢だった。目覚めた時に寂しさはあったものの、生前の彼と再会できたような感覚もあり、嬉しかった。

ある時には、彼が生き返ったという内容の夢を見た。当時のメモには、以下のように記録されていた。

「彼が生き返っていた。母はすでに知っていたような顔をして、呆気に取られている私を見て微笑んでいる。私は嬉しくて泣いていた。後ろから抱きつきに行った」

短い夢だった。あっという間だった。それでも彼は夢の中で確かに生きていて、泣きじゃくる私たちを見て困ったように笑っていた。本当に生き返ったのではないかと思うほど、いつも通りの彼がそこにいた。幸福感に満たされたまま目を覚まし、それが夢だったと分かった時、私は一番にやるせなさが込み上げてきた。夢で見たあの元気そうな彼の姿に、私はもう二度と会うことができないという現実が一気に押し寄せてきて、どうしようもなく悔しかった。

彼に関する様々な夢を見て記録しているうちに、私は、夢を通して無意識的に現実逃避を繰り返しているのではないかと考えるようになった。そう考えれば、喪失を経てから彼が出てくる夢を見るようになったのも合点がいく。彼と何気ない日常を過ごしていた夢や彼が生き返った夢は、私の願望の表れだったのだろう。

いつも通りの彼が出てくる夢を見た後は、やるせなさや寂しさに襲われるものの、心のどこかで、彼が夢を通して私にメッセージを送ってくれたのではないかと思うようになっていた。今思えば、彼が出てくる夢を見ることも、私にとっては偶然性に縋ることができ、現実から逃避できる出来事の一つだったのかもしれない。

後悔

「もう少し早く見つけられたらよかったのにな。遅えよ」

これは、彼を亡くしてから一週間ほど経ったある日、彼の同業者から冗談交じりに言われた言葉だ。笑いながら言われた私と母は、二人ともが苦笑いを浮かべたのみで、何の言葉も発することができなかった。

遅えよ。その言葉が頭の中で繰り返される。不甲斐なさや怒り、不快感が入り混じる。そんなことは言われなくても分かっていた。むしろ、自分が一番よく分かっていた。違和感にもう少し早く気づいて、少しでも早く彼の元へと着いていれば。そう考えなかった日など、私には一日たりとも存在していない。

「あと少しだけでも早く気づきたかった。私がもっと早く気づいていれば。私のせいで」

彼を亡くした日から、母は自分を責める言葉をうわ言のように繰り返していた。そんな母の姿を、私は見ていられなかった。辛かった。こればかりは、誰のせいでもない。仕方のなかったことだ。ただ、そう何度も言い聞かせても、母と同様、自分に対する無力さを心のどこかで感じていた。私には、まだ何かやれることがあったのではないか。彼が生きられる方法が他にもあったのではないか、と。

彼が亡くなった数日後、私たちは死亡推定時刻を教えてもらう機会があった。死亡推定時刻は夜の九時頃。私と母は、自宅で夕食を食べていた時間だった。夕食など食べずに、すぐにでも彼の家へと急いでいればよかった。いまさら後悔しても遅いが、救いがあったかもしれないという可能性を否定することは、今もなおできていない。

彼を救うことができなかったという後悔は、生きることへの執着心さえも消していった。なぜ彼が死んで、自分が生きているのか。彼ではなく、私がいなくなればよかったのではないか。自分自身がのうのうと生きている現実に、私は嫌気がさしていた。彼が心不全の発作によってどのように倒れてしまったのかは分からないが、苦悶に満ちたあの最期の表情を見るに、痛く、そして苦しかったに違いない。近くにいることが当たり前だった彼が、知らない間に苦しみながら亡くなった。その現実を思い出す度に、生きた心地がしなかった。彼を助けられなかった自分に、生きる理由など全くもって見当たらなかった。何の解決にもならないのは分かっている。それでも、私が死ねばよかった。そう思う日々が続いた。

振り返ってみれば、当時の私は生きる理由が見当たらなかっただけでなく、探すことを避けていたのかもしれないとも思う。彼を助けられなかった自身に自戒の念を抱き、生きる理由などある訳がないと決めつけていた。私は、自分自身に生きる価値がないと思うほど、強い後悔に襲われていた。

彼を亡くした日から今日まで、そしてこの先も、私たちはずっと後悔とともに生きていくのだと思う。おそらく、この後悔の念が完全に消えることはないだろう。

悲しみの共有先

彼を亡くした当時の私は、孤独という言葉がふさわしかったように思う。最初に強い孤独感を覚えたのは、喪失体験を友人に話すことができなかった時だった。

最初は、行き場のない感情を整理しつつ心の負担を軽くしたいと思い、友人との通話の際に自身の喪失体験を言い出そうと思っていた。しかし、いざ語ろうとしても言葉が詰まって出てこなかった。楽しく話している途中で、死別といった重たい話をするのは申し訳ない。内容が内容だけに、迷惑に感じるかもしれない。どれだけ考えてもネガティブな思考しか浮かばなかった。結局、私は最後まで言い出すことができぬまま、通話は終了した。この時、私は喪失体験を語ることの難しさ、そして自身がいかに孤独であったかを実感した。

後日、自身が抱く苦しみを母に話してみようと試みたこともあったが、すぐにその考えは消え失せた。母も、私と同様に喪失による苦しみや悲しみを抱えている。私と同じ当事者である母に話したところで、負担になるだけだと思ったのである。

喪失体験を語り、相手を同情させてまでしないと、私は自身の感情を整理できないのか。この行為をすることで、私自身は心が楽になるのかもしれないが、相手には負担がかかってしまうのではないか。最終的には、語ったところで何も解決しないだろうといった自暴自棄な思考を抱き、自分がしようとしていた行いが軽率なものにさえ思えた。

喪失体験を語るといった、一見簡単に見える行為がなかなかできず、抱いている感情を整理する時間すら作れない。自分がたった一人、別の世界に置いて行かれるような感覚。自身が思っていたよりも孤独であったことに気づくのに、そう時間はかからなかった。

そして、孤独であることに気づいたと同時に、私の中で新たな感情が生まれていた。それは、喪失体験を語りたくないという思いだった。当初は、喪失体験を語って楽になりたいという気持ちが確かにあった。そうすれば、自分が抱えている負担が軽くなると思っていたからだ。しかし、実際に語ろうとした時、相手へ負担がかかってしまうと思ったと同時に、喪失体験によって抱いた感情を他人に曝け出すこと自体に恥ずかしさを覚えた。自分の内にある感情を、外に出す勇気がまだなかったのである。孤独であることに気づいた当時の私は、いつにも増して自信をなくし、自分だけが孤独だと思い込んでいた。そんな孤独な自分を途端に恥ずかしく思い、他者には隠しておきたいと潜在的に思った為に、喪失体験を語りたくないという思いが芽生えたのかもしれない。

一度抱いた孤独感は、時間が経つにつれて増幅していった。周囲の人間に助けを求めたいはずなのに、求められない。求めたくない。自分でも理解しがたいこの相反する思いと、今後も付き合っていかなければならないことに絶望を抱いていた。

悲しみからの逃亡

私には、喪失によって変わり果てた日々の中で、彼のことを思い出さないようにしていた時期がある。

亡くした当初は、彼のことを思い出しては泣いていた。しかし、それは次第に私の心を崩壊させていった。思い出そうとするたびに、遺体を見つけた時の光景がフラッシュバックしてしまっていたのである。生前、元気に笑っていたはずの彼の姿がどうしても思い出せない。記憶の中の彼は、遺体として横たわっていたあの変わり果てた姿でしかなかった。彼のことを思い出したいのに思い出せない。そんなジレンマに、私は苦痛を覚えた。そして、この苦痛は思い出すことだけにとどまらず、生活にも支障をきたし始める。

ある日の買い物終わり。自宅と近かった彼の家への道のりを歩いていると、突如としてとめどなく涙が溢れてきた。彼と連絡がつかない事を心配し、最悪の状況を考えながら走ったあの時の恐怖。間に合わなかった自分への後悔、憤り。様々な感情が入り混ざり、涙として表れたのだろうか。自身の唐突な感情の起伏に驚いたとともに、何気ない行動がきっかけとなって彼を亡くした日のことが思い出され、自身の心が壊れてしまう可能性があることを、身をもって体験した。

それから、私は彼のことを思い出す行為をやめ、悲しみと向き合うことから逃げ続けた。これが、当時の私にできる唯一の自衛行為だった。過去に彼と訪れた場所は避け、彼の家までの道は歩かない。一緒に撮った写真もいっさい見ず、彼との思い出話を自ら振ることも聞くこともしなくなった。そうすることで、自身の心の安定をかろうじて保っていた。

喪失への恐怖

彼を失って以降、母は私よりも分かりやすく、そしてひどく憔悴していった。仕事に復帰したものの顔はやつれ、いつもどこか上の空。食事もろくに取らなくなり、彼の写真を毎晩見返しては泣いていた。

「今日ね、職場の人からサブレ貰ったんだよ。福島県の赤べこサブレ。行くたびによく買ってたやつ。一緒に食べよう」

ある時、背後から楽しそうな母の声が聞こえた。そうなんだ、と返すも反応がない。不思議に思い振り返ると、骨壺とともに置かれた彼の遺影に向かって話しかける母の姿があった。

「今、福島のお土産貰うなんてびっくりしたよ。もしかして近くにいてくれてる?」

まるで彼がそこにいるかのように、自然に話している。そんな母に、当時の私は戸惑いを隠せなかった。そのようなことをしても、彼が返事をしてくれることは絶対にない。ただえさえ深い悲しみが、さらに膨れ上がるだけではないのか。母の行動を理解できず、素直に見守りきれない日々が続いた。

しかし、毎日のように遺影に向かって話しかける母を見続けているうちに、私はある恐怖を感じるようになった。彼だけでなく、母までもが私のそばからいなくなってしまうかもしれない、と。確証はなかったが、当時の母にはどこか危うさがあった。

母は、私よりももっと深い悲しみの渦に囚われているのではないか。ならば、母を支えることが今の私にできる唯一のことなのかもしれない。そう思った当時の私は使命感に駆られ、自身の中にある悲しみに蓋をし、母を支え続けようと決めた。悲しみという感情から逃げる以前に、存在自体を無視し、拒否するようになったのである。

今思えば、それは母の為などではなく、自らの保身の為だったのかもしれない。身近な人の死が明日にでも起こり得ることを知ってしまった以上、失うことへの恐怖が拭えなかった。もう何も失いたくない。その一心だった。一年経った今でも、その恐怖は拭えていない。

喪失は、遺された者を弱くする。現に、私は死別という喪失を経験したことで恐れるものが増え、逃げることが多くなった。彼が亡くなった現実、生きていた証である遺品との別れ、彼を思い出す行為。そして、身近な人を失う可能性。彼を亡くすまで感じることのなかった恐怖が、一気に押し寄せてくることに私は耐えられなかった。

自分の中に確かに宿っていた悲しみから目を背け、あらゆる恐怖から逃げ続ける。当時の私の生き方は、まさに「逃避」という言葉が似合っていた。

第二章　喪失体験をした者の世界

それぞれの喪失体験と想い

ここまで、私自身が喪失を経て抱いた想いや感情、変わり果てた日々について述べてきた。では、自分以外に喪失体験をした人はどのような想いを抱き、現在までどうやって生きてきたのか。本章では、私と同様に喪失体験をした三人に話を伺い、遺された者の生き様についての知見を深めていく。

一人目は、知人の佐々木さん（仮名）。佐々木さんは、高校生の頃に母方の祖父母を亡くした。この時、初めて身近な人の死を肌で感じたという。

「聞いた時は何を言っているんだろうっていう思いと、不思議と冷静な自分がいた。いやいや、どこかにいるよねと思っていた」

時間が経った今、どのような感情や想いを抱いているか尋ねると、「戻りたいな、会いたいな、もっと会いに行けばよかったな」と答えた。時間が経ってもなお、会いたいという気持ちは変化しておらず、後悔の念を抱き続けている佐々木さんの心情に、自身との共通点を感じた。

また、祖父母が亡くなったという現実を実感する時はどんな時か聞くと、佐々木さんはいくつか教えてくれた。

「祖父が『すぐに行くから待ってろよ』と泣きながら祖母の頭を撫でているのを見た時と、家族揃って出かけるのが祖父母のお墓参りになった時。あとは、ふと小さな頃の話になったり、思い出したりした時」

祖父母を亡くしてから、お盆休みや年末年始に家族揃って出かけていた場所を失う。喪失によって、遺された者は身近な人だけでなく、それまで当たり前にあった居場所までも失ってしまうということを、佐々木さんの言葉を聞いて再認識した。

そして、佐々木さんはこう言葉を綴った。

「今、身近にいて会えているのも、一緒に過ごしていることも当たり前じゃない。身近な人たちとの時間だったり、関係性だったりをもっと大切にしていかないといけない」

二人目は、豊川さん（仮名）。豊川さんは、二年前に父親、一年前に親しい友人を亡くしており、当時の状況や抱いた感情について話してくれた。

「親父はすでに何回か入院してたから、覚悟はできてたんだよ。それでも亡くなったっていう電話が来た時には焦ったな。でも逆に電話だけだったから、親父が死んだって実感はあんまり湧いてこなかった」

　豊川さんの父親が亡くなったのは、コロナ禍の真っ只中だった。その当時、豊川さんは東京に住んでいたという理由で、地方にあった実家で行われる葬儀に参列することが叶わなかったという。

「東京で特に流行ってたでしょ、新型コロナウイルス。感染のリスクも考えて参列できなかったんだよね」と、豊川さんは笑い飛ばすように言葉を綴る。

「四十九日に初めて親父のところに行ったんだよ。その時に納骨もした。こんなに笑って話してるけど、正直寂しかったな」

　それまで明るい語り口で話していた豊川さんの口から紡がれた、寂しいという言葉。コロナ禍によって父親との最期の挨拶ができなかったことへの悲哀が垣間見え、印象的であった。

「友人が亡くなったことを知ったのも電話だったんだよ。最初はやっぱり信じられなくて、嘘だろって思った」

　月に一回飲みに行くほどの仲で、仕事仲間でもあった友人。葬儀に参列した際、棺の中で眠る彼の顔を見ても、信じられなかったと豊川さんは語る。

「本当に死んじゃったんだなって。死んだってことが頭では分かってても、信じられなかったね。顔を見るのがどうしようもなくしんどかった」

　また、亡くなる前日、豊川さんは友人と通話をしたようで、今ではその時の自分の行動を悔いているという。

「今思えば最後の会話だったのに、自分から通話切っちゃったんだよね。友人が生きてればこんなこと気にしないんだけど、その翌日にいなくなっちゃったもんだから。もっとちゃんと話せばよかったなって後悔してる」

　葬儀への参列以外にも、友人が亡くなったという現実を感じた瞬間があったか尋ねると、「仕事で困った時かな。大きな仕事の時もいつも助けてくれてたから。頼りたいって思った時に『ああ、もういないんだ』って感じる」と、豊川さんは遠い目をしながら語り、「なんか、色々思い出したら泣きそうになってきた」と、声を詰まらせていた。

全体を通して、明るい雰囲気で取材に答えてくれた豊川さんだったが、時折見せる暗い表情や乾いた笑い声、声を詰まらせるといった姿を見て、身近な人の喪失という記憶がいかに人の心を抉り、傷つけるものなのかを痛感した。


三人目は、私の母。同じ当事者として、今回の喪失で抱いた想いに自分との違いはあるのか関心を持ったため、取材を行うことに決めた。


まず、倒れた彼を見つけた時にどのような想いを抱いたのか尋ねると、母は目に涙を浮かべながらこう語った。

「どうして、なんでっていう気持ちと、私たちを置いていかないでっていう気持ちがあったかな。警察とか救急隊員が来ても、状況が全然理解できてなかった。ただただ意味が分からなかった」

警察の方々に別れの時間を作ってもらった時も、まだ嘘であってほしいと思っていたという。

「ごめんねとしか言えなかった。もう少し早く違和感に気づいていれば助かったのかもって」

次に、彼が亡くなったと実感する瞬間について聞くと、母は「強いていうならいつもかな。彼はもう私の日常の一部だったから」と困った表情を浮かべた。

「毎日のように顔を合わせてたから。職場に行く時も、買い物に行く時も」

彼は、通勤する母の送迎をしてくれていた。その為、母は通勤する際に使用する道を歩くたびに、彼のことを思い出してしまうという。

「今では亡くなったっていうことを認識してるけど、『こんなことあったんだよ』とか『これ好きだよね』っていう他愛のない話が直接できない時に、亡くなってるんだって寂しくなる」

そう語ってから、母は思い出したように言った。

「あと、電話とかチャットアプリの通知が鳴らなくなった時も『あ、そういえばもういないんだ』って思うかも」

彼が亡くなってから、電話やチャットアプリの通知が来なくなる。彼と直接やり取りすることがあまりなかった私とは違い、頻繁に連絡を取り合っていた母ならではの変化があったことを知った。

そして、私は個人的に気になっていたある二つのことについて、この機会に聞いてみることにした。

まず一つ目として、遺影に向かって話す行為の意図について尋ねると、母は微笑みながら「無意識に喋っちゃうんだよね。そうしてたら彼が聞いてくれてるんじゃないかって思って。返事は返って来ないけど、こう言うんだろうなって想像しながら喋ってる」と答えた。

私は、無意識からの行動であったことに驚きつつ、遺影に向かって話す母の姿を初めて見た時に戸惑ったことを伝えてみた。すると、母は声を出して笑った。

「そうだったんだ、戸惑わせちゃってごめんね。何も言わずに見守ってくれてたことがありがたいよ」

静かに見守ってくれてるからこそ、無意識に話しちゃうのかもしれない、と母は言う。

「もう記憶の中でしか彼と話せないのは辛いけど、会話できてた頃の声を忘れたくないから、これからも話しかけ続けようって思ってる」

遺影に向かって話す母の姿を見て、そんなことをしても悲しみが膨らむだけだと当時の私は思っていたが、それは間違っていたようだった。母にとって、遺影の彼に話しかけるというのは悲しみを紛らわせることができる行為で、なおかつ生前の彼の声を忘れたくないという想いを抱いていることに、取材によって気づくことができた。

二つ目は、ある知人に言われた「もう少し早く見つけられたらよかったのにな。遅えよ」という言葉について。この言葉を聞いてどのような感情を抱いたか尋ねると、母はこう答えた。

「思わず息をのんだ。そんなこと分かってるよっていう思いと、間に合いたかったっていう思いが同時に湧いてきた」

言われた当時は、私と同様、正直どう答えればよいのか分からなかったという。

「時間が経った今はね、私たちに見つけてほしかったのかなって思うようにしてる。こんな風に思うようにはしてるけど、やっぱり間に合いたかったっていう後悔は消えてないかな」

彼は、私たちに見つけてほしかったのかもしれない。これは、今まで後悔の念のみを積み上げてきた私にとって新しい捉え方だった。間に合わずに亡くなってしまうという事実は変わらずとも、もし、彼が室内ではなく人目のつく場所で倒れていたら。彼はそのまま病院や警察署、葬儀場といった場所を転々と移動してしまう。そうなってしまえば、彼と血縁関係になかった私たちは、最期の顔を見るどころか、彼が死んだという事実をしばらく知らないまま過ごすことになるだろう。この考え方は、間に合わなかった自身の行動を正当化しているように見られるかもしれない。それでも、後悔の念に襲われ続けるよりは良かった。これまでの苦痛が少し和らぐような、そして自分が救われるような、そんな感覚を抱いた。

最後に、母は彼を亡くした後から、ある恐怖心が強くなったことについて語ってくれた。


「私自身、持病をいくつも抱えてることもあって、死への恐怖心は常にあったの。もしある日突然、私が死んじゃったらどうしようって。でも、彼が亡くなってからはそれがより一層強くなった」

彼は母の持病と、母が抱える恐怖心について把握しており、常に励まし続けてくれていたという。

「『持病が減ることはないんだから、まずは増えないように頑張ろう』って。娘のことは、俺がいるから大丈夫だっていつも言ってくれてた」

彼の励ましの言葉に、母は心から救われていたと語る。

「だからこそ、まさか彼が先に死んじゃうなんて思ってなくて。一気に怖くなったの。娘を置いていきたくないって気持ちがさらに大きくなった。葬儀の時に、初めて気づいたんだよね。私が死んじゃったら、娘は身近な人を亡くす苦しさをもう一度背負うことになっちゃうって。それだけは絶対に嫌だって思った。そうならないために、娘のために、これからも絶対に生き続けないといけないって思ってる」

安心感を与えてくれていた存在が喪失によって消え

てしまったことで、死への恐怖心が増幅する。母自身に起こったこの弊害は、身近な人を失うことを恐れるようになった私自身とも重なる部分があると感じた。そしてそれだけでなく、私に対して「もう一度同じ苦しみを味わってほしくないから、これからも生き続けたい」という強い想いを抱いてくれていたことを知り、胸が締め付けられた。

母は、彼の遺影と私の顔を見ながら、こう言葉を締めくくった。

「これから先もずっと三人でいたかったし、いられると思ってた。ただそれだけでよかった。この想いは、多分これからも消えることはないんだと思う」

自分以外の遺された者の想いを聞いたことで、人の数だけ喪失の種類があって、それぞれの想いがあることを知った。同じ死という喪失体験をしていても、各々が抱える感情や想いは異なる。そして、それらには多様性があり、時間が経つとともに変化していくようだ。これは、彼らが抱える一概には言い表せない感情に寄り添うこと、そして理解することの難しさを物語っているとも言える。

では、遺された者にどう寄り添い、理解するのか。これらについて関心を深めていた時、私は「グリーフケア」という気になる活動と出会った。

第三章　グリーフケアとの出会い

グリーフケアとは

グリーフケア、という活動をご存じだろうか。この活動は、死別などの喪失体験をした人に寄り添い、支援することを指す。

一般社団法人The Egg Tree House（以下「エッグツリーハウス」という）は、おもに三つのグリーフケアプログラムを行っている。

一つ目は、喪失体験を抱えるこどもを対象とした「たまごの時間」。こどもは、自分の気持ちを表現することが難しい。そのため、信頼できる大人とともに遊びや創作活動といった様々な行動をして、いつでも自分の気持ちを表すことができるような環境を作り出している。また、「たまごの時間」とは別に「大人の時間」という、こどもやパートナーを亡くした人が語らう場も存在している。

二つ目は、大切な人や身近な人を亡くし、悲嘆感情を抱えている十九歳以上を対象とした「たまごカフェ」。自分の体験や想いを話しながら、気持ちの整理を行うといった分かち合いの会である。他者の体験を聴くことができる場でもある為、新たな気づきを得られるプログラムとなっている。

三つ目は、自死遺族の方を対象とした「そっとたまご」。現代でも、自死に対する偏見が少なからずある。偏見によって喪失体験を話す場が限られている遺族らのために、プログラムを通して自身の体験を語り、気持ちを表現できる場を提供している。

支える者と支えられる者

二〇二二年八月、私はエッグツリーハウスが行っているグリーフケアプログラム「たまごカフェ」にオンラインで参加した。プログラム参加後、遺された者を支える立場に関するお話をファシリテーターの方々(以下「佐藤さん、山本さん、小林さん(仮名)」という)に伺うことができた。

喪失体験を抱えた人と話をする際に、気をつけていることや心がけていることについて、佐藤さんは「基本的に傾聴というスタンスをとっています」と述べた。傾聴と言っても、ただ聞けばいいというわけではなく、相手のことをまず認め、肯定することから始まるという。ジャッジや意見は絶対にしない。自分の価値観とかけ離れたことを話していても、そのような考えを持っている人が目の前にいるのだと、存在自体を肯定することが大切だと語った。なかでも、「自分がその人に対して何かしてあげよう、理解しようといった感覚を持った時には傾聴はできなくなる」という言葉が印象的であった。

山本さんは「心から出てきた言葉を、一つ一つの表現の仕方を考えながら伝えます。また、共通点や共感できることなどを探して、その人の想いを引き出したりもします」と語った。実際に、山本さんは私の話を聴きながら「今、触れられないことがもどかしい。抱きしめてあげたい。涙を拭いてあげたい」と涙ながらに語り、自身が喪失体験によって抱えた気持ちと重なる部分があることを教えてくれた。山本さんが発する言葉には、常に温かみが溢れていた。

次に、支える立場である人が、喪失体験を抱えた人に対してできることについて尋ねると、山本さんは「たぶん何もできないと思う」と眉を曇らせた。「友人であればずっとそばにいてあげるとか、美味しいご飯を作ってあげるとか、その人の環境を整えてあげることしかできない。何かあったら力になるよ、というメッセージを伝え続ける」と述べた。山本さんの言葉に佐藤さんは深く頷き、「支える側というものは何もできない。何かできると思ったら大間違い」と語った後、「ただ、自分は逃げない。常に私はここに居て、話を聴き続けます」と力強く言葉を続けた。

最後に、喪失体験を抱えた人はその後どう立ち直っていくべきなのか。佐藤さんは、喪失体験を言語化していくことが大事であると述べた。

「言語化することは、再解釈するということ。言語化・再解釈していくうちに、経験や気持ちの意味が変化していくことで、喪失体験を自分の経験の一つに落ち着かせていくことができます」

小林さんも、「昔、電車内で面識のない男性に自身の喪失体験を聴いてもらったことがありました」と語り、言語化することの大切さを身に沁みて感じた経験を笑顔で明かしていた。

そして、インタビューの終わり際、佐藤さんは喪失体験を抱えた人についてこう語った。

「大きな喪失を経験した人は、今まで創り上げてきた世界が崩れてしまい、喪失体験によって時間が止まってしまいます。ずっと続くと思っていたものが、一瞬でバラバラになってしまう。もう一度時間が動きだすためには、バラバラになったピースをもう一度組み合わせて、新しい世界を創っていくことが大切です。その接着剤となるのが、語るということなのだと思います」

ファシリテーターの方々の言葉から、遺された者を支える立場ならではの想いや葛藤が見えてきた。自分たちは何もできないということを自覚しつつ、その人の存在を認め、話を聴く。このように寄り添ってくれる人々がいるからこそ、遺された者は自身の経験を言葉にでき、悲しみと向き合う機会を得られるのだろう。

「語る」ことで訪れた心の平穏

グリーフケアプログラムに参加するまでは、第一章で述べた通り、私は自らの心の安定を保つために、彼の事を思い出し、悲しみと向き合うことから目を背けていた。しかし、プログラム内で自身の体験を言葉にしたり、同じような境遇を経験した他者の話を聞いたりしたことで、語るという行為の大切さを知った。

プログラムが始まってもなお、私は亡くなった彼について語ることへの緊張が拭えなかった。喪失体験を他者に話しつつ、彼のことを思い出すことで、以前のように自身の心が崩壊してしまうのではないか。喪失による悲しみと向き合うことが、どうしても怖かった。しかし、ファシリテーターの方々の語る姿を見ているうちに、少しの安堵を覚えつつあった。喪失を経験しているのは、自分だけではない。私以外にも、喪失による悲しみや苦しみを抱え、それらと向き合おうとしている人がいる。自分の中にあった不安が、少しずつ消えていくような感覚を覚えた。

そして、喪失体験を語る順番が私に回ってきた。こう語らなければいけない、といった決まりは特に設けられていなかったため、自分の言葉で自由に語った。どのような喪失体験をしたか。自分にとって、亡くなった人はどんな存在だったか。彼と出会った経緯、彼の人柄、彼との思い出。今まで蓋をしていた記憶の中から、一つずつ取り出して語っていく。途中、悲しみや苦しみなどのさまざまな感情が交錯して言葉に詰まってしまった時もあったが、ファシリテーターの方々が温かく見守ってくれたこともあり、どうにか最後まで喪失体験を語り終えることができた。気が付いた時には、喪失体験を語ることへの緊張はなくなっていた。

彼のことを思い出しながら話しているうちに、自然と涙が溢れてきたことを今でも覚えている。自分でも驚くほどに泣いていた。喪失体験や抱いた感情などを語り、それを否定することなく受け止めてくれる人がいるという安心感が、一気に襲ってきたのかもしれない。彼を亡くして数ヶ月。私は、喪失による悲しみと向き合う第一歩をようやく踏み出すことができた。

心の変化

グリーフケアプログラムで「語る」という行為をしたり、ファシリテーターの方々の話を聴いたりしたことをきっかけに、自身の中で変化した部分がおもに四つある。

まず、一つ目は、優しい笑みを浮かべる生きていた頃の彼を思い出せるようになった。もちろん、これまで何度もフラッシュバックしていた遺体として横たわる彼の姿が、記憶から完全に消えた訳ではない。それでも、私は以前よりも晴れやかな気持ちを抱いていた。亡くなった人を思い出すという行為は、悲しみだけでなく、心に平穏をもたらす効果もあることを日に日に実感している。悲しみと向き合うことは、決して心の安定を害するだけのものではないのだと、ファシリテーターの方々のおかげで気づくことができた。今では、私の記憶の中で生きている彼を、思い出すという行為をすることで守り続けていきたいと思っている。

次に、二つ目は、孤独を感じることが明らかに少なくなった。これは、グリーフケアプログラムへの参加によって生まれた自身の変化のなかでも、とくに大きな変化だった。この世界には喪失体験を語ることができる場所があり、自分と同じ境遇の人がたくさんいる。そして、一緒に涙を流して、喪失を抱える自分を受け入れてくれる人がいる。自分は一人ではないのだと考えられるようになり、孤独という脅威への恐れが薄れていった。

そして、三つ目は、喪失による悲しみの比較をしないようになった。以前、遺影に向かって話し続ける母を見て、「私よりも深い悲しみに囚われている」と思ったことがあったが、自分と母とを比較すること自体が間違っていたことに気が付いた。ファシリテーターの方々と喪失体験を話し合っているうちに、悲しみというのはそれぞれまったく別々の大きさで、比べられるものではないことを知ったのである。喪失によって生まれた悲しみにおいて、自分よりも悲しい、もしくは自分の方が悲しいといったことはない。そう考えているままでは、自身の抱える悲しみと本当の意味で向き合うことはできないと感じるようになった。プログラムを終えた後から、私は、自身の抱える悲しみと他人の悲しみを比較しないよう常に心がけている。

最後に、四つ目は、自分自身の生きる理由を探してみようと思えるようになった。ファシリテーターの方々の話を聴いて、自分が遺されるという立場になってしまった後も、亡くなった人のことを想い続けながら、それぞれがそれぞれのやり方で一生懸命に日々を生きている人たちの存在を知った。遺された者の強い生き様を見て、彼を亡くした当初から自身の生きる理由を見失い、それを探す努力すらしていなかった自分に恥ずかしさを覚えた。遺された者として、私は今後どう生きていけばよいのか。グリーフケアプログラムを通して、自分なりの生きる理由を探そうと強く思うようになった。

たまごカフェは、抱えていた悲しみと向き合う機会、そして私自身に新たな変化を与えてくれた。喪失体験によって自分の中に生まれた気持ちを表現し、我慢することなく涙を流す。彼が亡くなってから、悲しみと向き合うことから逃げていた閉鎖的な自分に、別れを告げることができた瞬間であった。

第四章　悲しみという壁

当事者と第三者

喪失によって生まれる悲しみと向き合うようになってから、分かったことが一つある。それは、当事者が抱える悲しみは、当事者にしか分からないということだ。第三者には、おそらくどれだけ時間をかけても読み解くことはできない。ここでの当事者、第三者というのは、遺された者同士でも当てはまる。なぜなら、抱える悲しみはそれぞれ異なる為だ。

私は、視点を少し変え、現在の自分を当事者、死別を経験するまでの過去の自分を第三者として考えた上で今までを振り返ってみた。すると、両者の間にはどうしても拭えない温度差があることに気が付いた。

彼を亡くす前まで、死別によって遺された人は可哀想、大変そう、辛そうといったありきたりなイメージしかなかった。過去の私には、もし自分であったら立ち直れないだろうと他人事として考えることしかできなかった。遺された者の悲しみを、自身の中にある固定概念によって決めつけ、解釈していたのである。

可哀想。今となっては情けない話だが、この一言だけで、過去の自分は遺された人の悲しみを少しでも汲み取れていると思っていた。自分が遺された者となった今、身近な人を失うという悲しみの解像度がいかに低かったか痛感している。可哀想などといったありきたりな言葉では、この悲しみは表現できない。当事者自身でも表現することが難しい悲しみを、第三者が自ずと解釈して表現するのはあまりにも野暮であったと、過去の自分を恥じている。

第三者にできること

喪失体験後のある日、「喪失を抱いて生きている人に対して、第三者にできることはあるか。もしくはしてほしいことはあるか」という問いを投げかけられたことがある。その問いに対する答えとして一番に浮かんだのは、「ない」という答えだった。

経験上、喪失体験における当事者に第三者から歩み寄るという行為自体、難しいことであると感じている。なぜなら、喪失というセンシティブな傷みが絡む問題においては、当事者の自主性が最も優先される事柄であると考えられるからだ。

ここで、第一章で述べた「友人に喪失体験を話すことができなかった」という体験を例に挙げて考えを深めてみることとする。私は、通話で友人に喪失体験を話そうと試みたが、結局話すことができなかった。これは、当事者である私が最終的に「話さない」という選択をしたと言い換えることができる。もし、友人から「話を聞くよ」と寄り添ってもらったとしても、快く応じることができないほど不安定な精神状態だった。

第三者がいくら歩み寄ろうとしても、その時点で当事者が応じることができない状態であれば、何の進歩も変化も生まれない。つまり、当事者自身の精神状態とその時の選択が重要になってくると考えられる。もちろん、当事者に寄り添おうとする第三者の優しさを無下にしたい訳ではない。ただ、実際に第三者は待つことしかできないというのが、今の私が抱いている考えだ。

喪失による悲しみは、経験するまで分からないのが現実である。当事者と第三者の温度差は、おそらくこの先も縮まることはないだろう。それでも、両者の温度差を把握して配慮することはいくらでもできる。もし、第三者の立場になることがあった時には、当事者の悲しみに対して安易な解釈をしないよう心がけてみてほしい。そして、当事者から何かしらのアクションがあるまで、ひとまず待ってみてほしい。その心がけ一つで、救われる当事者は少なからずいる。私も、そのうちの一人だ。

悲しみは乗り越えるべきか

悲しみを乗り越えよう、といった文言を見かけることがある。喪失体験をする前の自分は、「遺された人にとって悲しみを乗り越えることは、最終目標の一つといっても過言ではない」と思っていた。乗り越えるという行為自体が精神的に前へと踏み出すきっかけになり、人によっては生きやすくなったり、ストレスから解放されたりするだろうといった考えを抱いていたのである。しかし、喪失を経験してからは、この文言に少しの違和感を覚えている。はたして、悲しみを乗り越えるという行為は、遺された者にとって必要なことなのだろうか。

私は、悲しみを乗り越えない生き方があっても良いと考えている。なぜなら、私自身が今その生き方を選択し、平穏に生きることができているからだ。人によって種類や度合いは異なるが、少なくとも私の中にある悲しみは、時間とともに薄れていくものではなかった。打ち寄せる波のように襲ってくる時もあれば、静かな時もある。そのように千変万化する悲しみを、最初は乗り越えようと試みた。どうにかしてこの悲しみを乗り越えれば、喪失によって弱まってしまった自分を変えられるきっかけになるかもしれないと思ったのだ。

しかし、私は乗り越えることができなかった。勢いよく迫ってくる悲しみに耐える力が自分には備わっておらず、むしろ心の安定が保ちづらくなってしまっていた。その時から、私は悲しみを乗り越える他に生き方はないか模索するようになり、ある一つの生き方を見つけた。悲しみを乗り越えられないのなら、無理に乗り越えなくて良い。突如として深い悲しみに襲われたとしても、乗り越えようとするのではなく、いったん受け入れる。それから、時間をかけて向き合ってみる。悲しみと、いかに上手く付き合うか。今では、これが私にとって最善の生き方として定着している。

実際に、悲しみを乗り越えることに重きを置かなくなってから、心の安定が危ぶまれることは少なくなった。もちろん、悲しみを乗り越える行為を否定している訳ではない。ただ、悲しみを乗り越えないという選択肢もある。遺された者の数だけ生き方はあるのだと、ここで改めて述べておきたいと思う。

第五章　死を意識してみる

日常とは何か

日常と聞いて、どのようなイメージを持つだろうか。辞書には「つねひごろ。ふだん。平生」といったように記載されている。調べてみても、明確には定義されておらず、解釈は人それぞれで異なるようだ。あえて一言で表すのであれば、「不変」という言葉が適切だろうか。

私自身は、普段通りに過ぎていく時間そのものを日常として捉え、解釈している。母と彼と三人で出かけたり、食事をしたり、買い物をしたりといった何気ないことすべてが、私にとっての日常だった。しかし、それは彼の死をきっかけに、あっけなく崩れることとなる。

彼を亡くした瞬間から、私は日常からかけ離れた世界で生きることを余儀なくされた。突然、彼のいない世界に放り込まれるのは苦しいものだった。彼と話すこともできなければ、食事をすることも、出かけることもできない。彼の死という現実だけがのしかかってくる。もっと彼と話をしたかった。もっと一緒に出かけたかった。彼のいない世界を彷徨いながら、今もなお思っている。

日常は脆い。あっけなく、いとも簡単に壊れてしまう。昨日まであった日常が、明日もやってくるとは限らない。明日にはもう、非日常の世界が広がっているかもしれない。日常というものが不変的だからだろうか、それがもたらしてくれていた幸せに、私は気が付くことができていなかった。失ってからでは遅いが、彼のいない世界で生きている今では、日常を過ごせていたあの時間が、私にとって最も幸せな時間であったと強く思っている。

日常と非日常の境界線

日常について考えるなかで、一つの疑問が浮かんだ。そもそも、日常と非日常における境界線とは何だろうか。

私の場合、彼を亡くす前まで、日常は確かに存在していた。そして、彼を亡くした後に日常は消滅し、私にとっての非日常が訪れた。まず初めに、彼の死という出来事そのものが境界線になっているという考えが浮かんだが、それはあくまで日常から非日常に移り変わったきっかけにすぎず、両者を分断するものとは言いがたい。

では、日常と非日常を分かつものは何なのか。私は自身の体験を踏まえ、死という存在に対する意識の有無が、両者の境界線と関係があるのではないかという考えに至った。

私がまだ日常を過ごせていた頃、死について意識的に考えたことはなかった。死という存在を頭のどこかでは把握していたものの、自分事として捉えていなかったのである。つまり、過去の私は、死への意識がなかったと言える。一方で、非日常の世界で生きていくようになってからは、死というものを日々意識するようになった。なぜなら、突如として訪れた身近な人の喪失によって、私たち人間は常に死と隣り合わせで生きていることを実感したからである。日常にはなかった死への意識が、私の非日常には深く根付いていた。

このように、死に対する意識を持たないまま生きられる世界を日常、対して死を意識せざるを得ない世界を非日常と捉えると、日常と非日常の境界線は、死への意識と強く結びついていると考えられる。

死への意識

死というものは誰にでも起きることだ。それでも過去の私と同様、喪失を経験したことがない人のなかで、死に対して意識を向けている人はそう多くない。それはなぜなのだろうか。私は、死との距離感や死に対する意識の持ち方の差が生じてしまう理由として、おもに三つあると考えている。

一つ目は、日常という空間において、死を肌で感じる機会が滅多にないという理由だ。突然だが、日々を生きるなかで、死という出来事を目の当たりにしたことはあるだろうか。おそらく、なかなか出会わない出来事だと思われる。死への意識を向けるようになった私自身も、彼が亡くなる前までは、死というものを目の当たりにしたことは一度もなかった。おそらく、人は実際に死を肌で感じた時に、初めてその存在を本質的に把握し、意識を向ける対象として捉えるのではないだろうか。つまり、そもそも死という出来事との接触がないために、意識を向ける理由自体が消滅しており、意識の持ち方の違いが生まれていると考えることができる。

二つ目は、喪失を経験したことがない人は実際に経験した人に比べて、死への解像度が低いという理由が挙げられる。先程、実際に喪失を経験した当事者と、経験したことがない第三者の間には温度差があり、第三者は喪失の悲しみに対する解像度が低いという点を述べたが、これは死という事象に対しても同様なことが言えると考えている。なぜなら、どちらの立場も経験した上で、両者の死に対する考え方がかけ離れているように感じたからだ。死と聞いて、どのような考えを持つか。当事者になった私は、恐怖や焦り、後悔、自己嫌悪、悲しみなどといった様々な弊害に襲われるものであり、いつ自分や身の回りに降りかかってくるか分からないものという考えを抱いている。一方で、第三者だった頃の私は、死は滅多に起きない出来事ではあるが、万が一肌で感じた時は怖くて悲しいものなのだろうと想像することしかできなかった。「自分やその周りにはまだ起きないことだろうが、もし死という出来事を経験したら悲しい気持ちを抱くだろう」「これといった理由はないものの、死は怖いものであるように感じる」といったように、死をあくまで想像の形でしか考えることができなかった。これは、喪失というものを経験していない身なのだから、当然の結果とも言える。

以上を踏まえると、喪失を経験したことがある当事者は、死というものに対して具体的な考えを持っており、解像度が高い一方、喪失を経験したことがない第三者は、死に対して抽象的かつ普遍的な考えを持っており、経験がない為にどうしても解像度は低くなってしまうと考えられる。この両者の解像度の差は、死という出来事の中に自分を含め、身近なこととして捉えている当事者と、死を俯瞰的に捉えている第三者といった、死との距離感の違いがあることを表しているとも言える。

三つ目は、確証バイアスといった心理的要素が影響している可能性があるという理由を挙げる。確証バイアスとは、「自分がすでに持っている先入観や仮説を肯定するため、自分にとって都合のよい情報ばかりを集める傾向」といった心理現象のことを指す。ここでは再び、喪失という出来事において第三者であった過去の私が抱いていた考えを踏まえながら、述べていきたいと思う。

喪失を経験したことがなかった過去の私は、死というものを他人事として捉えていた。死を自分事として捉えていなかった根底には、確証バイアスという心理現象が潜んでいたと、自分自身を俯瞰的に分析できるようになった今では考えることができる。

先程も述べたように、過去の私は死という出来事を経験していなかった為に、死に対しての認識は机上の空論のようなものだった。そして、死を肌で感じる機会がやってこないまま生きていた私は、その思考が正しいものだと自分の中で勝手に決めつけ、それ以外の死に関する情報を潜在的に排除していた。ここでの死に関する情報の例としては、事故、病気等で亡くなった著名人のニュースや、殺人事件によって亡くなった一般人の遺族が語る胸中といったものが挙げられる。この行動は、自身が持っていた死に対する思考だけを信じ、それ以外の考えを吸収しようとしていなかったと捉えられ、確証バイアスの一例として当てはまる行為をしていたと考えることができる。つまり、自身の中に無意識的に宿っていたこの確証バイアスが、死との距離感をさらに広げていたと言える。

以上の三つの理由から、喪失を抱える人とそうでない人の間に、死との距離感、そして死に対する意識の持ち方に差が生じてしまうと考えている。

ここで、死への意識について考えを深めているうちに、私の中で一つの疑問が浮上した。はたして、死への意識は持つべきものなのだろうか。

喪失を経験したことがない第三者にとって、死を本質的に把握し、意識を向けることはどうしても難しい。しかし、当事者と同様とまではいかなくとも、意図的に死を意識する時間を作ってみるというのは、有意義な行為であると私は思う。なぜなら、そのような時間を作ることで、自分の視野を広げ、喪失体験の当事者である人々の存在を少しでも知ることができるからだ。

喪失を経験していなかった頃の私は、あまりにも視野が狭かった。喪失を抱え、様々な感情や想いを抱く人たちから無意識に目を背けていた。自分と、周りの人はまだ大丈夫だろう。まさか死ぬわけがない。これからも、しばらくは死と無縁の時間が続いていくだろうと思い込んでいた自分に、無情にもやってきた身近な人の死という出来事。それまで抱いていた死に対する考えや先入観がすべて崩れ落ちたと同時に、喪失体験の当事者たちの存在を初めて本質的に把握した。いかに自分が無意識的に死と距離を取っていたかを痛感した瞬間だった。

自身の反省も踏まえ、死を意識してみるという行為は、自分の視野を広げることに直結するものであり、重要性の高いものであると考えている。

生きる理由と死への覚悟

彼を亡くした当初は、なぜ自分が生きているのだろうと疑問に思う時が多々あった。

なぜ、彼ではなく私が生きてしまっているのか。このまま、彼の後を追ってこの世界から離れてしまえば楽になるのか。様々な考えが頭に浮かんでは消えていき、自分の生きる理由が分からなくなっていた。さらには、生きる理由を見つけることすら避けていたこともあった。

しかし、時間が経つにつれて悲しみと向き合えるようになっていくうちに、大切な人と過ごす時間に改めて幸せを感じるようになった。その時、自分の大切な人とできるだけ長く過ごすことが、今の私にとっての生きる理由だということに気がついた。

自分も含め、いつ身近な人が死ぬか分からない。私は、いつ何時死んでも後悔しないよう、常に死を意識し、覚悟して毎日を生きている。感謝を伝えることを心がけたり、母との電話を切る時には必ず「気をつけてね」と一言添えたり。なかでもとくに心がけているのは、仕事や用事などで出かけていく母を「いってらっしゃい」と必ず笑顔で送り出すことだ。無事に帰ってこれることを、毎度静かに祈って送り出している。ここで挙げたことは、人によっては気にすることのない小さなことかもしれない。しかし、私は当たり前にやってくる日々などないことを、身をもって知っている。だからこそ、当たり前を当たり前と思わずに、自分の人生を少しでも丁寧に、大事に歩んでいきたい。私は、自分の大切な人と過ごせる日々を守るために、今後も生きていこうと強く思う。

第六章　亡き人を想う時間

グリーフケアプログラムへの参加を機に、私はそれまで苦痛を覚えていた「思い出す」という行為ができるようになった。今では、亡くなった彼と行った場所や食べたものなどを思い出すと、確かに寂しさはあるものの、記憶の中だけでも彼が生きてくれているような気がして嬉しくなる。

この章では、私の記憶の中で生きている彼との思い出の一部を、綴っていこうと思う。以下、彼の名を中村さん（仮名）とする。

福島への旅

小さな頃から、田舎という場所に憧れがあった。家族は全員東京生まれ、東京育ち。祖父母も近くに住んでいたため、帰省するという経験がまったくなかった。お正月は家族みんなで帰省し、親戚との集まりに参加する。実家のある田舎に帰ってバーベキューをしたり、川遊びをしたりする。友人らのそんな話を聞くたびに、田舎への憧れは膨らむ一方だった。しかし、ないものねだりに変わりはない。自分は田舎というものを経験しないまま生きていく運命なのだろうと、半ば諦めの気持ちを抱いていた。

「今度の休み、福島に行ってみない？」

ある日、母からそう尋ねられた時には心底驚いた。話を聞くと、以前から母と交流のある中村さんからの提案であることが分かった。中村さんの母が晩年を過ごした福島に私を連れて行き、田舎というものを経験させてあげたいという。私は、すぐさま了承した。田舎に行く機会などないと諦めていたこともあり、嬉しくて仕方がなかった。

ただ、母を含めた三人とはいえ、これまで一度も会ったことのない中村さんと泊まりがけで旅行をすることへの不安や緊張は拭えなかった。母から中村さんの名前を聞く機会は何度もあり、存在自体は認知していたものの、顔を合わせたことはなかったのである。写真すらも見たことがなかった。全く面識のない男性といきなり旅に出る、というのは私にとってかなりハードルの高い出来事で、正直怖かった。

二〇一九年八月、十八時。出発当日、私は中村さんと初めて顔を合わせた。一目見た時、中村さんは悪い人ではない、と直感的に思った。不思議と怖さを感じなかったのである。この人が母の話によく出てきていた中村さんか、と会えたことに対して感動すら覚えていた。

それとなく挨拶を済ませ、母とともに彼の車に乗り込む。最初、母は私たちを不安そうに見つめていた。おそらく、私が彼と上手く馴染めるか心配していたのだろう。

実際、私はかなり緊張していた。初対面の男性、ましてや母がお世話になっている人に対する距離感の掴み方がまったく分からなかった。

しかし、時間が経つにつれて、私の中にあった緊張感は自然とほぐれていった。なぜなら、中村さん自身が、私との程よい距離感を探ろうと努めてくれていることが伝わってきたからである。中村さんは、私に対して直接話しかけてくることはなく、小さなことでもなるべく母を介して会話をしてくれた。傍から見れば、喧嘩をしている親子のような、違和感のある光景だったかもしれない。それでも、当時の私にとってはこれが安心できる距離感だった。私が抱いていた不安は、杞憂に終わったのである。

高校三年生にして、車に乗ってどこか遠くへ行くことすらしたことがなかった私は、高速道路やサービスエリアといったものすべてが新鮮に見えていた。高速道路では、煤が入ってしまわないように窓は閉めておかねばならないことも、サービスエリアとパーキングエリアは別物だということも初めて知った。

サービスエリアに行ってみたい。そんな私の希望を快く聞いてくれた中村さんは、目的地までいくつもあるサービスエリアすべてに立ち寄ってくれた。数えきれないほどの車が整列するサービスエリアの駐車場を歩いた時は、無事に彼の車の元へ戻れるか不安を覚えつつも、胸の高鳴りが止まらなかった。

サービスエリアで売られている商品や食べ物、出店されている店舗など、私にとっては見たことのないものだらけだった。品揃えも豊富で、外に屋台が出ているところもあり、時間をかけて隅から隅まで見て回った。三人での初めての食事は、上河内サービスエリアで売られていた醤油ラーメン。八月とはいえ夜からの出発だったこともあり、それは冷えていた身体を一気に温めてくれた。ものの数分で食べ終えた中村さんは、私と母が食べ終えるのを隣で見守り、静かに待ち続けてくれていた。

夜も更けてきたなか、「福島県に入りました」とカーナビが告げる。少し先に、コンビニエンスストアが見えてきた。そこを通り過ぎるともう店はないというので、私たちはそこで夜食を調達し、ついでにお手洗いを済ませて車に乗り込んだ。

コンビニを出発した後、すっかり眠りについた母を横目に、私は窓の外を見て静かに高揚していた。目的地である実家は林を超えた先にあるらしい。進むにつれ、自宅近辺では味わうことのできない暗闇が広がっていった。街灯も、人も、家も、店も、まったく見えない世界。車が走る音だけが耳に響く。眼前に広がる未知の闇に、興奮が冷めやらなかった。

「運が良ければ動物が見れるよ。この前はキツネがいたな」

私の静かな興奮を感じ取ったのか、中村さんが初めて直接話しかけてくれた。中村さんの言葉を聞き、ヘッドライトで照らされていく道を注意深く見つめ続けた。

しばらく経った頃、中村さんが車のスピードを突然緩めた。

「あ、前の方にタヌキがいるよ」

「え！」

「ほらほら、あそこ」

中村さんの指差した先に、黒い塊が見えた。タヌキだ。しかも二匹。サイズの異なる二匹が、ちょこちょこと道端を走っている。どちらも想像以上に小さく、中村さんでなければ分からなかっただろう。

「わあ、かわいい！」

「たぶん親子だね」

「何？　タヌキ？」

彼と私の声を聞いて目が覚めたようで、母も寝ぼけ眼で窓の外を見ていた。私たちに見守られつつ、タヌキ親子は暗闇へと姿を消した。

「野生のタヌキなんて初めて見ました！」

「それはよかった」

中村さんは私の言葉を聞いて微笑み、再び車を走らせ始めた。一方、母はいつの間にか再び眠りについていたようで、寝言を呟いたり、鼻歌を歌ったりしていた。寝ているとは思えないほどの大きな声量で喋り、歌い続ける母を見て、私と中村さんは目を見合わせて笑った。

「なんか言ってるし、歌ってるね」

「ですね」

若干ぎこちなさが残ってはいたものの、母を介することなく中村さんと自然に話せたことが嬉しくて、なんだかむず痒い気持ちになった。


それから数十分後、今回の旅で数日間にわたり宿泊する中村さんの実家に到着した。彼の母が、余生を過ごした家。中に入ると、太い梁が剥き出しになっており、嗅いだことのない独特な匂いが漂ってきた。どこか自然を感じるような、温かくて、心地よい匂い。これが「田舎」の匂いなのだろうか。また、室内であるはずなのに、東京とは比べ物にならないほど寒いことに驚いた。思っていたよりもずっと冷たい空気に、私は思わず身震いする。着いて早々、私と母は荷物の整理と部屋の掃除を分担して行い、中村さんは寝具の準備に取り掛かった。

諸々の準備を終えた後、電源の入っていない掘り炬燵に入りつつ、道中のコンビニエンスストアで購入したおにぎりや唐揚げを三人で食す。

「明日は白虎隊ゆかりの地に行こうか」

私は、中村さんの提案に大きく頷いた。中村さんは、歴史が好きだった。私も歴史は好きな教科の一つで、福島県に白虎隊が自刃した場所があること、そして、その地に私を連れて行きたいと彼が言ってくれていたことを、以前より母から聞いていた。ついに、教科書や史実本でしか目にしなかった地に行くことができる。私は、胸を躍らせながら寝床についた。

旅先で歴史を辿る

翌日、私たちは会津若松市にある飯盛山へと向かった。飯盛山は、白虎隊と深い関わりがある場所として知られている。

一八六八年一月、大政奉還後の権力争いによって始まった戊辰戦争に、十六歳、十七歳で構成された白虎隊も参戦していた。途中でやむを得ず戦線離脱した彼らは近くの飯盛山に逃れたものの、そこから燃え盛る城下町を見て絶望し、自刃したと言われている。

白虎隊の墓や自刃の地へと向かう前に、山麓にある白虎隊記念館に足を運んだ。館内には白虎隊にまつわる資料が豊富に展示されており、より深く学びを得られる場となっていた。中村さんも、資料を見ながら私に補足情報を教えてくれ、有意義な時間を過ごすことができた。

記念館を後にし、山頂へと続く階段を上る。山頂に着くと、線香の匂いが鼻を抜けた。どこから香っているのか疑問に思い、辺りを見回すと、白虎隊士の墓に多くの線香が手向けられているのが見えた。私たちも墓前に線香を手向け、手を合わせる。十九の墓が横一列に並んでいたあの光景は、数年経った今でも容易に思い出され、虚しさを覚える。

その後は、白虎隊自刃の地に向かい、時代は違えど、彼らが見た景色を目に焼き付けた。遠くには鶴ヶ城が見え、会津若松の市街地が一望できる。一五〇年ほど前に、十九人の隊士が自刃した地とは今では考えられないほど、静かで落ち着いた空間であった。

十九人の隊士たちが、最期に何を思い、自らの命を絶ったのか。私は、当時高校生だったこともあり、白虎隊に対してどこか他人事ではないと同情が芽生えてしまっていた。自分と同年代の子供たちが、最終的に自らの命を絶つことになってしまった原因である戦争という行為への憎悪が、徐々に膨れ上がってくる。戦争は二度と起きてはならないと、山頂からの景色を見ながら改めて思った。

実際に、自らの足で歴史をなぞらなければ生まれない思考や感情がある。現代を生きる私たちにとって、この行動は価値のあるものなのだと気づかされた体験となった。

さざえ堂とおみくじ

白虎隊自刃の地から帰路についている途中、不思議な建物が目に入った。一見、奈良県にある五重塔のような外観で、中を覗くとらせん階段のようなものが上へと続いていた。

近くの看板を見てみると、これは「さざえ堂」という名で、国の重要文化財にも指定されている木造の建物であることが分かった。

「この建物、一方通行できるらしいね」

「え、階段なのに？」

「うん。それが珍しいから国の重要文化財になったんだって」

中村さんの説明と興味深い構造に惹かれ、実際に中に入ってみると、多くの人がわいわいと話しながら上へと歩いていた。私たちも後に続く。板の軋む音を聞きながらしばらく上っていると、最上部らしき場所に辿り着いた。そこには、漢字が書かれたお札が屋根裏一面に貼られていて、不思議さと不気味さが合わさったような空気が流れていた。

ただものではない空気をひと通り堪能した後、そのまま下りていくうち、私はあることに気が付いた。上ってきてから下りてくるまで、人とすれ違っていないことに。普通であれば、先に最上部に着いた人が下りてくるため、一度は誰かとすれ違うはずなのだ。それなのに、誰一人ともすれ違うことなく、建物の外へと出てきた時には心底驚いた。これこそが、さざえ堂の最大の特徴でもある珍しい構造なのだろう。

不思議な感覚を抱いたままさざえ堂を出たところで、私は気になるおみくじを見つけた。普通のおみくじ箱ではなく、透明な箱の中にいる小さなからくり人形がおみくじを運んできてくれるという、遊び心のあるものだった。

試しに、三人で引いてみる。からくり人形におみくじを三回持ってきてもらい、「せーの」と一斉に開けると、私と中村さんは大吉、母は小吉だった。思わぬ結果に三人で笑う。

「一人だけ小吉なんてことある？」

そう言いながら不貞腐れる母の背中を、私は励ますように優しくさすった。

おみくじを引いた後、私たちは下山を続け、山麓にあった食堂に入ることにした。「何食べようか」と、中村さんが私と母に尋ねる。福島県に来たからには、名の知れている喜多方ラーメンを食したい。本場の味が気になっていた私は、すぐさま「喜多方ラーメン！」と声を上げた。

注文した料理が運ばれてくるのを待つ間、私たちは先程引いたおみくじの話題で盛り上がっていた。母が机の上に三枚のおみくじを並べ、羨ましそうに声を漏らす。

「いいなー。二人とも強運すぎない？」

「たまたまだよな」

「うん、たまたま」

「でも、まさか一人だけ小吉だとは思わなかったな」

「本当にね。私が一番驚いてるよ」

小吉と書かれたおみくじを不思議そうに手に取る母を見て、中村さんは声を上げて笑っていた。

そうこうしているうちに、目の前に喜多方ラーメンと蕎麦が二枚運ばれてきた。湯気が立ち、美味しそうな香りが鼻を抜ける。いただきます、とそっと両手を合わせ、私は箸を取った。

花火と星空

「コンビニで花火でも買って帰ろうか」

食堂での食事を終え、実家へと戻る車内で中村さんがそう言った。やった、と私は小さくガッツポーズをする。

手持ち花火をやりたいと、前から密かに思っていた。なぜなら、手持ち花火で遊んだことはあったが、小さい頃の遠い記憶しかなかったからである。言ってしまえば、ほとんど覚えていない。今の時代、さまざまな制約により花火という遊びを気軽にできなくなっていることもあり、年齢を重ねる毎に「手持ち花火をしたい」という望みは薄れていっていた。そんななか、訪れたチャンス。高校生になった今、自分の中にあるぼんやりとした記憶を鮮明に変えることができるなど、まったく思っていなかった。

その日の夜。私たちはコンビニエンスストアで購入したバラエティーパックから花火を物色していた。それぞれがどのような花火か分からなかったので、とりあえず気になるものから各々手に取る。優しく光るものや、激しく光を放つもの。様々な花火があるなかで特に印象に残ったのは、最初は優しい光を放ち、徐々に強い光に変わっていく花火だった。どこか力強さを感じる輝き方に、私は心惹かれた。

何種類もある花火を一通り楽しんだ後、みんなで線香花火をすることになった。三人で円になってしゃがみ、火をつける。母、私、中村さんのそれぞれの手元が優しく光り、小さな火花がぱちぱちと舞う。少しして、赤く膨れ上がった丸い光が地面へと落ち、静寂が訪れた。光を放たなくなった線香花火を、水が張られたバケツへと放り込んだあの時の虚しさは、今思い返しても、抱くことができてよかった感情だと思う。儚く、楽しい時間だった。

「今度来た時もやろう」と静寂を破るように中村さんが言う。私は、笑って頷いた。

その後は特に何もせず、実家の室内でゆったりとした時間を過ごしていると、中村さんがふと思い出したように「星、見に行くか」と呟いた。中村さんによれば、ここでは夜空一面に星が見え、流れ星も多く見えるという。スマートフォンで調べてみると、今の時期はペルセウス座流星群が見頃らしい。私たちはそれぞれ上着を羽織り、外へと繰り出した。

実家の前に出て、夜空を見上げる。東京ではなかなか見ることのできない星空が、そこには広がっていた。

「綺麗……！」

頭上に広がる星空に圧倒され、私と母は同時に声を上げる。しかし、一方で中村さんは不服そうな顔をしていた。これでも星の数が少ないそうで、普段はもっと見えるはずだという。

「空が曇ってるからかな。山、少し下ってみようか」

中村さんはそう言って、車の鍵を取りに戻った。彼の行動力に驚くと同時に、私たちのために動いてくれていることをひしひしと感じて嬉しくなった。

車で山を下り、少しひらけた場所に出る。それからしばらくして中村さんが車を止め、車窓を開けた。辺り一面が闇に包まれ、虫の鳴き声だけが耳に届く。

「流石にここは暗くて危ないから、車の外には出ないようにね」

中村さんの注意を聞きつつ、私は開いた窓から身を乗り出して空を見上げた。

満天の星空。まさにこの言葉がふさわしい空だった。先程とは比べものにならないほど、無数の星々が輝いている。「よかった、ここの方がよく見える」と、中村さんは安堵の表情を浮かべ、夜空を眺めていた。

誰かが言葉を発するということもなく、ただ静かに星空を眺め続ける時間。しばらくして、私は横一直線に駆けていく光を目にした。嬉しさと驚きのあまり声が漏れる。

「あ、流れ星！」

「今見えたね」

「え、どこ？　全然分かんなかった」

唯一見逃してしまった母が、あたふたとしながら空を見上げている。私と中村さんは「あそこの方だったよね」と見えた場所を確認し合っていた。

「二人とも見えたのいいなあ。目が悪いから見えないよ」と、眼鏡をかけ直しながら嘆く母を、「また見れるかもしれないから。ほら、空見ときな」と中村さんが軽く宥める。その様子がなんだか可笑しくて、私は思わず笑ってしまった。

その後、私たちはいくつもの流れ星を見ることができた。「見えた！」と嬉しそうな声を上げる母を、私と中村さんは温かく見守る。

「みんなが流れ星見れたことだし、そろそろ戻ろうか」

「はい！　ありがとうございます」

中村さんに感謝の言葉を述べつつ、私は車窓の開閉ボタンを押した。

プラネタリウムでしか満天の星空や流れ星を見たことがなかった私は、「自然でこんなにも星が見える場所など存在するのだろうか」と、疑念を抱いていた。あまりにも美しかった為に、機械でしか表現できない美しさなのではないかと考えていたのである。だからこそ、私は自然に囲まれた地で星を見ることができた喜びを深く噛み締めていた。機械や媒体を通して見るのと、自分の目で見るのとでは、感動の具合があまりにも違う。ペルセウス座流星群の見頃であったこともあり、想像以上にたくさんの流れ星を見ることができたのも、嬉しくて仕方がなかった。

また、新たな発見があった。流れ星と言っても、ゆっくりと長い時間をかけて流れていくものもあれば、凄まじい速さで消えてしまうものもある。流れ星にも様々な種類が存在していることを自分の目で確かめることができた。

満天の星空や流れ星は、自然界に確かに存在していた。そして、それらはむしろ、機械の技術力では表現することのできない美しさをもっている。実際に見なければ分からないこの美しさを体感できたことを、私は嬉しく思う。

実家へと帰った後は、少し遅めの夕食の時間を過ごした。飯盛山からの帰り道にあったスーパーで購入した肉や野菜を、ホットプレートで焼いて食べていく。バーベキューをしているかのような感覚で、楽しかった。そして、母の手料理を「美味い」と言いながらぱくぱくと食べ進める中村さんと、それを嬉しそうに見る母の姿を見て、不思議と温かい気持ちを抱いていた。私にとって中村さんは、つい先日初めて顔を合わせた関係性であるにもかかわらず、母と楽しそうに会話する姿を度々目にするうちに、私は彼という存在にただならぬ安心感を覚えつつあった。

五色沼

花火と星空を楽しんだ翌日の午後、私たちは五色沼という場所に向かった。五色沼とは、福島県耶麻郡北塩原村にある、磐梯山の山体崩壊によってできた湖沼群のことで、様々な色の沼を見ることができる観光名所として知られている。毘沙門沼、赤沼、みどろ沼、るり沼、弁天沼、竜沼、柳沼、青沼などといった多くの湖沼があり、私たちはそのなかでも最も大きいとされる毘沙門沼を訪れた。

毘沙門沼では手漕ぎボートを楽しむことができるようで、私たちはさっそくボート乗り場へと向かった。

その途中で、私はふと尋ねる。

「あれ、そういえば誰が漕ぐの？」

「俺が漕ぐよ。ボートは漕いだことあるから」

中村さんにボート漕ぎの経験があったとは、初めて知る情報だった。対して、私と母には経験がなかったため、彼が非常に頼もしく見えた。

乗り場には、船体に赤のハートマークや「五色丸」などと書かれたボートが所狭しと並んでいた。母、中村さん、私の順でボートに乗り込む。中村さんがオールを手に取り、ゆっくりと漕ぎ始めると、ボートはざぶん、と音を立てて水面へと進んでいった。

深緑に染まる毘沙門沼には、私たちの他にも数隻のボートがゆらゆらと浮かんでいた。家族連れやカップルなど、様々な人たちがそれぞれのスピードで手漕ぎボートを楽しんでいる。オールが水をかく音と、鳥の鳴き声が心地よい。私は、目の前に広がる毘沙門沼と、ボートを漕ぐ中村さんの後ろ姿をスマートフォンに収めつつ、景色を楽しんだ。

ボートに乗ってから二十分ほど経った頃、私たちの周りに他のボートがまったくいない時間があった。毘沙門沼の中央に私たちのボートだけがぽつんと浮かぶ、あの不思議で静かな時間。少し遠くから鳥の鳴き声が聴こえてくるまで、私はその空間に取り残されていた。

三十分間の手漕ぎボートを終え、中村さんは器用にボートを乗り場へと帰らせた。係員の手を借りてボートを降りた後、私は「ありがとうございます」と三十分間ボートを漕いでくれた中村さんへ感謝の意を述べた。いえいえ、と中村さんは答えてから、「さっき近くにお土産屋さんとか売店あったけど寄ってみる？」と私たちに尋ねてきた。きっと身体は疲れているだろうに、次から次へと新たな提案をしてくれる中村さんの優しさが身に沁みた私は、「行きたいです！」と元気よく頷いた。

まず、お土産屋さんに足を運ぶと、そこには福島県ならではの食べ物やお酒、赤べこを模したストラップや靴下などといった様々なお土産が並んでいた。なかでも、福島県の特産物である桃を使用した和菓子や、喜多方ラーメンが家でも楽しめるセット、五色沼にゆかりのある磐梯山をモチーフにしたお菓子など、食べ物類はとくに充実していた。母は食べ物、私はご当地グッズ、中村さんはお酒のコーナーといった、それぞれが気になったものを順々に見ていく時間は楽しいものので、あっという間だった。

お土産屋さんを出た私たちは、次に「みそおでん」というのぼりが出ている売店へと向かった。母と中村さんはみそおでんと磯辺焼き、私はソフトクリームを注文し、空いていたベンチに座って食べる。串に刺さったこんにゃくに味噌がたっぷりとかかったみそおでんと、こんがりと焼かれた磯辺焼きを美味しそうに頬張る二人。そんな二人を微笑ましく見守りながら、私はソフトクリームを食べ進めた。

以上の他にも、市街地にある地元ならではのスーパーを巡って買い物をしたり、道の駅に立ち寄ってみたりと、私たちは数日間かけて福島の地を目一杯楽しんだ。

福島への旅は初体験の連続で、自分の中にある様々な認識が大きく変わった出来事だった。田舎に対する憧れがあった私のために、福島への旅を提案してくれた中村さんには感謝してもしきれない。山々に囲まれた実家、手元で光る花火と、目の前に広がる星空。そして、福島ならではの観光名所。私にとってはすべてが輝かしく、実りある時間だった。

田舎という地は私にとって未知の世界であったが、福島を訪れたことで、田舎を少し知ることができたような気がする。田舎とは自然が多い地というだけでなく、自分にとってもう一つの居場所になりうる場所だと、福島の旅を通して思った。生まれ故郷であるかどうかは、関係ないのかもしれない。

私は、福島県という場所が大好きになった。テレビで福島県が特集されていると、まるで自分の田舎を見ているかのような感覚になり、無性に嬉しい気持ちを抱いた。

「楽しかった。また福島行きたいです」

福島から東京へ帰る際、勇気を振り絞りながら発した私の言葉を聞いて、「よかった。もう自分の田舎だと思って全然いいよ」と、嬉しそうに応えてくれた中村さんの顔が忘れられない。叶うなら、もう一度三人で福島に行きたいと切に願う。

大内宿

初めての福島の旅を終えてからおよそ三か月後。私たち三人は、再び福島の地を訪れていた。

「今度、雪囲いしにまた福島に行くんだけど、二人も行く？」

今回も、中村さんからの誘いがきっかけだった。以前宿泊した実家がある地域では、冬の間の降雪に備えて「雪囲い」といった、家屋を板などで囲む準備をする必要がある。その準備を中村さんが毎年行っているようで、この機会にもう一度、三人で福島に行くことを提案してくれた。

今回の旅で訪れたのは、大内宿という場所だった。大内宿は、福島県南会津郡下郷町にある観光名所だ。国選定重要伝統的建築物群保存地区にも指定されており、江戸時代の街並みが楽しめる場所として知られている。

実際に足を運んでみて、茅葺き屋根を用いた民家が街道沿いに並んでいる景色には、素朴さと美しさが共存していた。歴史風情に満ちており、まるで江戸時代の世界に入り込んだかのような空間が目の前に広がっている。そして、民家には実際に地元の方々が住んでおり、様々なグルメや土産物を販売する店舗スペースとして機能しているだけでなく、居住地としても活用されていることに驚いた。私たちは、大内宿を上から見渡すことのできる見晴台を目標に、街道を端から端まで歩いてみることにした。

「わあ、これ食べたい！」

母が、ある店の前で立ち止まった。店先にあったのぼりには、「名物 しんごろう」と書かれていた。しんごろうとは、えごまをすり潰し、「味噌や酒、砂糖、みりんなどを加えて『じゅうねんみそ』を作り、つぶしたご飯にぬって焼き上げた」もので、おもに下郷町と南会津町の郷土料理として知られている。

「じゅうねんみそっていうのはね、食べたら十年長生きできるって言われてるんだよ」

店のご主人が、私たちに教えてくれた。十年長生きできるというワードに惹かれた母は、さっそくしんごろうを購入した。こんがりと焼けた味噌の香りが辺りを漂う。串に刺さったしんごろうをご主人から受け取った母は、一口齧ってから「意外と甘い。美味しい！」と満面の笑みを浮かべていた。私は玉こんにゃく、中村さんは甘酒を注文した為、母以外はしんごろうを食べなかったのだが、今思えば中村さんにこそ食べてほしかったと、後悔の念を少しばかり抱いている。

各々が注文したものを食べ終え、再び街道を歩く。会津の民芸品や特産品が多く並んでいる店や民家の良さを味わえるお休み処、丸々一本のねぎを箸代わりにして食べ進める蕎麦を看板にしている店など、大内宿ならではの物が多くあり、見ていて面白い。様々な店を楽しんでいるうちに、気づけば街道の終わりが見えてきていた。

街道の端まで辿り着き、奥にある石段を上ると、大内宿見晴台に到着した。名前の通り、先程私たちが歩いてきた大内宿の街並みが一望できる場所となっていた。高い場所から見渡すと、整然と並ぶ茅葺き屋根の民家の数々により圧倒される。目に見える民家一つ一つに歴史があり、それらが風情ある街並みを作り上げ、今もなお新しい歴史を刻み続けていることを実感し、感動を覚えた。

大内宿を離れ、以前も泊まった中村さんの実家へと三人で帰る。まだ一度しか来たことがない場所であったが、我が家に帰ってきたような安心感があった。

その日の就寝前、中村さんが思い出したように言う。

「明日の朝は雪囲いするから、外に出ないで家の中にいてね」

雪囲い。これが今回福島に来た目的であったことを改めて思い出す。忠告を聞いた私と母は深く頷き、そのまま眠りについた。

翌朝、中村さんは作業服に着替え、多種多様な工具を持って外に出た。私と母は、部屋の中から中村さんの様子を観察していた。中村さんは、窓の上から簀子のような見た目をした板を被せて留めるといった作業を繰り返していた。トントン、カンカン、と心地の良い音が耳に届く。窓が板で塞がれていくにつれ、屋内に日光が差し込まなくなり、私たちのいる部屋は徐々に暗くなっていった。

しばらくして、首にかかったタオルで汗を拭きながら、中村さんが中へと戻ってきた。どうやら雪囲いが終わったようだった。私は、冷えた緑茶をコップに注いで渡す。中村さんは「ありがとうね」と言ってから、それを一気に飲み干した。

「これで今年の冬もどうにか越せそうだな」

「雪囲いかあ。この作業を毎年やってるなんてすごいね」

母が感心したような声を上げる。

「そうしないと家が危ないからね。この家を守るためには必要な準備だよ」

雪とはほぼ無縁の環境で育ってきた私は、雪囲いという作業を見たことがなかったため、今まで自分が知らなかったものを実際に見て、知識を蓄えるという経験ができたことを嬉しく思った。そして、それと同時に、自身の母が大切にしてきた家を守るために努力し続ける彼の姿が、私の目にはとても輝いて見えた。

もう一つの我が家

三人で出かけるようになってから、私と母は中村さんの家に行くことが増えた。母や私の手料理を持っていったり、三人で遠出した後に寄ったり。自宅から徒歩で行ける距離だったこともあり、定期的に訪れていた。そうしているうち、福島で過ごした実家と同様、中村さんの家に対してももう一つの我が家のような安心感を抱くようになっていた。

私は、中村さんの家が好きだった。なぜなら、幼い頃の私の夢が詰まった家だったからだ。

「家の中にある階段を駆け上がってみたい」

これが、幼い頃の私が抱いていた小さな夢だった。当時の私はアパートに住んでいた為、家の中に階段というものが存在していなかった。そんなある日、一戸建てに住む友人らの家に遊びに行った際、家の中にある階段を初めて目の当たりにした私は、純粋に心を動かされた。当時の私にとっては大きな出来事で、羨ましいと心から思った。二階にある部屋へと階段を駆け上がりながら向かう友人の姿に、幼い頃の私は情景の情を抱いたのである。

中村さんはその話を母から聞いていたようで、家を選ぶ際に気にかけてくれていたらしい。最終的に、中村さんは住戸内に階段があるメゾネットタイプという間取りの物件を選んでくれた。中村さんの家で、高校生にして初めて家の中の階段を駆け上がっていった時のあの感動。そんな私を見て「よかったよかった」と笑う中村さんと、その横で微笑む母の姿。今思い出してみても、幸せな空間だった。

そんな彼の優しさも含めて、私は中村さんの家が好きだった。だからこそ、彼が亡くなった後しばらくして、中村さんの家の入居者募集が出されていたことを知った時は無性に虚しかった。仕方のないことではあるのだが、心にぽっかりと穴が空いたような空虚感が私を襲った。

思い出との対話

これまで彼との思い出の一部を綴ってきたが、やはり喪失による悲しみからは逃れられないと感じる。当時撮影した写真や動画を見ながら執筆していたのだが、様々な彼の姿が鮮明に思い出され、涙が込み上げてきてしまった。彼が生きていたあの日常に戻りたいと度々思ってしまう。

しかし、私は悲しみと向き合ってでも、涙を流してでも、彼との思い出をここに綴るということに意味があると思っている。実際に今回綴ってみたことで、彼が生きていた頃の日々を思い返すこと自体が懐かしく、楽しかった。これは、喪失による悲しみや寂しさが心を占めていた私にとって、久しぶりに抱いた前向きな感情だった。亡くなった人との思い出と対話する時間を作ることは、遺された者にとって大事なことなのかもしれない。

おわりに

人は喪失を抱えない限り、死を遠い存在と捉えたまま生き続ける。心のどこかで、自分には関係のないことだと思いながら。しかし、それは遺された者という存在を知らないまま生きることと同義にもなり得る。

死は私たちのすぐ近くにあり、誰にでも起きる可能性を持っている。私は自身の経験を踏まえ、死を意識する時間を今一度作ってみてほしいと思う。現段階では遠い存在かもしれないが、そんな死と意識的に向き合い、遺された者の存在を知ることで、自分の世界は確実に広がるはずだ。

もし、今もなお喪失の悲しみを抱え、孤独を感じている人がいればここで伝えておきたい。貴方は、決して一人ではない。実際に喪失を経験して、私と同じように喪失を抱えながら生きている人や、遺された者を支える活動を行っている人がいることを知った。喪失を抱える自分を受け入れてくれる人は、この世界に必ずいる。

喪失によって生まれた悲しみと向き合うことは難しい。そして、怖いことでもある。大切な人がいなくなった世界で、もう生きたくないと思う人もいるかもしれない。それでも、生きることを諦めてしまう前に、自分なりの生き方を探してみてほしい。周囲の人や遺された者を支える活動団体に助けを求めていくうちに、悲しみとの向き合い方が分かり、自分なりの生き方が見つかるかもしれない。いくら時間がかかっても良い。あくまで自身がまだ生きていたい、頼りたいと思ったタイミングで行動を起こすこと自体が、遺された自分にとって大きな一歩になるはずだと信じている。

本作を通して、死というテーマについて考えを深められたことは、私の人生において大きな変化点となった。喪失を経て、自分がどのような感情や想いを抱いたか。喪失を抱える前の自分と後の自分を客観視し、変化を見つけていく行為は、自分自身を見つめ直す良い機会になった。そして、自分以外の遺された者たちや彼らを支える者たちといった他者の想いを知ったことで、死に対する思考に深みが生まれたと同時に、自分がいかに狭い世界にいたかを痛感した。

私は、今後も彼の死という現実を受け入れ、悲しみと日々向き合っていく。記憶の中で生き続ける彼とともに、自分のできる限り生きていこうと強く思う。

参考資料（いずれも二〇二三年十二月十三日確認）
・https://kotobank.jp/word/日常-592046
「コトバンク　日常（にちじょう）とは？　意味や使い方」より
・https://www.kaonavi.jp/dictionary/kakusyo_bias/
「確証バイアスとは？　【具体例でわかりやすく】正常性バイアス」
・http://www.byakkokinen.com/
「白虎隊記念館へようこそ　ご挨拶」
・https://www.urabandai-inf.com/?page_id=141
「裏磐梯観光協会　五色沼湖沼群」
・https://www.maff.go.jp/j/keikaku/syokubunka/k_ryouri/search_menu/menu/30_21_fukushima.html
「農林水産省　うちの郷土料理『しんごろう』福島県」

［今号の執筆者紹介］（五十音順・敬称略）

浅沼璞（あさぬま はく）
一九五七年生。日本大学芸術学部文芸学科非常勤講師。「日芸無心」代表。句集『塗中録』（左右社）、批評集『西鶴という鬼才』（新潮社）、編著『天衣百韻』（マニュアルハウス）等。『俳句・連句 REMIX』（東京四季出版）により、第十二回日本詩歌句随筆評論大賞・評論部門大賞受賞。

伊藤絵梨（いとう えり）
二〇〇一年、東京都生。日本大学芸術学部文芸学科卒。

上田薫（うえだ かおる）
一九六四年生。日本大学芸術学部文芸学科教授。評論集『コギトへの思索――森有正論――』『布切れの思考――アラン哲学に倣いて――』（以上、江古田文学会）、『哲学 アラン』（宝塚出版）、『虚空と私――『徒然草』を読んで――』『アランの思想』（以上、私家版）、共著『一遍上人と遊行の旅』（松柏社）、『現代女性作家読本 よしもとばなな』『現代女性作家研究事典』（以上、鼎書房）等。

小神野真弘（おがみの まさひろ）
一九八五年生。日本大学芸術学部文芸学科専任講師。ニューヨーク市立大学ジャーナリズム大学院修了。朝日新聞出版等を経て、フリージャーナリストとして多文化共生や差別をテーマに取材・執筆を行う。著書に『アジアの人々が見た太平洋戦争』『世界最凶都市ヨハネスブルグリポート』（ともに彩図社）など。

香月孝史（かつき たかし）
一九八〇年生。日本大学芸術学部文芸学科非常勤講師。東京大学大学院学際情報学府博士課程単位取得退学。ポピュラー文化を中心にライティング・批評を手がける。著書『「アイドル」の読み方 混乱する「語り」を問う』『乃木坂46のドラマトゥルギー 演じる身体／フィクション／静かな成熟』（ともに青弓社）、共著『社会学用語図鑑 人物と用語でたどる社会学の全体像』（プレジデント社）、共編著『アイドルについて葛藤しながら考えてみた ジェンダー／パーソナリティー／〈推し〉』（青弓社）他。

佐藤述人（さとう じゅっと）
一九九五年生。「ツキヒツジの夜になる」で第二十四回三田文学新人賞を受賞。他作品に「墓と園と植物の動き」（『江古田文学』一〇五～一〇九号）、「つくねの内訳」（『三田文学』一五一号）など。

山岸あゆ実（やまぎし あゆみ）
二〇〇二年、東京都生。日本大学芸術学部文芸学科四年生。

山根麻耶（やまね まや）
二〇〇一年、神奈川県生。日本大学芸術学部文芸学科卒。日本大学大学院芸術学研究科文芸学専攻博士前期課程在籍。日芸短歌会所属。『VIKING』同人。「わたしは日藝生」（『江古田文学』一〇八号）など。

Yue Yukcho（ユエ ユクチョ）
一九九八年生。日本大学芸術学部文芸学科卒。日本大学大学院芸術学研究科文芸学専攻博士前期課程在籍。

第 55 号（2004・冬）演劇論・身体論
第 56 号（2004・夏）世代を横断する小説弾と今
第 57 号（2004・秋）第 3 回江古田文学賞発表／新潮新人賞・佐藤弘に訊く
第 58 号（2005・冬）インターネットと文学の現在進行形
第 59 号（2005・夏）萩原朔太郎
第 60 号（2005・秋）しりあがり寿／第 4 回江古田文学賞発表（在庫なし）
第 61 号（2006・冬）いま、三島由紀夫を考える（在庫なし）
第 62 号（2006・春）チェーホフの現在
第 63 号（2006・秋）天才 左川ちか／第 5 回江古田文学賞発表（在庫なし）
第 64 号（2007・冬）記号論の現在とコギト
第 65 号（2007・春）谷崎潤一郎
第 66 号（2007・秋）団塊世代が読むドストエフスキー／第 6 回江古田文学賞発表
第 67 号（2008・冬）名無しの才能・ニコニコ動画に集うクリエイティブ
第 68 号（2008・春）夭折の天才詩人・長澤延子
第 69 号（2008・秋）太宰治・生誕百年／第 7 回江古田文学賞発表
第 70 号（2009・冬）俳句の正体を知っていますか
第 71 号（2009・夏）尾崎翠と林芙美子
第 72 号（2009・冬）「オレ様」の文学／第 8 回江古田文学賞発表
第 73 号（2010・冬）吉行理恵　詩の魅力とその生き方
第 74 号（2010・夏）若い世代が問う秀英「論文」集
第 75 号（2010・冬）同人誌の変遷・第 9 回江古田文学賞発表
第 76 号（2011・冬）信じることと、生きること／追悼　大野一雄―103歳の生涯と芸術―
第 77 号（2011・夏）林芙美子　没後60年
第 78 号（2011・秋）イギリスの魂を見る／第10回江古田文学賞発表
第 79 号（2012・冬）ポップ・ステップ・ジャンプ
第 80 号（2012・夏）若い世代が問う秀英「論文」集Ⅱ
第 81 号（2012・秋）林芙美子　生誕109年／第11回江古田文学賞発表
第 82 号（2012・冬）ドストエフスキー in 21世紀
第 83 号（2013・夏）インタビュー　富岡幸一郎／講演　よしもとばなな
第 84 号（2013・冬）「白秋期」の詩人たちの恋愛詩／第12回江古田文学賞発表
第 85 号（2014・春）創作　又吉栄喜　塩野米松　小檜山博
第 86 号（2014・夏）研究者からみた「現代文学は何処へいくのか」岩佐壯四郎　山内洋　紅野謙介　中島国彦
第 87 号（2014・冬）創作　藤沢周　蒲田あやめ　村上政彦　古屋健三／第13回江古田文学賞発表
第 88 号（2015・春）創作　青来有一　三田誠広 他　インタビュー　川村湊
第 89 号（2015・夏）処女作再掲　津島佑子　狐を孕む
第 90 号（2015・冬）「現代詩」を考える／第14回江古田文学賞発表
第 91 号（2016・春）講演 吉本ばなな　本当の癒しとは／処女作再掲 金井美恵子　愛の生活
第 92 号（2016・夏）処女作再掲　絲山秋子　イッツ・オンリー・トーク
第 93 号（2016・冬）第15回江古田文学賞発表
第 94 号（2017・春）講演　吉本ばなな／増田みず子
第 95 号（2017・夏）対談　西洋と日本近代文学（Ⅲ）岸間卓蔵・堀邦維
第 96 号（2017・冬）文字から声へ／第16回江古田文学賞発表
第 97 号（2018・春）動物と文学
第 98 号（2018・夏）この世界の終わりかた
第 99 号（2018-9・冬）創造のメソッド／第17回江古田文学賞発表
第100号（2019・冬春）江古田文学100号記念号
第101号（2019・夏）特集　九〇年代／平成三〇年度卒業論文・作品
第102号（2019・冬）特集　説経浄瑠璃 三代目若松若太夫／第18回江古田文学賞発表
第103号（2020・春）小特集　短歌の楽しみかた／令和元年度卒業論文・作品
第104号（2020・夏）小特集　スポーツ／令和元年度卒業論文・作品
第105号（2020・冬）第19回江古田文学賞発表
第106号（2021・春）令和二年度 卒業論文·作品から
第107号（2021・夏）特集・ドストエフスキー生誕二〇〇周年
第108号（2021・冬）特集·日藝100周年記念号／第二十回江古田文学賞発表／第一回江古田文学賞高校生部門発表
第109号（2022・春）特集・創作の「いま」を見つめる／宗田理　再録「雲の果て」＆インタビュー
第110号（2022・夏）特集・石ノ森章太郎
第111号（2022・冬）特集・小栗判官
第112号（2023・春）令和四年度 卒業論文·作品から／第二十一回江古田文学賞発表／第二回江古田文学賞高校生部門発表
第113号（2023・夏）特集・連句入門
第114号（2023・冬）特集・日本実存主義文学
第115号（2024・春）第二十二回江古田文学賞発表／第三回江古田文学賞高校生部門発表／令和五年度 卒業論文·作品から

江古田文学バックナンバーのご案内

通信販売のお問い合わせ先　日本大学芸術学部文芸学科内 江古田文学編集部
電話 03-5995-8255　FAX 03-5995-8257
〒176-8525 東京都練馬区旭丘 2-42-1

復刊第１号（1981・冬）
第 2 号（1982・夏）中国における日本文学
第 3 号（1982・冬）
第 4 号（1983・夏）
第 5 号（1984・春）寺崎浩の自画像
第 6 号（1984・秋冬）中国から見た日本の文学
第 7 号（1985・春）
第 8 号（1985・秋）詩人・山本陽子
第 9 号（1986・冬）中国における日本文学の現在
第 10 号（1986・夏）追悼・土方巽
第 11 号（1987・冬）高知詩人
第 12 号（1987・春）鼎談・ドストエフスキーの現在
第 13 号（1987・秋）詩人大川宣純の世界
第 14 号（1988・春）詩人 山本陽子　第２弾
第 15 号（1989・春）清水義介＆今、小説を書くとは
第 16 号（1989・秋）
第 17 号（1990・冬）土方巽・舞踏
第 18 号（1990・夏）宮沢賢治の現在
第 19 号（1991・冬）連句の現在
第 20 号（1991・夏）ドストエフスキー
第 21 号（1991・秋）宮沢賢治
第 22 号（1992・夏）つげ義春（在庫なし）
第 23 号（1993・冬）宮沢賢治　第３弾
第 24 号（1993・夏）三島由紀夫＆舞踏
第 25 号（1994・春）寺山修司
第 26 号（1994・秋）『海辺の光景』＆宮沢賢治
第 27 号（1995・冬）つげ義春＆山本陽子
第 28 号（1995・秋）日大芸術学部文芸学科卒業制作
第 29 号（1996・春）落語
第 30 号（1996・夏）聖地
第 31 号（1996・秋）大野一雄VS日芸生
第 32 号（1996・冬）宮沢賢治 最後の生誕100年
第 33 号（1997・夏）
第 34 号（1998・冬）
第 35 号（1998・春）アンドレイ・タルコフスキー
第 36 号（1998・夏）
第 37 号（1998・秋）
第 38 号（1999・冬）余白論・埴谷雄高と「虚体」／『カラマーゾフの兄弟』を読む
第 39 号（1999・春）金子みすゞ没後70年
第 40 号（1999・夏）
第 41 号（1999・秋）紙へのフェティシズム、空間へのアプローチ
第 42 号（1999・冬）川端康成生誕百年
第 43 号（2000・春）金子みすゞと女性たち
第 44 号（2000・夏）吉田一穂
第 45 号（2000・秋）20世紀最後の宮沢賢治
第 46 号（2001・冬）辻まこと－没後四半世紀－
第 47 号（2001・夏）疾走感
第 48 号（2001・秋）夏目漱石
第 49 号（2002・春）森鴎外
第 50 号（2002・夏）永瀬清子
第 51 号（2002・秋）西鶴／第１回江古田文学賞発表
第 52 号（2002・冬）こゝろ
第 53 号（2003・夏）庄司薫
第 54 号（2003・秋）文体論／第２回江古田文学賞発表

編集後記

■一本の線によって、あちら側とこちら側が生まれる。私とあなた、生者と死者、善と悪。線を引くことで理解できることもあれば、線を引くことで切り捨てることもある。現実を乗り越えるために、今日も線を辿っていく。（伊藤）

■あなたは大丈夫、問題ない。勇気をふり絞って悩みを相談しても、幼いときから、大人たちはこう言いました。大丈夫に見えるのかもしれない。でも、バウンダリーです。ひとつづきの地球にも国境があるように、わたしとあなたは別々に息をし、生きている。だからこそ、言葉を信じてみたかった。（高橋）

■さまざまなジャンルで越境が語られるように、境界はどこにでも存在する。自身が境界だと感じればそれが境界だ。江古田文学もこれから新たなステージに突入する。私はこれを境界と感じた。さあ、一新した編集部でこの境界を越境してみせようじゃないか。（瀬戸）

■本号より参加させていただき、編集側として世に出回る前の出版物の内容にいち早く触れるという優越感に浸っていました。しかし、その記事は講義録でした。すでに内容を知っている学生たちが幾人も居たのです。出版前後という境界は、このときあまりに無意味なものでした。（関口）

■本号よりお世話になります。学生気分の抜けない私がこのような大役を担うことに、今は不安と抵抗が拭えません。成長は段階的ではなく斑模様であり、人間は蝶のようには大人にはなれないのだと思います。数年後にはどんな思いで振り返るのかと、ここに書き残させていただきます。今後とも何卒よろしくお願いいたします。（大塚）

■今号の責任編集を担当しました。特集テーマを立ち上げるにあたり、自身が長らく取材してきた「社会の分断」や「異文化共生」を掘り下げたいと考え、準備を進めてきました。その過程で感じたのは、それらを規定するより根源的なものについて改めて考えることの必要性です。最終的に「境界から世界を見つめる」という特集名を掲げることになったのですが、これによって広範な論点を織り込んだ誌面にできたのではないかと考えています。編集を通じて得られた学びは「行動によって思考は広がり、深まる」という、至極当たり前ながら、とても大切なものでした。今号の江古田文学も、先人たちが手がけた過去の号と同じように、読者の皆様に貢献できることを心から祈っております。（小神野）

■長年に渡り、江古田文学の印刷製本をお願いしていた㈱新生社さんが解散されることになり、この号が最後になってしまいました。大変残念に思っています。私自身としても学生時代から40年近いお付き合いで、寂しい限りです。蜷川さんや、野口さんにどれだけ助けられたか、感謝の想いはとてもこの紙幅に尽くすことは出来ません。唯唯心より御礼を申し上げたいと思います。（上田）

江古田文学　第116号
本体一〇九一円＋税
令和六年七月二六日発行

編集人　上田　薫
発行人　青木　敬士
編集発行　江古田文学会
176-8525　東京都練馬区旭丘二-四二-一
日本大学芸術学部文芸学科内
電　話（〇三）五九九五-八二五五
FAX（〇三）五九九五-八二五七
振　替〇〇一七〇-五-二五八二八

発売　星雲社（共同出版社・流通責任出版社）
112-0005　東京都文京区水道一-三-三〇
電　話（〇三）三八六八-三二七五

印刷所　株式会社　新生社
162-0053　東京都新宿区原町二-三八

※投稿原稿について　当編集部では、「江古田文学賞」への応募作品以外、原稿をお受け致しません。作品は、「江古田文学賞」にご応募ください。（詳しくは、本誌募集要項をごらんください。）なお、送られた原稿の返却にはいっさい応じかねます。ご了承ください。

※入手した応募者の情報につきましては、選考及び付随する手続きのために利用し、その他の目的で利用いたしません。

Printed in Japan　ISBN978-4-434-34272-1　C0390